镜中的星期天

[日] 殊能将之 著

邢利颉 译

台海出版社

◇千本櫻文庫◇

◇前言 PREFACE

　　文库，原本是指收纳书物的仓库和书库，也指收纳书与记事簿，以及不常用物品的小箱子。以前者为例，京滨急行线的"金泽文库站"就是以前镰仓时代北条氏用来收藏汉书用的，"金泽文库"名字的由来便是如此。东京都的世田谷区也存在着收集着珍贵汉书的"静嘉堂文库"。后者则更多地被称为"手文库"。

　　江户时代以来，可以放入袖袂的小开本书籍逐渐流行起来，被称为"袖珍本"。明治三十六年（1903年），富山房发行了小开本的丛书，起名"袖珍名著文库"。随后，明治四十四年（1911年），讲述战国时代的猿飞佐助和雾隐才藏系列故事的讲谈社"立川文库"发行出版。讲谈是日本民间艺术，以口语化的方式讲述历史故事的形式。而"立川文库"则是将讲谈收录成册集中出版的丛书，据统计，当时刊行量为200册左右。从那时起，文库就脱离了原本的释意，逐渐演变成了现在的类书集丛。

　　文库的说法借鉴了日本出版业界的传统说法。而千本樱源自日本奈良县吉野山樱花盛开的奇景，世人皆称"一目千本樱"来形容樱花美景。千本樱文库的纳入作品皆为日系作品，题材包括推理、悬疑、幻想、青春、文化等类型，正如千本樱满山盛开的绝景。

现代日本，以"文库"命名刊行的丛书系列有200种以上，所谓"文库本"只不过是统称而已。日本传统的"文库本"常用的是A6尺寸的148mm×105mm，也叫"A6判"。千本樱文库的所有书籍将在"文库本"的基础上提升，达到148mm×210mm的开本标准。追求还原的前提下，力图带给读者更清晰的阅读体验。

1999年，殊能将之凭借《剪刀男》斩获"第十三届梅菲斯特大奖"，并以蒙面作家身份出道。隔年发布了第二部小说《美浓牛》，成为"石动戏作系列"的第一部作品。《镜中的星期天》是该系列的第三部作品，受到了国内外广大推理小说迷的喜爱。本作同样包含了推理爱好者喜闻乐见的"密室"和"侦探"等悬疑要素，正如作者在本作中写到的那样，总有些美感与内涵是需要通过"形式"才能被体现出来的。

不仅如此，本作最值得称道的是，作者所采用的引人入胜而又不乏创意的叙述方式，充分利用了先入为主的惯性思维，在意想不到的地方给读者带来出乎意料的震撼，给原本就扑朔迷离的故事更添一层神秘的面纱。所以，本作是本格推理小说迷们不可错过的佳作。

千本樱文库编辑部

MULTI-NEW ROUTES OF MYSTERIES

推理的多元新航路

  如今，推理已经成为全世界都非常热衷的娱乐元素，冠以推理概念的动漫作品、影视作品、游戏作品更是层出不穷。

  随着这些娱乐形式深入到生活的方方面面，作为原生土壤的推理小说却日益被边缘化。为了适应不同时代读者的需求，推理小说也会进行相应调整。因此，世界各国的推理小说都在探索新的内容与形式。

  不同的时代会涌现不同风格的文学作品，推理小说也无法脱离时代背景。在经济全球化愈演愈烈的现在，推理也在多元化的大航海中不断开辟着新的航路。所以，我们不仅要挖掘深埋于历史中的名作，也要竭力推广优秀的新作品。

  从某种角度来说，奖项和销量是衡量一部作品的重要指标，获奖作品与畅销作品也代表着所处时代的文化趋势。但是，任何时代都有很多充满创作热情的作者，他们的作品或许没能满足当时市场的需求，却同样富有个性与魅力。

  "推理的多元新航路"旨在敢为人先，在发现、传播新人佳作，为推理文化注入活力的同时，我们也想将埋藏于历史的杰出作品，传递给热爱推理文化的读者。宛如大航海时代一样，这些作品联结古今文化，让我们共享推理盛宴。

 千本樱文库

镜中的星期天

目录

CONTENTS

镜中的星期天

第一章　镜中的星期天 / 005

第二章　于梦中安睡 / 071

第三章　口述的真相 / 257

樒 / 椌

樒 / 323

椌 / 403

《镜中的星期天》三个章回的标题均取自保罗·策兰*的诗歌《卡罗那》。

---

* 保罗·策兰，德国现代主义抒情诗人。

——译者注

我淡然地在镜中溶解，而你已经不想再看到这样的我了吧？那么，就请帮助我。

　　　　　　　　　　——马拉美*《希罗狄亚德》

---

*　斯特芳·马拉美，法国象征主义诗人和散文家。马拉美每周二在家中举办的诗歌沙龙是当时法国文化界最著名的沙龙，被称为"马拉美的周二"。

——译者注

梵贝庄

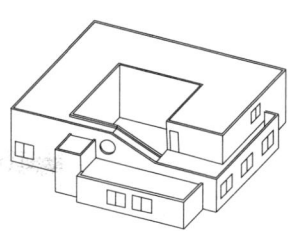

一楼

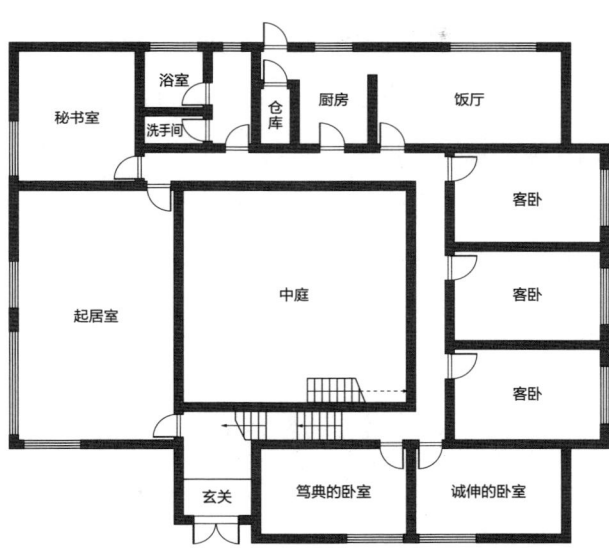

二楼

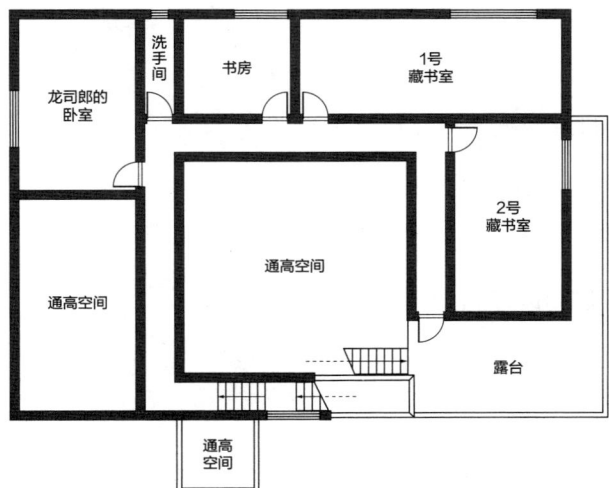

● 主要登场人物 ●

（括号内的数字为1987年7月时，各人的实际年龄或逝者去世时的年龄。）

瑞门龙司郎　　法国文学学者，"梵贝庄"的户主（56岁）

瑞门圆　　　　龙司郎之妻，已故（殁年43岁）

瑞门笃典　　　龙司郎的长子（27岁）

瑞门诚伸　　　龙司郎的次子（23岁）

瑞门咏子　　　龙司郎的长女，已故（殁年8岁）

仓多辰则　　　龙司郎的秘书（26岁）

藤寺青吉　　　K大学的副教授（50岁）

田岛民辅　　　K大学的学生，推理小说研究会成员（21岁）

古田川智子　　K大学的学生（20岁）

中谷浩彦　　　K大学的学生（21岁）

柴沼修志　　　文学评论家（30岁）

河村凉　　　　男演员（42岁）

野波庆人　　　律师（36岁）

水城优臣　　　名侦探（35岁）

鲇井郁介　　　水城的助手兼案件记录员（27岁）

第一章

镜中的星期天

1

一股湿润的暖意自我两腿之间缓缓溢出,慢慢地扩散开来。

温热的感觉甚至涌到了大腿和小腹,接着经由腰椎,流淌至臀部。被打湿的布料紧紧地附着在皮肤上。

而后,这股湿热也渐渐冷却了下来,取而代之的是一种难以言述的恶心触感。

四下的温度正在升高。透过阖着的眼皮,我的眼球已能察觉到一抹淡淡的橙光。

我睁开眼,发现阿优正俯视着我。

"早上好呀。"

她微微一笑,向我问早。

我别开了眼,不与她对视。

阿优的右手探进了被窝,摸了摸我的屁股底下。

"哎呀,又尿床啦?你这孩子真是的……好了,快起床吧!"

她依然笑着,掀起了被子,拉着我的双手,想把我从褥子上拽起来。

我站起身来,那股难受的濡湿感便从大腿一路下滑到了膝盖窝。我跟着她踏上了走廊,湿漉漉的布料紧贴着我的大腿内侧,脚底也传来了生硬又温热的触感。

阿优走到淋浴房前,拉开了镶着毛玻璃的拉门,只见洗衣机旁的墙上装着挂杆,上面挂着白色的浴巾。

她脱下了我的睡衣和内衣,胡乱地扔进了洗衣篮。

随后,她拉着一丝不挂的我,走了进去。我踩在坚硬而微凉的地面上,四周都是浅米色的墙壁。

她取下挂在墙上的花洒,拧开水龙头,细细的水柱便从花洒顶部喷了出来。

她先用手掌试了水温,随即在我面前蹲下,开始冲洗我的腿部。

热水打在我的下肢,水滴在我的皮肤上跳动,耳中还有流水淌到地上时所发出的"哗哗"声,让我感到好一阵舒适。

阿优柔软的手掌轻搓着我的小腹和双腿,温柔地为我清洗。

"舒服吗?"

她抬起头,询问我的感受。我看到她脸上绽放着笑容,一口贝齿也从双唇之间露了出来。

"顺便帮你把头也洗了吧!"

她站了起来,将我的头摁低。

我顺势弯下腰去。这时,父亲却站在了门外,一脸凶巴巴地盯着我们,问道:

"又尿床了？"

闻言，阿优依然拿着花洒，转身答道：

"是啊。"

热水就这样白白地洒在地上，涌起阵阵热气。

"给他穿纸尿裤吧？不然你每天早上都得这么照顾他，实在太辛苦了。"

父亲建议着。

一旦穿上那种东西，我便会觉得自己还是个小婴儿，可我早就长大了。

"可他不乐意呀，看，他都快哭了。"

阿优边说着，边放下花洒，轻轻摸了摸我的头。

顺着她的双手，我瞥见父亲正向我投来倨傲而冰冷的目光。

他一言不发，转头离开了。

"行啦，别哭了，没人强迫你穿呢。"

可她哪里知道，我害怕的不是穿纸尿裤，而是父亲。

*

清洗完毕，我开始吃早饭。

我右手握着勺子，米饭却从勺里洒了出来。

阿优见状，便停下了手中的筷子，来帮我擦嘴。

窗外是一片绿意盎然，翠绿的树叶正随风轻曳。

父亲只顾默默地看报，我则在用完餐后回到了自己的房间，坐在地板上。

阳光透过窗格照射进来，在地板上投下了长条状的光带。

阿优找到了我，递给我茶杯和白色的药片，叫我吃药。

杯上凝结着水汽，可见她细心地提前把水放凉了。

我将无味的药片塞进嘴里，然后就着水服下。

我能感觉到冰凉的液体滑过了我的喉咙，流向了我的胃中。

"好了，我先去洗衣服了，你要乖乖的哦。"

看我吃完药，阿优便去忙自己的事了。

暑气从窗口爬了进来，热流仿佛在室内卷起了一股股旋涡。

悲鸣般的低吟声不停地钻入我的耳中，搅得我很不自在，于是我起身去找阿优，可找遍了走廊，都不见她的人影。

我又跑到了房子外面，夏日的蓝天是那样的耀眼。

此时，那低沉的悲鸣声距离我是那么近，仿佛紧紧黏在我的耳畔。

原来声音是从坚硬的树皮中发出来的。

我捂住了耳朵，绕着房子转了一圈，又跑到屋后，继续寻找着阿优，终于发现了她。

她正在后院晒被子。

"哎呀，不是叫你乖乖待着吗？"

她缓步向我走来，看起来似乎有些为难。

这时，她低头盯牢了我的双脚，轻轻埋怨道：

"你又光着脚跑出来了……不用这么担心，我哪都不会去的啦。"

热风吹乱了她那头染成茶色的长发，将她身上淡淡的汗香送进我的鼻端。

"你爱待在我边上也行，不过这里很热，不遮阳的话会晕倒的。你等一下，我去帮你拿帽子来。"

我握住了她的手，她见状，直视着我的眼睛，随即说道：

"好啦好啦，我们一起去拿吧。"

就这样，我和她手牵着手，一起回到了屋子里。

门后换鞋处的木柱上挂着一顶大大的草帽，我戴上它，又趿上凉拖鞋，这才再次拉住她的手，跟她去了后院。

"快找个凉快的地方坐呀。"

阿优叮嘱道。

于是我找了一块树荫下的草皮，依言坐好。

一片尖尖的草叶就在我的膝盖边，一只小飞虫正在叶上爬动着。

铺了瓦片的地面上放着一只水瓮，底部沉积着一丁点浅茶色的液体。

"意大利式的花瓶也是瓷土花瓶的一种。这里有意式花瓶、喷泉、做了造型修剪的绿植、三匹狼形的雕像，要是再加上女像柱①,那完全就是意大利风格的庭院了。但这么一来,那座象雕却好像与周围格格不入。"

我记得有人曾如此形容某个院子。

阿优双手拎起被子,将它架在竹竿上晾晒。它的两边垂了下来,仿佛被对折了一般。

前方有一座坡度缓和的山坡,坡上长满了绿树,枝丫交错相叠,茂密的树叶仿佛连成了一片,让人无法将它们逐一区分出来。

天上飘来三朵棉花糖般的白云,一时间遮蔽了烈日,搅乱了这份暑热。

*

转眼到了傍晚,我又吃起了晚餐。

父亲回到家里,无言地动着筷子。

阿优凝视着我的脸,说道:

"明天帮佣的安藤阿姨会上门来,你要好好看家呀。"

我正在想着安藤阿姨是谁,父亲却突然插话了:

"你这么叮嘱他也是白费力气。反正等明天一早,他就会忘了个

---

① 女像柱指雕塑中一种支撑上横梁的柱子,柱上刻有女性形体,她们通常身穿长袍,形象优美,气质庄严。——译者注

干净的。"

"但总得说一声啊。"

阿优看着父亲,平静地答道。而我却仍在拼命回忆安藤阿姨是何许人也。

*

入夜了。我躺在被褥之中,任由黑暗将我包围。

暑气淤积在房内,无处消散,我浑身都渗出了一层薄汗。

我觉得自己的四肢沉重而麻痹,如同被身下的褥子吸住了一般难以动弹,而薄薄的被子也像是缠在了我的身上。

我琢磨着,要是入睡前好好去上厕所,就不用再尿床了。

于是,我鼓足了劲,一脚踹开薄被,起身来到走廊。

眼前本就一片漆黑,走廊前方更是一片幽暗。

我开始思考,洗手间究竟在哪。而当我把手贴在墙上之后,就隐隐觉得答案已经呼之欲出……

"别担心,二楼也有洗手间,我平日里就经常在藏书室里过夜,所以大家不用辛辛苦苦地下楼。"

想到这里,我脑中晕乎乎的,胸口发闷,呼吸困难,便背靠着墙壁，抬起下巴努力吸气。

对面的墙上挂着一面镜子，我看了过去，只见镜中有一个黑影，正在幽幽地低语：

……护持着梦境的残骸，于华丽的展架上摆好。

就在这空虚之屋。

纳骨之壶亦无法容纳那梦的骸骨。

没有法螺，古董也化作了废物，

化作了隆隆作响的虚无。

只因屋主已前往冥河①，将眼泪舀取。

而这虚无，便是其唯一自傲的背负。

我跌坐在地，整片后背都贴在了墙上。天花板上的日光灯被人打开了，走廊霎时间灯火通明。

"你怎么了？"

阿优蹲下身子，抓住了我的肩膀。

"你又睡迷糊了是吧？冷静下来，别哭了。"

她伸出双手，抱住了我的脑袋。一股好闻的体香刺激着我的嗅觉。

父亲也来到了走廊上，却一句话都没有说，只是面无表情地注视着我们。

---

① 冥河是希腊神话中的地名，为死者聚集与重生的地方。——译者注

而我对他只有恐惧。

2

我吃着早餐。

阿优一边帮我擦嘴，一边提醒道：

"今天安藤阿姨会来哦。"

我又开始思考她是谁，父亲则一边喝着味噌汤，一边开口说：

"别给人家添麻烦。你烦着我们倒也算了，要是影响了别人就太不体面了。"

"没事的，安藤阿姨都习惯了，而且这本来就是她的工作。"

"一周就上门帮一次佣，频率是不是太低了？"

"她好像很忙，前阵子还说过自己要负责五六户人家呢。生意真好呀。"

阿优撇了撇嘴。

"再雇一个就是了。"

"那可得花钱。"

"我是为你好。你每天都耗在家里，照顾这家伙，身体会吃不消的，还是应该多出去转换一下心情。"

父亲说着便探出身子，凑近了阿优，仿佛是在严正地警告她。

"什么叫'这家伙'？请尊重他！"

阿优也直直地看向父亲的双眼。

*

我站在玄关口,一位微胖的陌生女性站在我的身旁。

"那么,凡事就拜托您了。我会在傍晚前回来的……还有,麻烦您帮忙晾一下被子,谢谢。"

阿优在门口,对着她深深地鞠了一躬。

"又尿床了呀?"

微胖女性笑着看向了我。

见阿优轻轻点了点头,她又说道:

"他现在就跟小孩子似的,尿床也是没办法的事。夫人您别放心上,好好地休息一天吧。"

"谢谢您。"

阿优再次鞠躬致谢,随后走出大门,撑起了遮阳伞。

我看见地面上升腾起炙热的暑气,还看见阿优的伞是洁白的,撑开后圆滚滚的。

我下意识地想要跟着她,那名素不相识的女性却拖住了我的手腕,对我说:

"回来回来,您总不能每天都这么黏着夫人呀,偶尔也得让她喘口气。好啦,您就别哭了。安心留在家里,今天我会陪着您的。"

说完,她便用抹布为我擦拭脚底。

*

微胖女性把被子晾到了竹竿上。

前方有一片林子,每棵树都笔挺地矗立在骄阳之中,枝叶交叠缠绕在一起。

我的四周又传来了低低的悲鸣声。

她带我来到了厨房,我坐在了地上。

"天太热了,我们中午吃点素面好吗?"

她站在灶台前对我说道,灶头上的大锅正冒出滚滚热浪。

我站了起来,想去找阿优。

"不能出门哦。素面马上就煮好了,您乖一点,等着吃午饭吧。素面很好吃的。"

她摁住我的肩膀,让我坐回原地。

这时,门铃响了。

她闻声抬起头来,我便趁机挣脱了,径直跑向玄关。

我打开门,这次是一名陌生男子。

他戴着眼镜,一声不吭,只是瞪圆了双眼,惊讶地瞧着我。

"抱歉抱歉……哎呀,您先跟我回去……"

她跟了过来,从背后扶住了我的双肩,把我拉回屋内。

我躲在起居室的暗处,观察着他俩。

微胖女性背对着我,站在玄关口,和那名男子说着话:

"现在主人都不在家呢,我只是个上门帮佣的……"

"方才那位不是这家的主人?"

他快速地瞥了我一眼。

"啊,他……"

她做了好一番解释,男子也对她说了些什么,随后把某样东西交给了她。

我目送着他离去的背影。

*

"我回来啦,你有好好地听安藤太太的话吗?"

阿优收起遮阳伞,摸了摸我的头发。

"他很乖哦。中午也把素面吃干净了,一点儿都没'漏嘴巴'呢。"

微胖女性笑着答道。

我开始回想自己中午有没有吃午餐。

"素面啊,我去吃了荞麦面呢。"

"是啊,天这么热,就是想吃点凉丝丝的东西。不过现在才七月初,怎么就热成这样?"

"唉,热得连我都不爱出门了。"

阿优一边聊着，一边用手指揪住连衣裙，扇了几下裙摆。

汗香又飘散了出来。

"对了对了，您不在家的时候有客人上门。"

"客人？"

阿优皱了皱眉头。

"嗯，他给了我一封信，让我交给你们。我把它放在这儿了。"

说着，微胖女性便指向玄关旁的架子。那里果然有一只大号的牛皮纸信封。

阿优的眉头越皱越紧，眉间甚至出现了"川"字形的细纹。

她取过信封。

*

晚餐时间到了。我开始进食。

阿优沉默地吃着晚饭，父亲见状，一脸关切地问道：

"你今天上哪去了？"

她却没有回答。

*

晨光准时到来，我也醒了。

"又尿床了吗？真是个坏孩子！"

阿优带着爽朗的笑容，低头注视着我。

*

夏日的阳光一阵阵地照进走廊，一直投射到地面和墙壁上，忽明忽暗。

我走在走廊上，寻找着阿优的身影。

黑影又一次在墙上的挂镜中显现，轻声低语着：

……昨天吃晚餐时，阿优心情不好，你知道理由吗？

我开始回想自己昨天有没有吃晚餐。

……都是因为那只牛皮纸信封。里面到底装了什么呢？

我开始回想"那只信封"是哪只信封。

……你什么都不记得了。你淡忘一切，逃避一切，然后尽情地躲在这所房子里。

说完，黑影就扭曲了起来，宛如摇曳不定的烛火，转而吟诵道：

……我的王国呀，是一张浅褐色的巨大毛皮。
我杀死了一头雄狮，然后得到了它。
毛皮上残留着凶兽的亡灵、血腥与尸臭，
一直一直，守护着我的每一头家畜。

我紧闭双眼，伸手掩住上半张脸，不去理会黑影，它却仍不罢休：

……快，去找出那只信封吧！

我摸进了阿优的房间。

靠墙有一座橱柜，一只大号的牛皮纸信封就放在顶端。

我取过信封，只见封口处被胡乱地撕开，边缘呈锯齿状。我正准备拿出里面的东西，一张白色的小纸片却飘了下来。

我捡起它，发现上面印有一个牛头和某人的姓名。

哑牛有限公司董事长
名侦探
石 动 戏 作

DUMB OX, INC.
representative director
GISAKU Isurugi

第一章 镜中的星期天

"以上就是我的推理",某人的食指和中指间夹着一根香烟,伸手用烟头指向对方,缓缓说道,"接下来,你必须赎罪才行。"

我取出信笺,开始阅读。全文内容如下:

突然给您写信,请见谅。

其实我们正在调查十四年前(即一九八七年)发生在镰仓市净明寺梵贝庄的凶杀案,希望和当年的相关人员谈谈,保证不会占用您太长的时间,在力求结论的同时也将充分保护好您的隐私,请您务必协助我们。

此外,负责调查本案的是"哑牛有限公司"的董事长——石动戏作。他解决了多桩疑难案件,无愧于"当今社会的名侦探"头衔。在他至今的辉煌战绩之中……

看到这里,一段回忆在我的脑中闪过。

我记得野波庆人先生曾经带来过一个人,当时他是这么介绍的:

"这位就是水城优臣老师———一位响当当的大侦探。"

"周二沙龙"的参与者们集体睁大了眼睛,十分惊讶。其中,柴沼修志等人甚至露骨地表现出轻视的态度,紧盯着水城,对其嗤之以鼻。

野波急忙打起了圆场,称水城老师是货真价实的厉害角色,并解释说自己最近也贴身观摩了老师的工作,发现对方确实才华横溢。

看来野波非常崇拜这位侦探。

我伸手抚向墙壁,望向了镜中。黑影向我搭话道:

……想起来了?

——想起什么?

……当然是梵贝庄的案子。你还没想起来吗?明明是那么让人怀念的往事……

我能够感觉到自己对"梵贝庄"这三个字有反应,黑影的话好像要把什么东西从我的大脑中拽出来。

……算了。反正再过不久你就会回忆起来的。还有啊,那个叫'石动戏作'的侦探到底有多少本事呢?

——石动戏作,真是个奇怪的名字。

3

"您今年多大了？"

我不知道自己的年龄，但我已经不是小婴儿了。只是一穿上纸尿裤，我又觉得自己仿佛还处在襁褓之中。结果，我没能回答上来。

"……您不知道是吧？"

身穿白大褂的男子扭转身子，趴到写字台上，做了一些记录，随后又追问道：

"今天是哪年哪月哪日？周几？"

我脑子里突然蹦出了一个词：十四年前。

但我并不理解那是什么意思，反正从十四年前的今天起，再往后算十四年，就来到了今天。

男子依然在奋笔疾书，同时口中不停：

"我们现在在哪里？"

闻言，我环顾四周，试图分辨场地。而对方还坐在写字台前，一只白色的薄型柜子就紧贴在台子后方的墙面上。

阿优站在我的身后，越过我的肩膀，看向那名"白大褂"。

他又给了我三个选项：

"这里是家里、医院，还是其他什么设施机构呀？"

"医院。我知道了，这里是医院。"

我总算答了出来。

"接下来,请您说出以下词语——樱花、猫咪、电车。"

"樱花猫咪电车。樱花猫咪电车。樱花猫咪电车。"

"您得好好记住它们,我过一会儿还要重新问您一次哦。"

他说完,便继续埋头写字,片刻之后,提出了新的问题:

"一百除以七,答案是几?"

这是一道数学题。在我的印象中,曾有人聊过与数学有关的内容:

"不知为何,人们总觉得侦探都很擅长数学。"

"大概是因为,数学这门学科给人一种注重理性思维的印象。"

"一百除以七,您知道是几吗?"

"白大褂"把自己的话重复了一遍。

"遗憾的是,我数学很差,是个彻头彻尾的文科生。我之所以拜托野波先生带我来参加'周二沙龙',正是因为我非常想见瑞门龙司郎老师一面。"

"这可真是太荣幸了。你是我们难得的客人,欢迎你的到来!"

几段没头没尾的对话在我的耳中回响,令我无暇计算。

见我迟迟不答，对方似乎放弃了除法题，换了一个新问题：

"请您把这三个数字倒着说一遍——六、八、二。"

"二八六。"

"这三个也是——五、二、九。"

"九二五。"

听完我的回答，男子赶紧俯身动笔，记下了什么，随即发起了"突袭"：

"请您重复我先前说过的三个词语。"

"樱花猫咪……"

"第三个词是某种交通工具。"

"樱花猫咪……呃，樱花、猫咪……"

"可以了。哎呀，您……怎么了？"

对方露出了困惑不解的表情。

阿优拿出一块纯白的手帕，擦了擦我的眼角，柔声哄道：

"没事的，医生没有生气哦。"

她的声音是那么温和，每一个吐字都仿佛在轻触我的耳垂。

"白大褂"放下手中的圆珠笔，说道：

"接下来，请去一楼做MRI[1]检查。"

---

[1] MRI即核磁共振成像。——译者注

一名头戴白帽的陌生女性蜷下身子,对我嘱咐道:
"这台设备运作时会发出很大的声响,请您别害怕。"
说完,她便消失了。
我抬头看着天花板,只觉得顶上的日光灯亮得晃眼。
一阵钢琴声传入我的耳中,那是舒曼的《梦幻曲》。
诊床动了起来,黑色的机械洞穴把我吸了进去。钢琴曲戛然而止,噪音开始涌现。但我的双手被固定在了诊床上,无法捂住自己的耳朵。

*

"白大褂"将两片黑乎乎的塑料片贴在写字台后的白箱子上。
薄薄的箱子开始发光,原来那是一个灯箱。
塑料片上显出了椭圆形的白影。
"从MRI的结果来看,脑细胞基本上没再继续萎缩。"
他朝阿优解释道,阿优只是将双手放在膝盖上,全神贯注地聆听。
"他的认知能力也不算低下,还是比较稳定的。记忆方面有障碍吗?"

"他好像很健忘。别说昨天的事了,他在傍晚时就已经不记得早上发生了什么。"

"那么,最近他的语言或行动有什么变化吗?"

"有时候会盯着镜子嘀嘀咕咕的。"

"原来如此。对着镜子自言自语是痴呆症患者的常见情况呢……不过,他们其实能意识到自己是在照镜子。因为每当他们从镜子里看到有人站到身后时,就会回过头来。至于患者为什么只会对着镜中的自己说话,到底在跟谁说话,以及说了什么,就只有患者本人才知道了。"

"白大褂"露出了沉静的微笑。

"他们本人也未必知道吧。"

阿优百无聊赖地答道。

"他会一个人四处徘徊吗?"

"夜里有时会。"

听阿优这么说,他轻轻点了点头,又俯到写字台上动起了笔。

"我先给您开两周的药,麻烦您之后去取药。"

他递出一张纸条,同时补充道:

"保险起见,我还是得先说一句,盐酸多奈哌齐片只能防止痴呆症的进一步恶化,但是没法根治,所以……"

"医生为什么总是爱提醒人呀?我已经听您说过无数次了,很清楚这一点。反正您的意思就是——这病没药医呗。"

她接过纸条，从圆凳上站起身来。

*

"我们拜完神社就回家，好吗？"

阿优停下车，从驾驶席上侧过头看向我，接着又叮嘱道：

"来，把帽子戴好，不然要中暑的。"

我照做了，于是她搀着我下了车。

一走出停车场，暑气便扑面而来。

柏油马路上热气腾腾，路面不断散发热量，连空气都被蒸得扭曲了起来，看上去就宛如一道道水纹一般。

路旁停着大型的观光巴士，阿优撑着白色的遮阳伞，牵着我的手往前走去。

我们进入了神社的地界。那里池塘遍布，中间架着一座桥。

阿优带我走到了桥上，只见周围的树木相当茂盛，但绿色的池水颇为浑浊，只能勉强映出绿树的轮廓。

很多人聚在道路右侧，观赏那一带的池景。其中一名年轻姑娘身穿印有花朵图案的连衣裙，摆好了姿势，一名T恤搭配牛仔裤的青年正按着快门，给她拍照。

阿优把伞柄架在右肩上，慢慢地走上一条砂石路。

我的右手则被她那柔软的左手所包覆着，很是舒适。

一名体毛浓密的高大男子穿着花哨的夏威夷衬衫和短裤,与一名白发女士愉快地交谈着。

"Where are you from?(你是哪国人?)"

"Dallas, Texas. United States.(美国人。我家在达拉斯,得州的。)"

"I'm from Germany. Do you enjoy yourself?(我是德国人。你在这里玩得开心吗?)"

"Yes, of course.(当然啦!)"

听着他们的对话,我不知怎么,又回想起一些零碎的片段。

"你能教我法语吗?"

"啊?"

"法语!你法语很好对吧?我只在大学里学过一点儿,后来一直不用,都忘光了。请你无论如何都要帮帮我。"

"……这和破案有关,是吗?"

阿优站住了,将视线投向左侧的池塘。一大群游客同样望向那边,人与人的体温汇集在一起,冒着阵阵热气,但池水中央处却散发着淡淡的凉意。

她眯起了眼，转而紧盯着池塘周围的一圈松树，说道：

"果然，隔一段时间就该来一趟呢。"

我和她手牵着手，继续前进。

过了不久，我们已经把池塘都甩在了身后，眼前只有一条笔直的林荫道，可以看见远处的红柱子与瓦片顶。

我们走啊走，走啊走，终于走完了这条长长的砂石路，来到了神社。

神社门前的柱子是鲜艳的朱红色，木栅栏上挂有一层层奉纳绘马[①]，树枝上也系着无数签条[②]。

阿优收起遮阳伞，将它夹在胳膊下，晃了晃响铃绳，随即双手合十，闭眼祈祷。

完成这一连串的仪式之后，我们逐级而下，离开了神社。

*

阿优带着我回到停车场，一起钻进车内。

她摘下我的棒球帽，发动车子，行驶在反射着强烈日光的柏油马路上。

[①] 绘马是日本宗教独有的祈愿仪式，大致产生在日本的奈良时代。"绘马"是一种祈福道具，为一块长扁形的小木牌，人们可以将愿望写或画在上面，再挂在指定位置，而"奉纳"指的是绘马需要花钱购买。——译者注

[②] 签条是在日本参观神社时抽签得到的纸条，上面写有凶吉与签文，很多人会在抽签之后将签条折起来，系在一些树枝上。——译者注

*

她把车停在巴士站前,一边解安全带,一边说:

"我去买些冰镇饮料。你要什么?"

"可乐。"

我答道。

"可乐对吧?我知道了。"

她下了车,撑开她的小白伞,一头扎进暑热之中。

在伞面的遮挡之下,我看不见她的脑袋。

这条路很是狭窄,右侧有一条河川紧挨着。微风掠过河面,带来了丝丝凉意。

而道路左侧则建有成排的房子,还能从房与房的空隙之间窥见翠绿的群山。

我听见低沉的悲鸣声不断地从山间传来。

这时,一名陌生的年轻男子敲响了我的车窗。他的额头上布满了汗珠,正低头打量着我。

我摇下车窗,热气刹那间就趁机钻了进来。

"不好意思,我想跟您打听打听,净妙寺该怎么走?"

他急匆匆地问道。

"这一带就是净明寺。"

可我的回答似乎让他很惊讶,他摇了摇头,解释道:

"不,我说的是净妙寺,是一座寺庙。"

霎时间,我似乎又想起了一些零碎的过往:

"巴士已经来了,但从镰仓站搭出租车的话,只要跟司机说想去净明寺的梵贝庄,司机就会直接把你开到目的地。没错,那个镇子就叫'净明寺'。'干净'的'净','明亮'的'明'。那里还有一座寺庙,叫'净妙寺',虽然和净明寺同音①,但第二个字是'美妙'的'妙'。据说是考虑到寺庙比较神圣,出于避讳,才改了一个字。"

由此,我开始努力思考净妙寺的地址,年轻男子只得困惑地望着我,幸好阿优回来了。

"请问您有什么事吗?"

她出声问道。

"不好意思,我想请教一下净妙寺在哪……"

男子立刻转过头去,向阿优求助。

"您是来观光的吗?"

"是的。"

得到肯定的答复后,阿优便做了一番说明,并伸出右手为他指明

---

① "明"和"妙"字在日语中同音。——译者注

了方向。

对方一边道谢,一边上路了。

阿优坐上驾驶席,递给我一只蓝色的易拉罐:

"给,你的可乐。刚才那人也真有趣,居然特地跑到净妙寺来。"

易拉罐是被冷藏过的,遇热后,罐子表面上浮现了一层水汽。

4

"行啊,只是聊聊的话那倒没问题。但工作日不太方便,家里只有我和一个病人……"

阿优站在起居室正中间,手里握着电话听筒,我则趴在地上。

透过窗户照进来的阳光,在地上形成了一大块歪歪斜斜的长方形,其中还夹杂着窗格的阴影。

光块的一角十分尖锐,正好落在阿优的脚拇指上。

地板的温度远低于周围的空气,凉意静静地袭向我的胸口与腹部。

阿优瞥了一眼墙上的挂历,对着听筒说道:

"要是你愿意在周日抽空跑一趟,那就最好……十五日?好的,那就十五日……"

她打完电话,轻轻叹着气,将听筒放回原位。

我捏住了她的玉足,手感丰润而柔软,凸起的内侧足踝骨扎着我的掌心。

她伸过另一只脚，用足尖轻蹭我的脸颊。

随后，她蹲了下来，凑近我的脸庞，开口道：

"来，我们去吃药吧。"

她双手伸到我的腋下，想把我架起来。我便趁势站直了身子，牵着她的手，踏上了走廊。

夏日的热风扑到了我的脸上。

我们来到厨房，她从柜子里取出玻璃茶杯，拧开水龙头，用杯子去接自来水。

水势很急，直接在杯中打出了一个小漩涡，飞溅的水珠也从杯口弹了出来。

见状，一段场景在我脑中闪回。

——当时，圆形的喷泉池突然开始喷水，田岛民辅的后背一下子就被水花打湿了，吓得一屁股跌坐在喷泉边，还小声惨叫了起来。那副慌乱的样子逗得古田川智子哈哈大笑。田岛满脸尴尬，一边用右手扯着衣领，一边站了起来。

阿优把杯子和一枚白色的药片递给了我。我将药片含入口中，就着冷水服下了。

"天气这么热，真不想开火做饭啊……"

她从我手中接过空杯，放进了水槽。

"我们叫外卖吧，要对父亲保密哦。"

她笑得像个恶作剧的孩子。

我喜欢她的笑容。

"偶尔点一顿外卖也没事，这就是当主妇的好处了。"

于是，她顺着走廊离开了厨房，嘴里不停嘟哝着"外卖、外卖"。

我也有样学样地重复着"外卖"这个词，跟在她后边，来到了起居室。

她弯下腰，从桌上拿起了电话听筒，按下了拨号键。

*

外卖到了，黑色的饭盒沉甸甸的。

阿优打开厚重的盒盖，只见里面并排装着三条红褐色的四角形食物。

她用筷子把那些四角形夹成小块，这时我才发现，原来它们下方铺着米饭，还被酱汁染得黑乎乎的。

她夹起一筷食物，我老实地张开了嘴，任由她将吃食送入我的口中。

甜中带辣的滋味在我的口腔里弥漫了开来，我感到上颚黏黏的。

见我不动嘴，她提醒道：

"好好嚼一嚼呀。"

我便咀嚼起了这黏糊糊的红褐色碎块。

眼前的朱红色漆碗①正散发着热气。

"好吃吗"？

她问我。

可是，黏稠的食物塞住了我的喉咙，我还顾不上回答，就咳了起来，米饭粒喷得一桌都是。

她抚摸着我的背部，帮我顺气，接着把玻璃杯递到我的唇边。

我就着杯子，喝下琥珀色的凉茶，总算是缓了过来。

"白烧的鳗鱼可能比较容易入口吧……"

她取下另一只黑盒的盖子，盒中躺着三块白色的四角形食物，看起来肥嘟嘟、软乎乎的。

她重新拿起筷子，把那些白色的四角形也夹碎了。

*

父亲站在玄关口。

"哎呀，回来啦？"

阿优出来迎接，可父亲却低头看向玄关一角。

---

① 漆碗是日本常见的漆器之一，漆艺约于公元200年前由中国传入日本。——译者注

那里叠着两只厚重的黑色饭盒。

"哈哈,露馅儿了。其实我们中午叫了外送。"

她吐了吐舌头,解释道。

"没关系,你想吃就吃。"

父亲放下手中的黑色皮包,脱下鞋子,同时飞快地瞥了我一眼,随即踏上了走廊,进入起居室。

我也跟着阿优一起进了起居室。

桌上已经摆好了三只长方形的白盘子和三盏绘有松树花纹的蓝色茶碗。

盘子的边沿都微微上翘,里面盛着带有焦痕的梭子形食物。

那些"梭子"长着眼睛,但没有瞳孔,只是用浑浊的白眼珠瞪视着我。

父亲的筷子黝黑且泛着光泽,阿优的筷子洁白且粗糙。

我的勺子是银色的,带着大大的蓝色勺柄。

父亲坐到了桌前,阿优也紧跟着坐下,我则坐到了阿优身边。

我开始吃晚餐。

阿优帮我剔鱼。

"对了,周日下午你能留在家里吗?"

她看向父亲,提出了请求。

"行是行,你有事?"

他放下了茶碗,嘴唇右侧还粘着一颗饭粒。

"有客人要来拜访,但我实在不想独自接待对方……"

"偶尔见见客人也挺好啊,能调节一下情绪。"

"怎么可能,他是来聊十四年前的杀人案的……"

阿优的双唇都拧了起来。

"十四年前的……"

父亲看向我,接着又朝阿优摇了摇头,答道:

"我累了,已经不想再听到和杀人有关的话题了。你也是吧?"

"是对方提出想谈谈,所以我实在没办法。"

她说着,就开始捡拾我掉在桌上的饭粒。

*

我呆立在幽暗的走廊上,思考着自己为什么要站在这种地方。眼前那面镜子中的黑影回答了我心头的疑问:

……你差不多想起来了吧?

十四年前。

梵贝庄。

杀人案。

哈哈,尸体在哪呢?

快去找吧。

——对了，我是为了寻找尸体，才会走在走廊上的。

我往厨房走去。

"那么，柴沼先生、河村先生、野波先生三位，请使用饭厅前的三间客卧，藤寺老师请用诚伸少爷的卧室。

"田岛先生和中谷先生，非常抱歉，得劳您二位在起居室过夜了。其他几位可以在二楼的藏书间歇息。我会为各位铺好沙发床的。"

我记得自己曾听人说过这些话。

我进入了后院，暑热沉淀在夜色深处。

我踩在草地上，脚踝处被扎得痒痒的。

半圆形的月亮高挂在空中，散发着皎洁的光辉。

珍珠白的月光将茂密的树叶染得一片模糊。

珍珠白的月光将水瓮照得微亮。

是的，后院里有一只水瓮。

但是后院里没有喷泉，没有三匹狼的雕像，没有金色的大象，没有手持水仙花的小女孩，也没有坐在折叠式躺椅上谈笑风生的访客。

树木化作了黑色的影子，伫立在我的面前。

有人握住了我的肩膀，对我说道：

"回去吧。"

我回头，只见是阿优。

可她的脸也糊成了一片黑影，我根本看不见她的表情。

她攀着我的双肩，把我转了个个儿，我顺着她的意思往回走，又听她提议道：

"去我的房间说吧，反正你也看过那封信了。"

我困惑地低头看向她，努力回想着她口中的"那封信"究竟是什么。

"你把信封里的名片掉在地上啦。记得吗？那张奇怪的名片。"

——对了，牛头，名侦探，石动戏作。

"你想起什么了？"

月光照出了阿优的半张脸，我发现她正凝视着我，眼神十分认真、专注。

我摇了摇头。

"哦……"

她轻轻答道，旋即露出了寂寞的笑容。

5

门铃响了。

阿优叮嘱我老实待在房间里，然后便前去应门，父亲也跟在她身后。

我溜出房间，望向玄关，只见两人都背对着我，一名戴着眼镜的陌生男子出现在他们面前，轻轻鞠了一躬，说道：

"我又上门叨扰了，还请见谅。"

"让客人大老远地赶过来，我们才过意不去呢。"

阿优一手叉着腰，把背脊挺得笔直。

"话说，这宅子可真漂亮！"

他用手帕擦拭着脖子上的汗珠，同时打量着四周。最后，他眯起眼，目光锁定在我身上，问道：

"那位是……"

阿优转回身来，快步走近我，小声催促着我快离开，并把我带回了房里。

将我安顿好之后，她又去接待客人了，临走时还不忘关上房门。

我就这样被她扔下了，只好独自坐在房间正中央。

阳光透过窗户射进房内，把桌子的影子打在了地面上。

"有哪位听到野波先生上二楼时的脚步声吗？"

水城问道。

众人面面相觑，却无一回答。毕竟当时正值深夜，大家都睡得很熟，结果河村紧皱着眉头，率先说自己没有听到，但那副模样像是演出来的，在电视剧中屡见不鲜。接着他又表示，自己是在睡梦中被惨叫声惊醒，这才睁开了眼。说着说着，他的脸都皱成了一团，大概是回想起了那阵可怖的叫声，吓得他恨不得掩住双耳。

奇怪的片段在我脑中闪现，我却没有理会，只管打开房门，踏上走廊，去寻找阿优。

我路过厨房，径直走向起居室。

起居室的窗户开着，阿优、父亲和那名戴着眼镜的陌生男子正围桌而坐。

"……因此，我才会来重新调查十四年前发生在梵贝庄的血案。我也知道那是名侦探水城优臣破获的案件，再查一遍非常失礼，可是……"

"野波先生，我不是职业侦探，只是碰巧和几桩案子扯上了关系……"

水城当即解释了一番，并用右手手指夹住一根细细的卷烟，美美地吸上了一口，接着开口道："请问，这里有烟灰缸吗？"

"容我打断一下，'水城优臣'是哪位？"

阿优将嘴唇抵在玻璃杯上，开口问道。

那位陌生男子冷静地凝视着她，回答说：

"抱歉，我应该先解释一下的。水城老师是……"

父亲突然起身走向我，大吼道：

"你回房间去!"

我不由得后退,蜷着身子,整个人贴在了走廊的墙上。

"这里有客人,快回去!"

说完他的右手便朝我袭了过来。

我直接坐了下来,把自己抱成一团。

"都多大了的人了!还哭?!"

父亲气得涨红了脸,阿优赶紧走到父亲背后,劝道:

"别这样,他退化成小孩子了,爱哭也没什么啦。"

"我光是看到他就来气!"

父亲一拳头砸在墙上。

"客人还在呢。"

听阿优这么说,父亲转回头去看向那名陌生男子。

此时,他正盯着我看。

"好了好了,不哭不哭。爸爸生气了,你就回房间去吧,好吗?"

阿优蹲在走廊上,轻抚着我的脑袋。

说完,她又扭头望向那名陌生男子,请他稍等片刻,然后扶着我站起来,带着我离开了。

*

我重新回到房内,席地而坐。

窗外的松枝正随着微风，自在地左右轻晃着。

这阵风也吹进了室内，夹杂着暑热，吹拂着我的脸颊。

眼泪打湿了我的前襟，衣料湿漉漉地贴在我的胸腹部。

我听到走廊上有人在走动。

我匍匐着凑到门前，悄悄地打开了一条门缝，偷眼望了出去。

原来是父亲从起居室走了出来。

"藏书室就在二楼，从二楼下去便是中庭，大家不妨先看看我那些微不足道的藏书，随后我便带各位去中庭走走。"

似曾相识的片段在我的脑海中掠过。

我关上了房门，躺倒在地，看着天花板。

房梁纵横交错在一起，形成了许多规规整整的四边形。

——《大鸦》

——《斯蒂芳·马拉美诗集》

——《牧神的午后》

——《青铜全书》

——《植物志》

——《草药志》

——《天文学》

——《波斯史》

——《印度史》

温热的风将我包围，仿佛和我的皮肤融为一体。

我闭上双眼，只觉得眼皮子里模模糊糊地泛上了一层绿意，带着我回到了一段朦胧的回忆之中。

——我坐在白色的折叠式躺椅上，喝着红茶。周围的四面水泥墙上连一扇窗户也没有，头顶上就是一片被四壁切割成四方形的蓝天，阳光斜斜地洒下，把喷泉射出的水滴照得熠熠生辉。喷泉池是圆形的，周围还设了三座雕像，它们各自脚下都拖着一条短短的影子。

其他人和我坐着同样的躺椅，有的端着茶杯，正在啜饮红茶；有的则夹着卷烟，指尖烟气袅绕；还有的从大盘子里抓了一把咸脆饼，慢慢品尝。所有人都面容沉静，悠闲地靠在椅背上，快乐地谈天说地。

"马拉美极度重视诗歌的形式，认为总有些美感与内涵是需要通过'形式'才能被体现出来的。所以我反而好奇，那些不拘一格、随性写就的作品，到底可以算是想象力的流露吗？"

"您指出的问题和本格推理小说的困境很相似啊！本格推理会受到各种条条框框的限制，很多人都觉得这种做法太守旧了，于是近来的作者在创作时便废除了那些规矩。可实际上，总有些美感与内涵是需要通过'形式'才能被体现出来的，不是吗？"

"确实，马拉美非常欣赏爱伦·坡，虽然他喜欢的只是坡的诗作，而非其他作品。"

我睁开了眼睛，发现阿优和方才的陌生男子站在门口，一起俯视着我。

"这位先生说想见见你。"

阿优解释了来意，那名男子却改口说不必了，随后向我微微欠了欠身，表情有些扭曲。

就这样，他们又一起离开了。我独自一人留在原地，再次闭上了眼睛。

——飞溅的水滴是那样的闪亮，金色的象背上反射着灿烂的阳光，三匹狼的雕像露出了獠牙，一个小女孩俯身摘下一朵水仙花，接着深深地弯下腰，透过叉开的双腿，调皮地看向我……

6

漆黑的走廊笔直地向前延伸，只有玄关处透出一片暗淡的光晕。

走廊的地面凉飕飕的，一股冷意从脚底传来，然而我的脸上却只能感到阵阵闷热。

轻风摇曳着窗户，风铃也随之发出清脆的声响，同时还捎来了虫儿们的欢唱声。

……那个叫石动戏作的男人八成还会再来，而且会来好几次。
直到找到中庭的尸体，查明案件的真相。
毕竟所谓的'名侦探'就是这种人。

我开始思考后院到底有没有尸体。

……不是后院。是中庭。
你肯定知道的。
要先上二楼，才能通过楼梯往下进入中庭。

"要先上二楼，才能通过露台的楼梯往下进入中庭。它是中庭唯一的出入口，而且围着中庭的四面墙上甚至连窗户都没有。这个设计可真是只此一家啊！"

……要先上二楼，才能通过楼梯往下进入中庭。

于是，我在走廊上盲目地徘徊着，只为找到通往二楼的楼梯。
我经过了厨房。

我往厨房里看了一眼。

我看到珍珠白的月光透过厨房的窗户洒了进来，倾泻在地上，柔滑得宛如丝绸一般。

我听见一台浅粉色的大箱子正在厨房里发出"嗡嗡"的低鸣声。

但我没有在厨房里见到楼梯。

我接着走。

我经过了浴室和洗手间。

我打开了浴室的门。

我闻到浴室里还残留着淡淡的热水味。

我凝神盯着眼前的黑暗，终于能稍稍看出物件的轮廓了。那里有一只四角形的泡澡容器。

但我没有在浴室里见到楼梯。

我又打开了洗手间的门。

我嗅到了刺鼻的人工芳香剂。

我皱起了鼻子。

但我没有在洗手间里见到楼梯。

我回到了走廊上。

我站在原地，眺望着屋外。

一轮明月高挂在天幕上，几近浑圆。

夜空乍看之下是黑色的，但若细细分辨，即会发现它并非纯黑，而是相当深邃的墨蓝色。

可月光并没有照亮天际，唯有云朵被映衬得好似洁白的羽毛。

黝黑的远山始终跪伏在地，沉默不语。

白天不断听到的悲鸣声也消失不见了。

晾衣架依然静静地立在院子的中央。

我不禁走了过去。

但那里果然不是我想去的中庭。

我重新回到了走廊上。

光滑的地面就像是带有吸力，我每走一步，脚底都会因为黏着感而发出"啪嗒啪嗒"的响动。

突然，我来到了一条楼梯前。两三级台阶隐约浮现在我的脚边。

我抬头向上望去，楼梯的上端却被一片黑暗所吞噬了。

"要先上二楼，才能通过楼梯往下进入中庭。这个设计可真是只此一家啊！"

我抬腿踏上了第一级台阶，怎料脚下一颤，险些从楼梯上滑下来。

我赶紧伸手扶住墙壁，又踏上了第二级台阶。

可我整个人都摇摇晃晃的，直接摔趴在了楼梯上，指甲沿着墙壁刷蹭了下来，膝盖也磕在了台阶的棱角上，生疼生疼的。

……上楼。

先上二楼，再去中庭，找出尸体。

我抬起右手，攀住了更高的台阶，打算重新站起来，只是我的双腿软绵绵的，不太听使唤。

我索性用膝盖抵着台阶往上爬去，一边爬，一边抬起头，死死盯着前方的黑暗。

我的脸颊也终于贴在了台阶上。

我的喉咙深处仿佛被撬开，奇怪的声音漏了出来。

——柴沼亦吓得不轻，半张脸都抽搐了，做证说："我也是，当时我已经上床入睡了。在听见那声惨叫之前，都没注意到有什么动静。说实话，我在半梦半醒时确实听到走廊上有几轮脚步声，但我以为是有人上洗手间去了，就没当回事，继续睡觉。直到最后，我才被那声惨叫给吓得跳了起来。"

——智子脸色煞白，说道："我也一样，我觉得那声惨叫离我很近，于是我急忙跑到走廊上，往露台那边赶。然后就发现门半开着……"

我努力地前后扭动着脖子，可动作十分僵硬，我的后脑勺甚至撞在了墙上，发出了闷闷的撞击声。

走廊上的灯亮了。

身穿睡衣的阿优冲了过来,问我出什么事了。

她一把摁住了我的肩膀,我挥开了她的手,继续挣扎着往二楼爬动。

"乖,冷静下来……你到底怎么了?"

她关切地呼唤着我。

我充耳不闻,不惜把下巴都抵在楼梯上,伸出阵阵痉挛的右手,不顾一切,只管拼命往上爬。

"求你了,冷静下来吧……"

她又摁住了我的右手,随即扭头向后说道:

"快来帮帮我!"

原来父亲也赶来了。

他从背后一把抱住了我。

我的双臂被他架着,再也动弹不得。

他把我从楼梯边拖走了。

*

我躺在被褥上,双眼紧闭,耳中传来了父亲和阿优的对话。

"他说'上二楼,去中庭,就能找到尸体'吗?看来是想起了十四年前的往事啊……"

"都怪那人,把事情搞砸了。就不该让他和那人见面……以后白天带他去日间看护中心好了，晚上再接他回来。"

"他还又哭又叫的，说什么'父亲放开我'，好像是真把我当成父亲了。"

"那么，他到底把我认成谁了……"

"话说，还是送他去专门的治疗机构吧。在自己家照料也总该有个头啊。他现在经常到处乱晃，我们都要吃不消了。"

"唉……"

"我主要是担心你。你这几天几乎都没睡觉吧？怎么能凡事都自己一肩挑呢？"

"……我也知道，早晚有一天要把他送去专门机构。不然的话，要是他的病情继续加重，最后不会说话、不会走路，只会睡觉，那可怎么办？但这得以后再说了，眼下我还是希望先把他留在家里……"

他们两人的声音渐行渐远。

7

我坐在起居室里，吃着又红又凉的东西。

这个东西软软的，但只有底部是绿绿的，而且硬硬的。

我咀嚼着那个又红又凉的部分，齿间几乎没有感到任何阻力。它不知不觉就在我的口中消失了，只有一些又小又硬的颗粒残留在我的臼齿上，滑入了舌底。

清凉的甜汁在舌上扩散,一直涌到了唇边。

红色的尖端渐渐被我啃平了。

"哎呀,不能把籽也一起吞下去。快吐出来。"

阿优递来了一张雪白的薄纸片。

我把口中的小颗粒吐了出来。它们一颗颗地掉在纸面上,发出了"啪、啪"的声响,上面还沾着黏稠的唾液。

门铃响了。

阿优闻声转头。随着脖颈的扭动,她的锁骨也从圆形的领口中露了出来。

她起身走向玄关口。

"你来做什么?不事前联络一声,我这边也不好办呀。"

我听到了阿优的说话声,来客则轻声地回了些话。

我把那个又红又凉的食物扔在了地上。它被摔烂了,红色的汁水弄脏了地板。

我手脚并用,爬到起居室门口,偷偷看向玄关。

阿优背对着我,一个戴眼镜的陌生男子站在她面前。

对方嘀嘀咕咕地不知说了什么,随后踏上了走廊。

阿优先一步回来了,蹲在我的面前,叫我暂时回房间待一会儿。

她曲着膝盖,大腿处的牛仔裤被压出了褶皱。

"我在思考一些问题,突然上门打扰也是为了确认自己的想法,非常抱歉。"

那名陌生男子站到了她身后。

她缓缓起身，回头看向他。

男子又一次对她鞠躬致歉，接着解释道：

"虽然那些观点还挺离谱的，但我必须验证我的推测是否正确……"

"我不知道你到底在想什么，不过能下次再聊吗？"

"这……请您姑且听听我的说法吧。我想最先把这些都告诉您。"

他向阿优走近了一步，阿优则退了一步。

在他充满压迫感的注视之下，她的后背都快贴到墙上了。

"您能听听吗？"

他总算不再逼近，但语气还是非常坚决。

阿优也回瞪着对方，可放在背后的手却不安地抓住了柜子的一角。

见状，我悄悄地站了起来，悄悄地用双手抓过一只花瓶。

花瓶里插着漂亮的白百合花，我把它们一股脑地倒在了桌上，瓶中的水也一起被洒了出去。

阿优和那个陌生男子一起看向了我。

"住手啊！"

她正准备跑来阻止我，然而我还是对准了那男人的后脑勺，将花瓶砸了下去。

——野波就趴在通往中庭的楼梯上，头下脚上，两条胳膊伸向前方，看着像是从露台上摔下去的，且左臂诡异地扭曲着，可能是落地时骨折了。

　　我的脑中浮现出了这样一幅可怖的画面。
　　那名陌生男子抱头倒在地上，我跨坐在他的腰上，继续用花瓶攻击他。

　　——我们一起急匆匆地下楼，赶到野波身边，水城用手电筒照向他，只见他周围散落着几张纸片。柴沼捡起其中一枚查看，发现是一张一万日元的纸币。他似乎看入了神，一边嘀嘀咕咕，一边把纸币展示给我们看。为什么万元大钞会掉得到处都是呢？

　　那名男子扭动着身体，发出了高亢的惨叫声。
　　他后脑勺上的头发已经糊上了红黑色的液体。
　　我再次举起花瓶，砸了下去。

　　——水城用手指摁了摁野波的颈动脉，然后小声说人已经死了。其实野波双眼大睁，肢体冰凉，不必等水城挑明，任谁都看得出他早就断了气。

陌生男子伸出双手,抓挠着地板。

他拼命挣扎着,力图把我从身上甩下去。

我压上了自己的全部体重,再一次将花瓶狠砸向他。

——笃典因为惊惧,颤声说道:

"是不是因为太暗了,所以他不小心踩空了?"

水城却用手电筒照着野波的背部,否定了这种说法。

只见他的肩胛骨之下插着一把匕首,握柄部分就这样静静地竖在他的背后。

全员瞬间屏住了呼吸。

陌生男子的后脑勺破开了,露出了坚硬的白色头骨。

绵软的粉色物质溅了出来。

红黑色的液体在地面上逐渐扩散。

他不再尖叫。

亦不再动弹。

——当时,水城的目光扫遍了在场的每一个人,然后静静地说道:

"他是被人谋杀的。"

……你终于找到尸体了!

终于出现命案了!

十四年前,梵贝庄发生了一桩离奇的杀人案。

现在,这里又有人被杀了!

哎呀——到底谁是凶手呢?

到底是出于什么动机呢?

到底布下了怎样的诡计呢?

可是,太遗憾了。

没人解开真相。

因为大侦探也被杀掉喽!

这下子还有谁能破案呀?

"你住手啊!"

阿优拦腰扑向我,把我从那男人身上推开。

我反抗了她,准备继续用花瓶砸他。

"够了!停下!!"

她索性扑到我的身上,死死摁住我的肩膀,把我压倒在地上。

我看见了她的表情,她正大口地喘着粗气,眉毛完全拧在一起,满脸凝重。

她的身子散发着淡淡的汗味,其中还夹杂着她的体香。

我松手放开了花瓶,它在地上"咕噜咕噜"地滚了几圈,最终因为墙壁的阻挡而停下了。

我抬起手,抚摸她的脸庞。

手上的红色液体染红了她的面颊。

她的五官扭作一团,大颗的泪珠从眼角滚落。

我在思考她为什么会哭,她却用手背擦了擦眼泪,然后继续压着我,同时回头看向那个男人。

对方还趴在地上,纹丝不动,整个人虽然朝下俯着,但仍隐约看得出脸上那可怕的颜色,就像是被黑红色的液体泡过一般。

——不必等水城挑明,任谁都看得出野波早就断了气。

阿优的嘴唇抿成了一条线。

阿优从我身上离开,爬向了桌边。

阿优从桌上拿起电话听筒。

我站了起来,准备去捡拾停靠在墙边的花瓶,这才发现,原来它从我手中滚走时,还带出了一路的红痕。

"别碰它!"

阿优大叫着跑向了我,手里还拿着听筒。

于是,我又把花瓶放回了地上。

她紧紧地搂住了我的肩膀,我便顺势将后脑勺贴在了她的脸颊上。

"听话,别离开我身边,好吗?"

她一边说着，一边轻轻地拍了拍我的胸口，只是不知为何，她的语声在颤抖。

我点了点头，于是她依旧抱着我，随即拨通了电话，对着听筒说道：

"……我这边情况非常紧急，请火速派救护车过来……是的，人伤得很重……拜托了，一定要快……"

交代完地址，她摁了一下叉簧开关，接着摁下了另几个数字。

"你好，我要报警……"

8

我家来了许多人。

一群身穿深蓝色衣服、头戴深蓝色帽子的男人聚集在客厅里。

地板上有好几处被染成了红黑色。

那些色块边上均放上了写着数字的小板子。

一名深蓝色服饰的男人正拿着巨大的照相机拍个不停，大大的银色伞形部件中接连不断地闪现出强光。

我听到门外很吵，一个蓄着络腮胡的陌生男人来到了我的面前。

阿优就在我的身边，和他说着什么。

她的右手紧紧抓着我的胳膊。

"络腮胡"轻轻点着头，在一本小册子上做着记录。

"请问,他得的是什么病?"

他抬眼看向阿优。

阿优迅速地瞥了我一眼,答道:

"阿尔茨海默病。"

"原来如此……"

他挠了挠头发,悄悄打量着我。

我瞪了回去,他立刻别开了视线。

此时,另一名我从没见过的年轻人凑了过来,叫住了"络腮胡":

"尾崎哥,有情况。"

他们俩稍稍走开了一些,交谈了起来。

随后,年轻人离开了,"络腮胡"又折了回来,开口道:

"伤者在送往医院的途中不幸身亡。"

说着,他便叹了一口气。

阿优咬紧了下唇。

他又看向我,一字一顿地问道:

"你用花瓶猛砸了对方的后脑勺,对吗?"

我老老实实地回答:

"是的,我杀了石动。因为他想欺负阿优。我要保护阿优。所以我杀了他。和阿优没有关系。是我杀的。所以父亲会骂我。但是父亲不会骂阿优。"

"络腮胡"再次叹了一口气,小声对阿优说道:

"……总之，麻烦您二位先跟我走一趟吧。"

"是要去警署接受问讯吗？"

"不，先去医院做检查……这类病症的患者犯罪的定性标准是很微妙的，我不好轻易下判断。"

"他会住一阵子院吗？"

"应该会吧。"

"那么我得给他准备换洗衣服和随身物品。"

阿优说完，便匆匆走远了，只剩下"络腮胡"凝视着我，脸上写满了厌恶。

*

阿优带着我走出了家门，"络腮胡"走在我们前面。

房子周围拉满了黄色的带子，附近也挤满了人。

人群一边盯着我看，一边交头接耳，窃窃私语，还有几辆黑白分明的车子停在路边。

"络腮胡"打开其中一辆的车门，坐上了副驾驶席，阿优和我则坐在了后座。

车子开动了。

一路上，阿优目不转睛地直视着前方，紧闭着嘴，双唇微微泛青。

我伸出手，抚上了她的面颊。

她注视着我,微微一笑,开始安慰我:

"我不要紧的,但接下来会有很多麻烦事,你不能太难过哦。"

她顿了一顿,握住了我的手,接着说道:

"你说你想要保护我,谢谢你呀……这次就换我来保护你了。"

我能感受到她那柔软的双手包裹住了我的手掌。

*

"我们现在在哪里呢?"

一名身穿白大褂的陌生男子坐在圆凳上,从正面凝视着我。

我打量着周围,看到那个"络腮胡"就站在我的身后。

"在医院里。"

我答道。

"白大褂"轻轻点了点头,然后提出了新的问题:

"您还记得吗,您用花瓶猛击了一个男人的后脑勺,那个男人叫'石动戏作'。"

我开始思考"石动戏作"是谁。

还有,阿优为什么不在我身边?

"白大褂"站了起来,从我身边经过,绕到我的背后,轻声说道:

"他有记忆障碍的症状,智力也有下降的趋势,很可能完全不记得自己杀了人。"

"他有刑事责任能力吗?"

"我认为没有。他已经接近于精神失常的状态了。"

"这样啊……"

"总之,为了得出最终结论,我建议让他暂时住院,接受更仔细的检查。"

他们还没聊完,但我想去找阿优,便从圆凳上站了起来。

"哎呀,您不能乱动……"

"白大褂"出手制止我,我一把推开了他的手。"络腮胡"见状,赶紧和另外几个男人一起冲上来,摁住了我的手臂和肩膀。

*

我躺在一张床上。

床垫很硬,躺着很难受。

天花板是白色混凝土制的,角落里已经有了细小的裂痕。

我下了床,脑子里只有一个念头——我要回家,我要离开这个白色的房间,我要去找阿优。

一群男人拽住了我的手臂。他们从帽子到衣服都是深蓝色的,帽子正中间还有一个金灿灿的饰物。

穿着白大褂的男男女女出现在走廊上。

其中一个"白大褂"卷起了我的睡衣袖口。

不知他对我做了什么,我的上臂传来一阵钝痛。

那几个浑身深蓝色的男人架着我,把我抬回到床上。

*

我又躺在了床上。

床垫还是很硬,躺着还是很难受。

天花板还是白色混凝土制的,角落里还是有着细小的裂痕。

我想下床,却失败了。因为我发现我的手脚都被绑住了。

*

"你还好吗?有人欺负你吗?"

阿优抚摸着我的头。

我开始回忆自己有没有被人欺负。

她牵过我的手,带着我大步踏上了走廊。

走廊的墙壁是奶油色的。

大堂里成排地摆着绿色的沙发,其中几只已经略有破损,露出了内部填充物。我们脚步不停,直接穿过大堂,最后走出大门,来到了室外。

明亮的阳光和让人感到燥热的暑意瞬间从上空倾泻下来。

路面的柏油仿佛被晒化了一般,我的双脚也被卷入了热浪之中,甚至觉得自己的运动鞋底有些发黏。

阿优给我戴上棒球帽,和我一起走到了车子跟前。

车子的后座上,坐着一个陌生的男人。

阿优上了车,在驾驶席上就座。等我上了副驾驶席,她又帮我把安全带系好。

我回头看向那个男人,对方也向我点头致意:

"您好,初次见面。"

*

"我们拜完神社就回家,好吗?"

阿优停下车,从驾驶席上侧过头看向我。

我把一度脱下的棒球帽重新戴好,跟着她下了车。

她撑起了白色的遮阳伞,后座上的陌生男子也和我们同行。

我们三人一起进入了神社的地界,那里池塘遍布,中间架着一座桥。

我们上了桥,阿优停下了脚步,伸手指着池塘,对那个男人解释着什么。

对方用手帕擦着汗，边听边点头。

下了桥后，我们缓缓地走在砂石路上。

路上还有很多人。

一名胖胖的女性带着两个孩子，紧挨着池子站着。

阿优依然在和那个男人交谈，她拍着自己身体的各个部位，说道：

"……这里，这里，还有这里，全都是人的组成部分。他还活着，他的手还是热的。这样就足够了。"

我们走啊走，走啊走，终于走到了神社。

神社的柱子是鲜艳的朱红色。

阿优晃了晃响铃绳，随即双手合十，闭眼祈祷。

那个陌生男人站在石阶上，转动着眼珠子，四下张望。

阿优在完成仪式后，也顺着石阶往下走了几步，找他说话。

接着，他从背包中取出一块平整的正方形薄片，将它递给了阿优。

她忍不住笑了出来。

片刻之后，那个男人又把那块薄片收回包中，对阿优挥了挥手，径直离开了。

*

我睁开眼，发现阿优正俯视着我。

"早上好呀。"

她微微一笑，向我问早。

我别开了眼，不与她对视。

阿优的右手探进了被窝，摸了摸我的屁股底下。

"哎呀，又尿床啦……"

她依然笑着，掀起了被子，拉着我的双手，想把我从褥子上拽起来。

*

我睁开眼，发现一个陌生的女人正俯视着我。

"早。"

她生硬地向我问早。

"我要给你换纸尿裤了。"

说完，她就把我的睡袍下摆掀开，准备动手。

我想把她的手拂开，却无法自如行动。

兜在我双腿间的棉质物品触感粗糙，而且硬邦邦的。那女人把它撕了下来，然后擦拭着我的私处。

两个身穿白大褂的男人走了过来。

他俩一个托着我的腋下，一个抬着我的双脚，把我放到了一台带着轮子的椅子上。

方才的陌生女人走到我的背后，开始推起椅子。

我就这样被送入了大堂。

大堂里成排地摆着细长的桌子，还坐了很多人。有些人的椅子同样带着轮子，有些人的则没有。

女人把我推到桌边，停了下来，我看到自己面前放着一只托盘，盘子上有茶碗和盘子。

她拿起勺子，挖了满满一勺饭，送到我的嘴边。

我张嘴去吃，可没能一口吞下，饭粒还是掉了一桌。

一个陌生的老妇坐在我身旁，脸上布满了深深的皱纹。

她的椅子与我的一样，也有轮子。

她从椅子上探出身来，自言自语似的说道：

"昨天半夜里呀，向坂先生来啦！我们好久没见了，就说了很多话！哎呀，我们真的分开好久好久啦！都有五十年了吧，还是一百年呀……能跟他再说上话，实在是太开心啦……"

她还在自顾自地絮絮叨叨，我却开始思考"向坂先生"究竟是谁。

*

我睁开眼，发现阿优正俯视着我。

"身体还好吗？怎么瘦了一些呢？这里的饭菜不好吃吗？你有没有好好吃饭呀？"

她抚摸着我的面颊，询问着我的近况。

我仰面躺在床上,想要去握住她的手,怎奈胳膊根本抬不起来。

我又想对她说话,可是喉咙也发不出声音。

"我已经无法再为你做任何事了。"

阿优说着,表情是那样的悲伤。

*

我睁开眼,看向几位身穿白大褂的男男女女。

他们在交谈着什么,语速很快,手上也忙个不停,还有好几拨人来来去去的,可是其中没有任何人看向我。

我的嘴上罩着一个透明的罩子,身上还接了大量的软管与电线,整副身躯都沉重异常,重得没有知觉、动弹不得,就仿佛肩膀以下的部位完全消失了。

"请家属去见他最后一面吧。"

那些"白大褂"们纷纷离开了我的视野,眼前转而出现了阿优的脸。

此刻,我只看得见她一个人。

她深深地凝视着我。

她的双眼红红的。

我能依稀感觉到她正用温柔的双手包裹着我的手。

她似乎在说些什么,只是我已经听不清了。

我开始思考她为什么会哭泣，却觉得四周越来越暗，可视范围也越来越狭窄。

——当时我突然想起了一切。我在自家的起居室里杀死了石动戏作。我一次又一次地把花瓶砸向他，砸裂了他的后脑勺，血肉横飞，地板和我的双手也被染成了红黑色。

我对自己是杀人凶手一事记得清清楚楚。

"以上就是我的推理，"某人的食指和中指间夹着一根香烟，伸手用烟头指向对方，缓缓说道，"接下来，你必须赎罪才行。"

没错，就像名侦探们的总结发言一般，罪人必须赎罪。我甘愿受到任何惩罚，哪怕永劫不复。

我一点也不后悔自己杀了石动戏作。

第二章

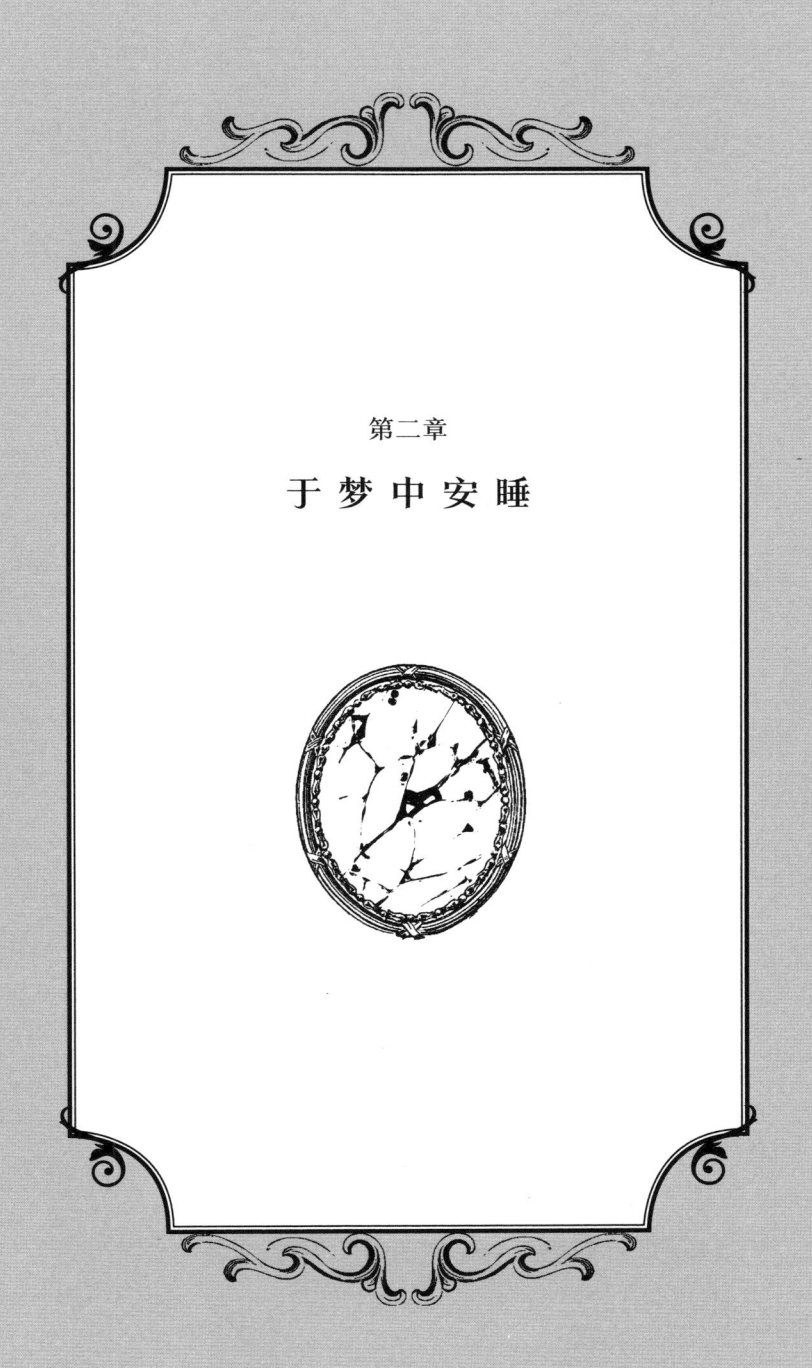

于梦中安睡

【现在·1】二〇〇一年六月二十八日

石动戏作做梦都想不到，短短一个月之后，自己会被人杀死。

此刻的他，对那么遥远的未来毫无概念，只顾得上拼命思考面前的男人是否值得信赖。

他把手肘搁在写字台上，支着下巴。

这是一张铁制的写字台，已经掉漆了，锈迹斑斑的，不过面积最大的铁锈被一台二手的笔记本电脑盖住了。

他牢牢地盯着对方，问道：

"您打算重新调查一桩旧案子，对吧？"

"是的，古都镰仓有一栋奇妙的宅邸，那里曾经发生过一桩残忍的凶杀案，希望您能破获它，一举成名！"

提出要求的男子名叫"殿田良武"。他的态度十分诚恳，可不知为何，他似乎很在意石动身后的上空，在交谈过程中不时抬头打量天花板。

"这……它是多少年前的案子啊？"

"十四年前，也就是一九八七年。"

"一九八七年？那不还是昭和时代吗？我不认为重查这么古老的案子还能查出个所以然来。更何况犯人早就被逮捕了，又不是悬案、积案。"

石动对这件委托兴趣索然，说完就低头看向桌面上的名片。那是殿田方才递来的，上面印着"编辑　殿田良武"几个大字以及出版社的名字。

它的版面经过精心设计，绝非街边的快印店出品的流水线产品，因此他的身份应该不假。只是石动从没听说过那家出版社。

"那是因为，我希望借用您的才智去颠覆当年的结论，由您这位名侦探的完美推理来揭晓旧案的真相。您看，这是不是太棒了？"

殿田激动地分析着，说得口沫横飞，头头是道。不过视线却依然在天花板那一带游移。

石动心想，这位殿田编辑胡子拉碴、身穿夸张的荧光色T恤，虽然看着可疑，但即便说着拙劣的奉承话，也想要调动侦探的积极性，可见是真心来委托工作的。

总之，既然对方没有嘲讽或恶作剧的意思，那么先认真听他说说也无妨。

他下了决心，表态道：

"您请细说。我会听的。但在此之前……"

他暂时止住了话头，打开写字台的抽屉，拿出一把长尺，起身走到墙边，双手握住尺子，往上捅了几下，接着把话说了下去：

"您好像从刚才起就很在意这一带。其实都是这家伙搞的鬼——好啦!快起床!"

"人家刚才就起来了欸!是怕打扰你们谈话才一直不出声的!"

天花板上悬着一只吊床,安东尼正窝在里面睡觉。这下被硬尺戳了后背,他整张脸都皱起来了,委屈地解释着。

"起床了就给客人上茶啊!"

石动抱怨道。

"遵命遵命——"

安东尼嘴上答应,同时伸出右手,抓住了文件柜的上端,稍一借力,整个人腾空翻下,下一秒就微微屈膝,稳稳地立在了地上,犹如体操选手着地时一般利落,只有头顶的吊床还在晃悠。

"……那位先生为什么睡在那种地方?"

殿田指着吊床,小声问道。

"哦,他是打工的,就住在我的侦探事务所里。可您也看到了,这里又小又乱,连地铺都打不下。吊床倒是能把天花板附近的空间利用起来。为了省地方,我们只好多动脑筋啦。"

石动本打算回答得明快一些,但殿田的表情相当复杂,不知道到底有没有理解这套说辞。

其实这一长串解释中,殿田大概只认同"又小又乱"这一项。边角处还摆着一只铁制的架子,整间事务所里只有它相对没那么老旧。铁架和锈迹斑驳的写字台上积了不知道多少叠纸张和工作用的信封,甚至都堆到了地上。

铁架最上端似乎被石动充作了书架，然而硬皮的精装书、普通的软装书和小开本的文库本乱七八糟地排在一起，完全看不出他有心整理过。现如今，即使是偏远地区的旧书店，都不会把书塞成这副德行。要是有爱书人士造访，绝对会因这番惨状而气昏过去。

面对此般光景，确实没人能有心情在地上铺好被褥，美美入睡。

当然，首要原因也确实是没有足够的空间。

这间事务所位于东京都新宿区高田马场某栋杂居楼的四楼，是"哑牛"有限公司的办公地，也是侦探石动戏作的"大本营"。

殿田一脸不可思议地环顾室内，开口道：

"话说，您这里好像和一般的侦探事务所不太一样啊？首先，为什么不叫'石动戏作侦探事务所'，而是叫'哑牛'有限公司呢？"

石动细细地给出了解答：

"'哑牛'的意思是'沉默的牛'嘛，那是托马斯·阿奎纳[①]学生时代的绰号。他身材笨重，话又很少，朋友们就这么叫他了。但他的老师是他的伯乐，说迟早有一天，全世界都会洗耳恭听'哑牛'说的话。我很喜欢这段轶闻，于是给事务所取了这个名字。"

"所以您的名片才会这么设计啊！画了一只被捆住的牛头形标记，牛嘴里还塞着东西，不能出声，真的很特别……对了，您这里

[①] 托马斯·阿奎纳，中世纪意大利经院哲学的哲学家、神学家，有"神学界之王"的美誉。——译者注

还有一点与众不同！其实我们老百姓对侦探事务所也有个刻板的印象——比如，开设在六本木或者横滨一带，用大号的黑色皮革沙发来待客……"

殿田低头看了看自己屁股底下的简易办公椅，僵硬的弹簧甚至发出了'嘎吱'声。

石动"嘿嘿"地笑了起来，问道：

"您是不是还觉得会有穿西装的美女秘书出来迎接？那都是电影里的场面啦，现实里才遇不上。"

"但我真想不到有人会像您这样，把侦探事务所开在高田马场的'柏青哥[①]'店楼上啊！这里一楼是'柏青哥'店，二楼是对个人提供融资服务的地方，三楼的生意我不太清楚，反正看起来也不是什么正经事务所，总是有打扮得跟帮派分子似的老哥出入。"

"哦，那位大哥真是人不可貌相哦，我买了铁架子回来，在走廊里组装的时候，他还会过来帮忙，人特别好！"

"那是因为，老大你的手指都快被铁管夹断啦，实在让人看不下去了。"

安东尼在一旁插嘴道。

[①] 弹珠机店是一种带有赌博色彩的游戏厅，店内的弹珠游戏机名为"柏青哥"，玩法是把小钢珠弹射到盘面里，钢珠在落下过程中会不断碰撞盘面里的机关，从而改变轨迹。最后若是能落入指定的位置，就能获得奖励。——译者注

走廊上有一间公用的茶水间，他刚从那边回来，把泡好的咖啡送到了铁制的写字台上，顺便揭了石动的老底。

"可是……"

殿田还是嘀嘀咕咕的，看起来非常烦恼。

石动好不容易愿意配合他了解案情了，眼下却轮到他开始犹豫了。他仿佛从美梦中清醒了过来，持续环顾着四周，或许是在重新评估，是否真的要雇用在这种环境中工作的侦探。

石动倒是没有多说什么，只管小口品着速溶咖啡。毕竟那桩案子并不是精彩刺激的大案重案，而且时隔久远，重查起来实在太麻烦了，即使对方决定撤销委托，他也毫不介意。

他总是尽力回避那些无法自己做主的工作，也是因此才不把"石动戏作侦探事务所"的招牌挂在门口——说到底，他不希望找上门来的净是些倒胃口的无聊委托（比如调查他人隐私）。

结果，殿田像是认命似的，决定将就一下。

他打开包，取出一只鼓鼓囊囊的大号商务信封，里面装的八成是那桩旧案的相关资料。

随即，他开口说道：

"十四年前，镰仓市净明寺的梵贝庄发生了一桩血案……"

他瞪着对方，强压着不快，尽可能平静地说道：

"我打断一下。如果您是来寻开心的，还是请回吧。这玩笑一点儿都不好笑。您口中的'梵贝庄血案'不是鲇井郁介先生的小说吗？

副标题是'名侦探水城优臣的最后一案'！"

"哎呀，您读过啊？"

意外的是，殿田的反应相当镇定。

"何止读过，'水城优臣'系列还是我最喜欢的作品之一，我到现在都珍藏着全套！"

石动指着杂乱的"书架"一角，只见那里虽然叠满了书本，其中却有五本摆放得整整齐齐的新书，显得格格不入。

"《红莲庄惨案》《空穗邸凶案》《树雨馆迷案》《紫光楼奇案》《阿修罗寺诡案》……唉！鲇井先生啊！您能快点把《梵贝庄血案》写完吗？大侦探水城老师可是我的偶像啊！要不是读了老师的故事，我根本不会想要当侦探！我甚至反复练习过老师的台词！"

石动拿起了写字台上的圆珠笔，夹在食指和中指之间，扬手将笔尖对准殿田，同时还拼命做出沉痛的表情，决绝地说道：

"……接下来，你必须赎罪才行。"

可殿田只是一脸莫名地看着他，完全不理解他在干什么。

难得的"模仿秀"出师不利，石动很是气馁，便自顾自地解说了起来：

"您不知道吗？这是水城老师的经典台词。当老师发表完自己的推理之后，就会伸手用烟头指着嫌疑人，说出这句台词。"

"不好意思，我只对这个系列的创作背景感兴趣，倒是没认真读过小说本身。幸好您全都看过，不需要我再做说明了……"

殿田耸了耸肩，但石动并没有听他在说什么，直接反问道：

"什么？你没读过？！你居然没读过《紫光楼奇案》？！它的核心诡计可是把'交换杀人'伪装成自杀啊！！你怎么能错过如此精彩的作品！！"

激动之下，石动索性举起了双手，肩膀也颤抖不已。

他不给殿田说话的机会，一股脑地问了下去：

"《树雨馆迷案》呢？你也没看吗？那条死前留言设计得实在太妙了！被害人在咽气前沾着血写下了两个俄语字母——'ю г'。这两个字母组合在一起就是'南方'的意思，但被害人说不定没把留言写完，真正想表达的是'南方的反方向'，或者'南方以外'等。总之各种推测层出不穷。结果，是水城老师破解了迷案，发现这条留言得'转个向'再看！我给你画示意图，稍等——"

他直接用上了那支夹在指间的圆珠笔，在便条纸上写了一个"온"字。

"这是韩语中的'温'字，所以水城老师和助手鲇井郁介赶紧前往树雨馆的温室，只见各种热带的兰花开得让人眼花缭乱，散发出甜美醉人的香气，而水城老师也由此看破了迷案的真相……啊！优秀！卓绝！水城优臣老师万岁！你真的没欣赏过这么伟大的作品？！"

殿田愣愣地听着石动的激情演说，不知该作何反应。安东尼背靠墙壁站在一边，见状也只好苦笑着解释道：

"抱歉啦，我家老大是那个水城优臣的狂热粉丝。"

石动咳嗽一声,开始为自己打圆场:

"抱歉,我刚才有些失态了。我们还是回到正题吧……对了,之前说到哪里了?"

"石动先生,我已经明白您有多么崇拜这位大侦探了。而且听您的介绍,'水城优臣'系列小说确实有趣,我接下来也要抓紧时间拜读一下。"

殿田露出了讪笑,仿佛是在讨好石动,随后探出身子凑近了他,说道:

"对我而言,能跳过详情说明环节简直再好不过了。反正这个系列的书迷们应该都知道,'水城优臣的最后一案'——《梵贝庄血案》原本在某本杂志上连载,可作者在七年前却突然不再往下写了,至今没有出版成册。我联系了负责这个系列作品的编辑,那位同仁真是为此流干了泪,现在已经看淡一切了,还说,'如果上苍有意,它总有一天会被印成铅字和读者见面的'。哈哈哈哈哈!"

想到那位编辑被逼得如同入定的高僧一般,殿田哈哈大笑,接着又补充道:

"因此,我就琢磨着,要是重新调查,把那桩案子给查清楚,再把破案经过和谜底写成书不是挺好的吗?像我们这种小规模的出版社就得打'奇袭战'嘛!"

"等……等一下,您说'梵贝庄血案'不是作者虚构的?!"

闻言,石动只觉得脑中乱作一团。

"嗯，鲇井郁介先生的作品全部取自真实案件。您刚才背得特别熟呢，听起来都跟念咒语似的了，比如……不好意思，我记不清书名了。"

"《红莲庄惨案》《空穗邸凶案》《树雨馆迷案》《紫光楼奇案》《阿修罗寺诡案》。"

"对对，那些全是真事。您身为书迷竟然不知道？"

"照您这么说……莫非水城优臣也是真实存在的人物？"

石动诚惶诚恐地问道。

"当然啦！听说老师在一九八七年解决掉梵贝庄的案子之后就直接隐退了。梵贝庄相关人员的下落我大概都有数，唯独查不到水城老师的去向。鲇井先生也坚决不愿开口。"

殿田回答完，见石动死死盯着他的脸，便趁势追问：

"如何？您愿意接下我的委托吗？听了您方才的热切发言，我认为您真是不二人选！"

而石动当场就答应了下来，心想着在调查过程中说不定还能见到水城优臣本人。作为忠实拥趸，自然不可能把这么好的机会让给别人。

【过去·1】一九八七年七月七日

一辆出租车载着四名乘客,行驶在上坡道上。眼前的路面越收越窄,然后突然一个急转弯,之前零星排列在坡道两边的宅邸便被甩出了视野范围。

柏油路的右侧有一片杂草丛生的空地,且无任何遮蔽物,一眼望去,翠绿色的群山绵延不绝,一览无余。正午前的小雨也停了,日晖透过云层的缝隙直射下来,照亮了大自然的美景。

左侧则是一道长长的石墙,砌得很高,需要抬头才能看到其顶部。茂密的枝叶越过墙头探了出来,阳光同样不失时机地穿过密匝匝的叶片,在出租车的挡风玻璃上投下了斑驳的光影。

车子眼看着就要驶入杳无人烟的深山,田岛民辅坐在后座,一边看向窗外,一边心想着这种地方居然还建有房屋。此刻,他的胸中突然涌起了一股说不清道不明的不安。

坐在副驾驶席上的藤寺青吉正直视着前方,从田岛的角度看过去,只能瞥见他的一小部分侧面。不过他始终散发着一种随性的态度,白鹤般细瘦的身子舒适地窝在椅子里,看起来相当放松。至少从他身上感觉不到任何紧张感,不像田岛自己。

说起来,藤寺是此次旅行的发起人,既然他依旧气定神闲,那么这条狭窄的山路无疑是通往梵贝庄的正确路线。

可是，那股无法用语言形容的不安并没有消失。

田岛偷偷看向坐在他身旁的两人。

中谷浩彦靠在车门上，一副百无聊赖的样子，不停地瞥着车窗外，同时拨弄着垂在额前的刘海。他八成是有捻头发的习惯，在坐新干线的时候，田岛就注意到好几次了。包括和智子亲近地聊天时，他也一直在把自己的那头长发往上梳。于是田岛以这个小动作为依据，暗自认定此人颇为神经质，而其中当然也夹杂着些许嫉妒。谁叫他和智子那么亲密！

田岛凝视着她的侧脸。

她真的很美。

她的头发是那样的乌黑润泽，剪着波波头，发尾整整齐齐地垂在领口处；她的肌肤是那样的白皙透明，将黑色的秀眉衬托得分外鲜明；她的颧骨和下颚是那样的漂亮精致，连成了一道清晰的轮廓线。还有她那双略显迷离却拥有独特魅力的眸子……

田岛想到此处，智子便恰好睁开了眼睛。

他再次被她那魅惑人心的瞳仁所俘虏。

智子冲他微微一笑，他下意识地别开了视线，但腿上却感受到来自智子的鲜明触感。

此刻，他俩的腿部正紧紧地贴在一起……

*

"我下个月要去一趟镰仓。"

两周前,智子在大学附近的咖啡厅里对田岛说道。

那家店非常狭窄,至多只能容纳十名客人。全店唯一的窗户虽是临街的,但窗玻璃是浓重的深红色,因此店堂在白天也略显昏暗,配乐只有一首宁静的钢琴曲。

智子似乎很喜欢这种"大隐于市"的氛围,每次约会的归途中,都会顺道进去坐一会儿。

"和朋友去旅游?"

田岛故作轻松地问道,强忍住了进一步询问"朋友"是男是女的冲动。

午后的日光透过那块深红色的玻璃照了进来,落在智子的脸颊上,仿佛为她抹上了一层浅红色的胭脂。

她摇了摇头,回答说:

"不,是和藤寺老师、中谷一起去。"

"中谷?"

田岛不觉拔高了音量,而店主好静,便在柜台里轻咳了几声,以示提醒。

所谓的藤寺老师是他们二人就读的K大学法国文学专业的副教

授。而中谷肯定就是她时常提起的那位"精通法语的中谷浩彦"。

田岛当时还没见过中谷，只知道中谷属于藤寺指导的研究会。智子每次说起此人时，总会流露出敬意与好感。这让他的内心隐隐作痛。

"研究会要搞夏季合宿活动？但就两名学生参加，也未免太冷清了吧？"

他用半开玩笑的口吻试探道。

"嗯，可以算是合宿。田岛，你知道'瑞门龙司郎'吗？"

她喝了一口咖啡，然后反问道。

他默默地摇了摇头。

"也难怪你不知道。他是一位特立独行的法国文学学者，只在相关的小圈子里出名。大约五年前，他还是T大学的教授，可因为和学校关系不好，便辞去了职务，之后一直沉浸在古籍珍本之中，深居简出，平日里几乎不和外人接触。"

她放下手中的杯子，将视线投向那扇深红色的玻璃窗，看着窗外的行人们那朦胧的轮廓，补充道：

"他的房子建在镰仓，名叫'梵贝庄'，据说设计非常奇特。"

"你特地跑去镰仓，就是想见见那位大学者？"

"瑞门龙司郎老师每个月都会在家里办一次聚会，叫作'周二沙龙'，和斯特芳·马拉美的沙龙同名呢。毕竟他是研究马拉美的专家嘛。"

遗憾的是，田岛对法国文学很陌生，所以压根儿没听懂。但他并没有继续发问，只是注视着面前的美人，静候下文。

"下个月的七日是周二，藤寺老师受到了邀请，要去参加梵贝庄的沙龙。由于机会难得，他希望能带学生一起去见见世面。这也是为了进一步提高教学水平。结果'大魔王'同意了。"

"怎么又来了一个'大魔王'？"

智子笑着解释道：

"就是瑞门龙司郎老师啦。'龙司郎'的'龙司'日语发音很像魔王'路西法'的'路西'，对吧？于是大家都私底下叫他'大魔王'呢。而且我听说，他真的和这个外号一样，又乖僻又顽固，是个很可怕的人哦！"

"所以这位'大魔王'也同意了你和中谷参加沙龙？"

"是的。"

接下来，两人便一同陷入了沉默。同时，店内播放的钢琴曲奏出一连串高音，宛如密集的雨滴直接打在耳膜上。

田岛率先打破了沉默：

"既然'公主'要去见'大魔王'，那么守卫她的'骑士'也必将同行。"

"什么？"

智子有些困惑。

"我是说，能把我也带上吗？"

"可你是法学部的人呢，对文学又没兴趣欸。"

智子单手支在桌上，托着脸蛋，如少女般俏皮一笑，眼中闪烁着淘气的神采，似乎是明白了他的"小心思"。

"我喜欢看小说！"

田岛为自己辩解道。

"那些杀人的小说吗？"

"呃，对，就那些。"

田岛一下子害臊了起来。

其实田岛是K大学推理小说研究会的成员，平时净在读英美两国的古典推理作品，几乎不碰法国的推理小说，更别提法国诗人马拉美的著作了，那对他而言完全就是一片盲区。

"但我特别想见见那位'大魔王'老师，也很好奇梵贝庄的设计到底多有趣。能不能捎上我？"

智子一边听着这些借口，一边时不时地瞥他一眼，认真斟酌了起来，过了好半晌，才总算开了口，态度相当沉静：

"我先帮你去问问藤寺老师吧。"

三天后，田岛接到了智子的电话。

得知自己可以一同前往梵贝庄时，他发自内心地感到喜悦。

尽管他和中谷素不相识，但已经认定对方是他的情敌，会趁着这趟镰仓之行对智子采取行动。不过这下总算是不用担心了。

然而，当时的他还不知道，自己会在两周后被卷入一桩噩梦般恐怖的杀人案。

一切都发生在镰仓的深山之中……

*

出租车停下了。

头发花白的司机对着副驾驶席上的藤寺说道：

"非常抱歉，车子只能开到这里，得请各位下车了。梵贝庄的入口就在那边。"

说着，他还跷起拇指，比了比方向。

顺着他的指示看去，一条斜坡像是冲破了石墙似的向上延伸而去。斜路的尽头有一片密集的樫木林，树荫连成了一片，密不透光，梵贝庄的入口似乎就在那里。

付完车钱后，一行人从后备箱里取出各自的行李，并朝着斜坡走去，出租车则掉转车头，往相反的方向越驶越远。

来时的柏油路和上坡路上的混凝土地面都是湿漉漉的。树叶也挂着雨滴，在阳光的照耀下泛出点点水光。轻风拂过枝头，这感觉让人心旷神怡。

斜坡的尽头设有挡车器，一辆白色的轻型汽车正停在那里，边上是一扇紧闭着的拱形铁门。铁门两边各有一根红砖砌成的门柱，柱上安着大理石制的门牌，上面刻着"瑞门"二字。

"怎么没有门铃啊……"

藤寺仔细端详着门柱，随后突然伸手握住了铁门上的栅栏。

田岛忍不住发问了：

"擅自开门会不会有点不妥？"

"没办法，这里没装门铃，只能自己开门。万一真迟到了，那才更失礼。"

藤寺说着，便打算用力推开这扇拱形大门。

但门纹丝不动。

"这门好沉啊，中谷，快来帮忙。"

眼见中谷苦笑着走近门边，田岛也急忙跟进，在帮着推门的同时，心想这位藤寺老师真是我行我素，在新干线上的时候也全程都在酣然大睡。要是智子没有在新横滨站把他叫醒，他恐怕能一觉睡到东京站。此外，他对职称似乎毫不在意，都五十岁了还依然只是个副教授。

不过正因为他是这种性格的人，所以才会爽快地答应带田岛这个外人一起赴约。

三个大男人一起用力推门，随着刺耳的"吱呀"声，铁门终于开了一条缝。他们一行四人总算得以进入梵贝庄的地界。

石板铺就的小径蜿蜒向前，但整体弧度很小。铺路的石板有三角形和六边形两种形状，呈现出几何学的美感。沿路上分布着金属制的坛子，其大小足以容纳一名幼童。

当他们经过坛子旁边时，田岛注意到坛子表面刻着奇特的人面浮雕。浮雕中的人面双目圆睁，嘴角上扬，仿佛正在讥笑着。这再一次引起了他的不安。

他们继续走着，渐渐可以透过树木的间隙望见一栋奇异的建筑物。

中谷自言自语道：

"这就是'大魔王的城堡'吗……"

看到梵贝庄全貌的瞬间，田岛脑中出现的第一印象便是"怪屋"。

乍看之下，那只是一栋极为普通的现代主义风格的长方体形建筑，但仔细打量后便会发现它有些走形。二楼正面的部分像是被斜着切过一刀似的，为整栋建筑带来一种不规则感。再加上其深灰色的墙壁，使得这栋建筑看起来像是从一块巨型砂岩上切出来的石块。

"岩洞的居所旁那一层层如衣裳般的雾气逐渐褪去……"

中谷口中念念有词。

田岛不解地打断道：

"这里没起雾啊？"

"我刚才念的是马拉美的诗，节选自《忆比利时的友人》。"

闻言，田岛愤慨不已，心想这家伙怎么如此可恶！即便他不是情敌，自己也绝不要和这种人交朋友！

"整栋建筑就像是围绕着中庭而建的。沿着一楼的走廊绕一楼转了个圈后，便来到通向二楼的阶梯，那倾斜的部分就是楼梯。接着，二楼的走廊也绕了一个圈。总而言之，这栋房屋正如其名，呈现着螺旋状的结构。"

藤寺指着那栋深灰色的建筑物解说道。

"正如其名？"

田岛困惑地歪着头。

"'梵贝'指的就是'法螺'。"

智子体贴地给出了解答。

四人沿着这条小径继续前进，离梵贝庄的大门也越来越近。

抵达目的地后，田岛发现门边的壁龛中嵌有一块铅灰色的金属板，上面刻着一些文字和外语单词。

他只能勉强认出"Maison"这一个词，并下意识地嘀咕了起来：

"照这么看，法语里的'法螺'就是'ptxy'了？"

中谷一听，突然大笑着说道：

"你这话要是被'大魔王'听到，他非打死你不可！"

"'ptxy'其实是马拉美十四行诗里的一个有名的自造词。而将这个词译作'梵贝'的人是铃木信太郎。你看这块金属板，已经把相关的诗行给刻上去了。"

> **梵贝庄**
>
> Maison de ptyx
> nul ptyx,
> Aboli bibelot
> d'inanité sonore

接着,中谷便用法语将这段诗文朗诵了出来。

"nul ptyx, Aboli bibelot d'inanité sonore.(没有法螺,古董也化作了废物,化作了隆隆作响的虚无。)"

"附带一提,法螺的法语是conque,皮埃尔·路易曾创办过一本杂志,刊名就用了这个词……古田川同学,是这样的吧?"

听中谷这么问,智子微微撇了撇嘴,回答说:

"田岛又不是研究法国文学的,当然不具备这方面的知识。你这么显摆自己的学问,很幼稚欸。"

被智子一通抢白,中谷的脸颊微微抽搐了一下。

"好了好了,深奥的话题先放一放,我们还是赶紧进去吧!反正'周二沙龙'总会讨论一些难题。中谷,你有任何问题都可以在沙龙上请教瑞门老师。"

藤寺出面打了圆场，又上前按下了门铃。

厚重的木制大门很快便开了。

【现在·2】二〇〇一年七月六日

石动犹豫了一瞬间，仿佛下一刻就要潜水似的，深吸了一口气，紧接着便下定决心从车上下来，并踏上了JR川口站①的站台。

他的额头、前胸、腋下、后背都在流汗。其实京滨东北线列车上的冷气开得并不强，不至于让人无法适应内外温差，因此只能怪今天实在太热了。

——什么鬼天气！现在才七月上旬，梅雨季刚结束不久，怎么会这么热！

石动心中愤愤不平，含恨仰望天空，只见云层厚实，尽管不似梅雨期间那般阴沉，却也没有一丝降雨的兆头，强烈的闷热感让人越发不快。

他慢腾腾地前进，接着开始爬楼梯。这已经是他今天第三次腹诽殿田了。

殿田在八天前把"梵贝庄血案"的相关资料交给了他，并在临走时留下了一番话：

"麻烦您先阅读资料，看看有没有残存的疑点以及表述不清的

---

① JR川口站为东日本旅客铁道的车站，位于日本埼玉县川口市。——译者注

地方,至于和相关人士联络、约出来见面之类的麻烦活就请交给我。您没有这方面的经验吧?不过我可是老手了。等我安排好时间地点之后,您直接到场和他们对话,把问题都当面问清即可。"

尽管他的说法像是在施恩于人,但石动还是坦率地向他表示了谢意。因为事实的确如他所言,自己从未贸然给不认识的人打电话要求采访,想必难以胜任这项工作。

殿田给出的资料全都塞在一只寒酸的大号文件袋里,里面大部分是《梵贝庄血案》的连载内容,是从杂志上直接复印下来的,用长尾夹固定成厚厚的一册。相比之下,当年的新闻报道则少得可怜,一只手就能数得过来。其中那篇嫌疑人被捕的报道更是短小异常,全文不满十行,内容也相当笼统,案发地点被写为"瑞门先生自家"而非"梵贝庄",水城优臣的大名亦未出现。

由此,石动深深感受到,"小说"与"新闻报道"之间确实存在区别。虽然这桩案子足以支撑一部长篇推理小说,可在新闻记者看来便很平庸,不配多占一点篇幅,从头至尾也只有一名死者。

不过,能借机重温一遍《梵贝庄血案》已经让他感到庆幸了。这部小说始于七年前,他当时认为出版社很快就会推出单行本,因此并没有细看连载。而随着剧情渐入佳境,他更是舍不得多看一眼,只盼着作品完结后一口气读完。然而,《梵贝庄血案》始终没有出版的迹象。最后,他还是从爱看推理小说的朋友口中得知,原来这部小说早就中断了,根本没能连载完。

"听说鲇井老师进入瓶颈期了,最终还是没能写下去。"

那位爱嚼舌根的朋友曾经浅笑着对石动如此说道。

已经过去七年了……

石洞不禁在心里感慨道。当时他才二十几岁,嘴上自称侦探,事实上却只是个无业游民,靠大学前辈介绍的杂活勉强糊口。当然,在旁人眼里,如今的他也不见得比无业游民强多少,只是他已经可以养活自己,还拥有了一家侦探事务所。虽说确实又窄又破,但好歹是属于他自己的事业。

其实,自打他接下殿田的委托起,就着手阅读《梵贝庄血案》了。可这期间,他始终在纠结自己七年来是否有所进步……

就这样,他沉湎在怀旧与忧郁之中,度过了六月剩下的日子。

七月开始后,骇人的酷暑席卷了整个日本。对此,电视新闻做了专门的报道,称这是由"印度洋偶极子现象"所引发的异常气象。遗憾的是,无论解说员多么努力地解说,石动依旧不理解为什么日本的炎夏和印度洋的海面温度有关。只不过他总算弄懂了东京尤为闷热的理由,罪魁祸首即是所谓的热岛效应。毕竟这座城市满是混凝土建筑物和柏油马路,还有数不清的空调外机和汽车在源源不断地释放热量,不热才不可思议。

话又说回来,即使人类能在一定程度上把握自然现象背后的原理,也丝毫无益于缓解暑热。比如,石动的事务所里有一台二手空调,开足马力都没法降低室内的温度;而一旦踏出大门,滚滚的热浪就仿佛当头一棒，打得人头昏脑涨、眼冒金星。

可殿田居然全然不顾眼下的苦境，连续多日发来传真，通知他去见相关人士，搞得他莫名心慌。

——天气都热成这样了，还非得为了采访调查而到处跑来跑去吗？而且还只有我一个人受这罪。

在愤怒的驱使之下，他要求殿田和他同往，然而对方却自称很忙，分身乏术。这下他不禁怀疑，殿田没空是假，不想离开冷气十足的办公室才是真。

于是他转而瞄准了安东尼，可安东尼就坦率多了，一脸开朗地直言外面太热了，恕不奉陪。

结果，只有他一个人被流放到了灼热的"地狱"之中。考虑到和对方是初次见面，礼节很重要，他还一丝不苟地穿了西装和白衬衫、打了领带。

他出了站，下了天桥，在周围找了一圈，终于发现了自己要去的那家咖啡店。而此刻，他的衬衫后背已经被汗水打湿了。

随着自动门的一开一合，他走进了咖啡店。

店内的空调非常强劲，凉风瞬间吹遍了他的全身，安心与舒适感也油然而生。他不禁发出了轻叹声，还能感觉到自己额上的汗珠正在逐渐消失。

他冷静下来，环视四周，发现此刻顾客盈门，进来避暑的行人坐满了整家店，而且几乎都是女性，身边还放着购物纸袋，上面印有附近商场的商标。

他一边确认店内顾客的相貌，一边朝着深处走去。

他要找的男人就坐在全店最靠里的座位上，已经点了一杯冰茶，目前正跷着二郎腿，低头读着周刊杂志。

他赶忙走上前去，向对方打了招呼：

"您好，请问您就是田岛先生吗？"

那名男子抬起头来看向他，简短地答道：

"嗯。"

"初次见面，我姓石动，百忙之中打扰您真不好意思。今天麻烦您了。"

石动先尽到礼数，接着才坐下，表现得十分得体。

"没事，您的来信里还附带了一张有趣的名片，所以我也对您挺感兴趣的。"

田岛民辅说话的同时，还不忘拿起放在桌上的名片，晃了几下。

那正是石动的名片，上面印有一只牛头。

"这名片是您自己做的？"

"是的。"

"您可真有一套啊。"

田岛歪嘴一笑，又将手中的名片放回到桌上。

这笑容让石动感到不快，差点下意识露出不悦的神情，幸好这时女服务生走了过来。

等石动点完单,田岛便重新翻开了方才阅读的周刊杂志。他身材高大,气质冷酷,头发剪得短短的,戴着一副银边眼镜,一双吊梢眼看起来非常孤傲。人到中年的他似乎有些发福,浅蓝色的POLO衫和休闲裤都被撑得鼓鼓的。

女服务生离开之后,田岛并没有看向石动,而是继续盯着杂志,但满脸都仿佛写着"无聊"二字,不像是看到了精彩的报道。

石动决定先聊些无关痛痒的话题,便开口道:

"田岛先生,您今天休息?"

闻言,对方总算抬起了眼,合上杂志,把它放在了身旁的空位上,回答说:

"公职人员的坐班时间不规律,忙的时候周日都要到岗,有家不能回,但可以像这样在周五休息。"

"我记得您是在总务省①工作吧?"

"我刚入职的时候隶属自治省②。今年初春,总务省调整了内部结构,换办公地点那阵子特别折腾,在霞关③那边搬运纸箱子时可把

---

① 日本的总务省相当于民政部。——译者注
② 自治省是日本原中央省厅之一,负责主管地方自治的事务,监督地方自治、制定有关地方自治和公职选举方面的制度并指导地方政府执行,做好中央和地方政府之间的联络事务。2001年与总务厅、邮政省合并为总务省。——译者注
③ 霞关位于日本东京千代田区,是日本政府机关的集中地区。——译者注

我累坏了。"

田岛又一次歪嘴笑了,感觉像是在嘲讽什么一般,看来这八成是他的习惯。

"副科长也要一起搬纸箱?"

这下轮到石动意外了。

"在中央级别的机关里,副科长是底层人员呢,待遇甚至远远不如地方上的科长。而且在官僚组织里掌权的是东京大学出身的那群人,我是京都大学毕业的,根本讨不到便宜……"

这时,田岛好像突然意识到自己的发言不妥,便住了口,只是注视着石动,眼神也冷了下来,接着说道:

"如果您是打着调查往事的幌子来打探政府部门的实情,那么请容我拒绝。这年头,妄议机关内情是很严重的问题,我上司也会来找我麻烦的。"

"您放心,我没有这种想法!"

石动赶紧辩解,随后接过女服务生送来的冰咖啡,喝了一口,顿了一顿,强调了自己的来意:

"我只想向您请教十四年前的案件。"

"不好意思,那桩案子我已经提供不了什么情报了。毕竟是大学时代的旧事,我都忘得差不多了。"

田岛答得非常冷淡。

"但我还是有几个问题想问您……"

石动拿出了提前写好的便条，开始逐条发问：

"首先，关于您前往梵贝庄的缘由……是您拜托古田川智子女士带您一起去的，对吗？"

"那时候我确实很喜欢推理小说，也经常看，但毕业之后就几乎没再碰过了，因为我需要阅读大量的白皮书和报告，实在匀不出时间。"

"原来如此……"

石动在心中默默叹息。看这情况，是没法从他嘴里问到有用的情报了。只不过，他还有一件必须确认的事，于是目不转睛地直视着田岛的双眼，提出了问题：

"其实我最想了解的是，你们在梵贝庄留宿的时候，是如何分配房间的。也就是说，各位分别住在哪个房间。"

"我都说了，时间太久，不怎么记得了，更何况这种细节问题。"

田岛冷笑了一声。

"您是和中谷浩彦先生一起住在起居室里的吧？这一点您应该没忘吧？"

或许是感受了石动的热忱，对方也认真回忆了起来。

"大概是。我记得自己当时睡在一张意大利产的大红色沙发上，软乎乎的……中谷和我一屋，他睡另一张沙发。"

"然后，您在半夜听到尖叫声和重物坠地的声音，于是便赶往了二楼……对吗？"

"没错,大家一起上了二楼,看到有人倒在通往中庭的楼梯上。遗体的样子至今还刻在我的脑子里。"

田岛的眼神也严肃了起来。

"我知道了。"

石动用圆珠笔在便条上做着记录:田岛,一楼起居室,确认。

这时,他瞥见了便条一角上的潦草字迹,那是殿田托他打听的事项,于是他又补问了一句:

"对了,您要是知道古田川智子女士的联系方式,还请告知我。"

田岛却露出一脸莫名其妙的表情,像是在表示这事为什么要问他。

"我不知道她的联系方式,大学毕业后我们就没再见过面了。"

"呃……可是……您确实和她交往过吧?"

田岛的眼神变得悠远了起来,淡淡地说道:

"是的,我们在上大学的时候交往过。因为她长得很美,惹人怜爱,我年轻的时候特别迷恋这种柔弱的文学少女。但是刚确定恋爱关系后不久,我就发现她和我想象中的不一样,还听说她曾堕过胎,彼此间便渐行渐远了。"

他沉默片刻,之后又换了一副口吻,斩钉截铁般地总结道:

"反正我只和她睡过三次左右,早就不知道该上哪找她了。"

石动突然无话可说,只得避开对方的视线,转而含住吸管,喝起了冰咖啡。

"当时那些人里，我只跟河村先生还保持着往来。"

田岛无心地喃喃道，但听者有意，石动又迅速抬起了头，只见对方正深深地窝在椅子里，两眼望着窗外。

路上的行人们一个个都热得喘不过气，步履蹒跚，活像是无力地漂浮在水族馆玻璃缸里的深海鱼。

"河村先生，是河村凉先生？听说他从电影演员转型从政，成为参议院议员……"

听完，田岛轻轻点了点头，给予了肯定：

"是的，我去国会议事堂办事时，碰巧遇见了他。之后他来过我们省里几次。"

"我们也对他提出过采访申请，不过他没答应。"

"那当然，毕竟选举期快到了，他肯定很忙。光是去见那些能给自己投票的当权者，就是一项'大工程'了。至于他到底是从哪个党派里发迹的，然后又转而支持了哪一派，以及现在在哪个党里，我就真记不清了。哪个党会赢我都无所谓。"

田岛冷笑着说道。

"无所谓？"

田岛满不在乎的语气引起了石动的好奇心，他不禁追问道。

"身为官员的您不在乎选举结果吗？"

"嗯，我无所谓啊。不管哪一派最后胜出了，我们单位的工作内容都不会变的。政策纲领也好，预算大纲也好，他们只管出个提纲，具体内容全由我们来做。"

田岛用力地伸展了一下脊背,接着双手放在桌上,专注地盯着石动,说道:

"最近外务省有几个蠢材干了傻事,百姓对当局和公务人员的评价暴跌,要是没有我们这些人撑着,国家早就崩溃了。"

"这样啊。"

石动小声附和着。

这时,田岛又歪着嘴,笑了起来。

【过去·2】一九八七年七月七日

"欢迎光临。"

厚重的木门打开了,一名青年男子向田岛一行人深深鞠躬行礼。

目测他年龄在二十五岁上下,比田岛略微年长一点,头发整齐地向后梳着,肤色白皙,胡子刮得相当仔细,脸颊和下巴都光溜溜的,薄薄的身板隐藏在挺括的白衬衫下,手臂也很纤细,整体散发着一种文弱的感觉。

"您好,我是K大学的,敝姓藤寺。"

为首的藤寺报上了姓名,青年轻轻点了点头,把门敞开,招呼道:

"请进,龙司郎老爷正恭候各位的光临呢。"

玄关两侧的墙壁上铺着焦茶色的土瓷砖,往前走到底有一个古董橱柜，一对烛台发出暗淡的银色光辉。橱柜上方挂有一幅装饰画，是用原色绘就的，粉红色和奶黄色在天青蓝的背景上恣意跃动，整张画面非常鲜艳活泼。

"左边就是起居室，各位请。"

青年的声音从背后传来，原来那名青年还留在玄关支着门。

田岛跟着藤寺，穿过一道白色的大门，进入了起居室。

映入眼帘的是一名坐在大红色沙发上的男子。

那人将双臂架在沙发的靠背上，跷着二郎腿，整个人都显得十分自在；浅蓝色的外套随意披在身上，前襟大敞，露出了贴身穿的白色T恤。

他也注意到有人来了，便抬眼看向他们。

田岛看清了对方的长相，他有着两道浓眉和一只鹰钩鼻，相当眼熟，应该是演员河村凉。当然了，他作为英俊小生在大荧幕上活跃的时候，田岛才刚出生，所以完全不了解那段光辉岁月，但如今他还不时出现在电视连续剧中，因此田岛认得他。

"瑞门先生，您有客人到了。"

河村朝着起居室深处朗声说道。

"哦，是藤寺吧？欢迎光临！"

一个粗厚而富有穿透力的声音传来，说话人应该就是那位"大魔王"了。

"瑞门老师，好久不见。"

藤寺朝着声音的所在之处鞠躬问候。

"你叫我'老师',我怎么受得起?赶紧把这称呼去掉。对了,这几位就是你的学生?"

田岛看向声音的所在之处。

起居室里面摆有一张椭圆形的玻璃桌,周围是八只蓝色的蛋椅,三个男人坐在那里,不过瑞门龙司郎并不在其中。

藤寺指着田岛等人,说道:

"他们都是我的学生,这就给您介绍一下——这位是中谷浩彦,这位是古田川智子,还有这位是……"

他一时卡壳,盯紧了田岛,询问他的名字。

"初次见面,我叫田岛民辅。"

田岛向"大魔王"报上了自己的姓名。

"嗯,你们好,希望大家今天玩得开心!"

瑞门龙司郎一边微笑着,一边回话。

离玻璃桌稍远处,有一个餐具柜,他就独自站在柜旁。他身高与田岛相仿,相貌并非如恶魔般狰狞,反而看起来十分温和。

然而,他按说只有五十五岁上下,头发却已是一片雪白,而且蓄得很长,把脖子都遮住了。那头蓬乱的银发加上那副体格,令他整个人都散发出一种威严感。

田岛打量了一下那个餐具柜。

它和玄关处的橱柜一样,都是古董家具,已经被岁月磨成了绛紫色。上面安放着一只黑色的座钟,钟体上还带有精美的雕刻。

随后他抬起头来,发现龙司郎身后的三合板墙上挂着一幅肖像画,华丽的胡桃木画框收纳着一张写实风格的油画,和方才在玄关看到的装饰画形成了强烈的对比。画面上,一名小女孩穿着白色的连衣裙,摆着可爱的姿势。她那腼腆的微笑,被完美地定格在画布上。

这间起居室做了通高处理。一楼的三合板墙只比肖像画高出一点,再往上便是一大片白色的泥灰墙。

那名白皙的青年从玄关回来了。

"仓多,送茶过来。"

闻言,仓多用力点了点头,穿过起居室,朝房间内靠里的另一扇门走去。

"客人都到齐了吗?"

龙司郎又问了一句,仓多便在门前停下了脚步,转过身来,斯斯文文地答道:

"野波先生还没来。"

他始终微微低着头,避免直视主人。

田岛觉得他好像很怕龙司郎。

"呵呵,就剩野波了啊?突然说想参加'周二沙龙',结果居然是最晚到的,真马虎。"

龙司郎的笑声中似乎带着一丝嘲讽。

"野波先生是哪位?"

河村坐在沙发上问道。

"野波庆人，是个律师。我和他并没有深厚的交情，就是在阿圆去世那会儿请他帮了一点忙，这次是他头一回来这里。"

龙司郎的口气听起来有些轻蔑。

在听到"阿圆"这个名字的瞬间，全员都沉默了下来，仓多甚至惊讶得颤抖了一下。

田岛对这一突变感到不可思议，这让他再次感到不安。

"怎么还待在这儿？快去泡茶。"

龙司郎用冷酷的眼神看向仓多。

仓多小声地答应，随后便从靠里侧的门离开了起居室。

"那位野波律师是个热爱文学的人吗？这在日本可算得上是稀奇事了！哈哈哈哈！"

"那家伙哪里会喜欢文学呢，是他的朋友想来我的沙龙。我一开始准备拒绝，不过听了那位朋友的情况之后，我改变主意了。那人好像挺有趣的。"

"此话怎讲？"

这时，一位留着短发的消瘦男子如此问道，他是坐在桌边的三人之一。

"暂时保密，那人来了你们就知道了。"

龙司郎对他微微一笑，接着又转而将视线投向了田岛一行人，招呼道：

"别光站着啊,大家坐!"

藤寺连忙走向玻璃桌,挑了一张空椅子坐下。田岛他们还是后生,到底不敢直接跟过去,便打算去沙发上找位置。

河村占了半张沙发,笑容满面地向智子招了招手,这下田岛只能和中谷一起坐在另一张沙发上。

藤寺八成坐不惯这种意大利风格的圆椅子,一边扭来扭去地调整坐姿,一边拜托龙司郎:

"您能先跟我们介绍一下这里的客人们吗?"

"嗯,说得也是。这位是柴沼修志先生,新锐文学评论家。"

"大家好,请多多指教。"

柴沼便是方才问神秘来客是谁的消瘦男子。他的头发剃得短短的,戴着无框眼镜,双目炯炯有神,手肘支在桌上,正在吞云吐雾,只是表情有些郁闷,似乎心情欠佳。

"这位是演员河村凉先生,他那么有名,想必大家都认识他。"

"各位好!"

河村盯着智子漂亮的脸蛋儿,微笑着问候道。

"剩下的就是犬子笃典和诚伸。"

"初次见面,大家好呀。"

哥哥笃典有着一头黑亮的头发,仔细地梳成三七分。他的寒暄方式非常圆滑有礼,眉头却轻轻皱着。看来他不仅长相酷似父亲龙司郎,就连乍看之下平易近人,实则性格乖僻,不会毫无底线地与人亲近的这一点也都一模一样。

而弟弟诚伸与哥哥不同,他相貌柔和,头发蓬松,似乎用手捋了一下就出来见客了,性格好像也很内向,打招呼时只是对田岛等人轻轻点头致意,声音小得根本听不清。

这副腼腆的样子引起了田岛的注意。

他抬眼看向挂在墙上的肖像画,画中少女的样貌就与眼前的诚伸有些相似。

——这个小女孩也是瑞门家的一员吗……

他在心中猜测着。

这时,仓多回来了,手中端着一只托盘。

"他是我的秘书——仓多辰则。"

龙司郎介绍完毕,仓多默默地向大家点了点头,接着首先为藤寺上了一杯茶,随后慢慢地走向田岛他们。

"谢谢。"

田岛接过茶杯,将它放在面前的黑色塑料小桌上。红茶的醇香随着热气从杯口飘散出来。

呈上茶水之后,仓多将空托盘抱在胸前,再次从靠里侧的房门离开了。

"你们几个都是法国文学专业的吗?"

河村轻快地打听道。

"我和中谷是学法国文学的,而田岛是我的朋友,他学的是法学。"

智子稍稍拉开了她与河村的距离并回答道。

"朋友"这个说法让田岛有些伤心。而且河村总是紧盯着智子也让他心有不快。

"哦，原来是这么回事。那么，你们从车站直接过来的？没在镰仓观光一下？镰仓景点可多了，比如鹤岗八幡宫……"

河村说着说着又往她身边凑，她不禁面露难色。

田岛见状，暗自下定了决心：

——他要是继续接近智子的话，我得说他两句才行。

就在此时，外边传来了清脆的门铃声。

仓多再次出现，小跑着去了玄关。

不久后，一名身穿西服的微胖男子便来到了起居室。尽管现在未到酷暑，但或许是因为那身脂肪作怪，他额上布满了汗珠，正拿手帕擦拭着。

"非常抱歉，我迟到了！"

他对龙司郎深深鞠了一躬，看样子他就是那位姓野波的律师。

"没关系，反正我也准备开始了。对了，你带来的客人呢？"

龙司郎摆出了大方的姿态。

野波带了两位客人同行。他先是伸手指向身形高瘦的那位，介绍道：

"这位就是水城优臣老师——一位响当当的大侦探！"

"周二沙龙"的与会者们都睁大了眼睛，十分惊讶。柴沼修志等人甚至露骨地表现出轻蔑的态度，紧盯着水城，对其嗤之以鼻。

野波急忙打起了圆场，称水城是货真价实的厉害角色，并解释说自己最近也贴身观摩了水城老师的工作，发现老师确实才华横溢，云云。

看来野波非常崇拜这位侦探。

"野波先生，我不是职业侦探，只是碰巧和几桩案子扯上了关系……"

水城当即解释了一番，并用右手手指夹住一根细细的卷烟，美美地吸上了一口，重新开口道：

"请问，这里有烟灰缸吗？"

"桌上就有。"

龙司郎指了指那张玻璃桌。

"谢谢。我真的不想弄脏这么干净的地板。"

水城捋了一下长发，大步走到桌边，将烟灰弹在柴沼面前的陶罐里。

那只陶罐上用红蓝二色绘满了精致花纹。

"好精美的罐子，做烟灰缸真是可惜了。是中国货还是只运用了中国的艺术风格？"

水城一边盯着它，一边发出感慨。

"是法国生产的中国风瓷器。"

龙司郎目光灼灼，仿佛在打量这位'大侦探'。

"原来如此。"

水城似乎毫不在意对方的目光，站在桌边环视着这间起居室。

"这栋宅子真是比我想象的更加精彩绝伦。玄关处还挂着马蒂斯①的小型画作，简直太美了，不过这张肖像画也非常精湛……餐具柜上的座钟是荣汉斯②的吧？"

"水城老师，你真是好眼光。"

龙司郎露出了意味深长的笑容，随后转向野波，问道：

"这另一位客人呢？"

"这位是鲇井郁介先生，水城老师的得力搭档。"

姓"鲇井"的青年也向他们鞠躬行礼，礼仪周正，举止慎重，和性情奔放的水城形成了鲜明的对比。

"你们三位也请坐啊，这就给你们上茶。"

得到主人的许可之后，水城直接坐在了烟灰缸前的椅子上，一副理所当然的态度。对此，柴沼似乎有些看不顺眼。

野波和鲇井也来到了桌边就座。

仓多在龙司郎的眼神示意下朝着靠里的那扇门走去。

---

① 亨利·马蒂斯，法国著名画家、雕塑家、版画家，野兽派创始人和主要代表人物。——译者注

② 荣汉斯是德国著名钟表品牌。——译者注

【现在·3】二〇〇一年七月七日

傍晚七点过后，石动下了地铁，从虎之门[①]站出站，来到地面上。

远处建着一排排棱角分明的高层建筑，亮着光的窗户零星分布于其中，远远看去就像是发着光的异国文字。此时周围已是一片暮色。虽然将近入夜，闷热的感觉却分毫不减。石动用手巾擦着脖子上的汗，然后看向手表，确认了一下时间，接着便开始寻找大仓酒店[②]。

这个时候，周边的办公厅和写字楼也几乎都熄了灯。稀稀落落的人行道上，也只有路灯还在"值班"。出租车相继驶过一旁的车道，大概是朝着赤坂、六本木[③]驶去了。

石动沿着江户见坡[④]上行，只见一排出租车整整齐齐地排着队，尾灯闪烁着红光，等待着从酒店里出来的客人。一名身穿制服的男子（貌似安保人员）双手背在身后，有些无聊地站在此地执勤。

石动用余光瞥见几个外国人从出租车上下来，目测是跟家人一起来旅游的；同时他脚步不停，往大仓酒店的分栋大堂走去。

[①] 虎之门是东京港区的一个街区。——译者注
[②] 大仓酒店是日本著名高端连锁酒店。——译者注
[③] 赤坂和六本木都是位于东京港区的繁华街区。——译者注
[④] 东京旧称江户，因站在此坡道上可以望见大半个江户而得名江户见坡。——译者注

石动站在红色的地毯上，环视着四周，发现柴沼修志正悠然地坐在一张木制的长椅上，和一名男青年对话。

男青年满脸谄媚的笑容，拼命地表达着什么，而柴沼的回答都很简短，看起来相当冷淡。

石动一边等着两人聊完，一边从远处观察着柴沼。

他的头发剃得非常短，戴着无框眼镜，大概是因为中年发福，脸颊上肉嘟嘟的，都有双下巴了；他身上穿着一套阿玛尼①的西装，系着细细的红色领带，看来颇为富裕。

其实他只是个大学副教授，按说工资不高，但他身为有名的文学评论家，在文坛的影响力不容忽视，所以或许拥有大量的额外收入。不对，称之为"额外收入"也不合适。毕竟他本就是自由人，只是由于在文学评论的领域取得了成就，这才被大学招入麾下。

话说回来，殿田虽然弄到了柴沼的联络方式，可那并非对方家里的电话号码，而是个人事务所的，就开在南青山②，地段比哑牛有限公司的高档多了，这让石动有些羡慕。

过了一会儿，柴沼和青年似乎聊完了，青年鞠了一躬，然后离开了。

石动穿过昏暗的大堂，来到柴沼面前，开口道：

"您好，请问您是柴沼先生吧？敝姓石动，请多多指教。"

---

① 阿玛尼，意大利奢侈品牌。——译者注
② 南青山是位于日本东京都港区的一个街区。——译者注

他的礼仪很是到位，柴沼一言不发地指了指面前，示意他在长椅上坐下。

于是，他坐了下来，与对方面对面。

"不好意思，这场派对结束后我还有聚会呢，只能跟你聊十五分钟左右。"

柴沼看了看手表，确认可以拨出多少时间。

"嗯，麻烦您了。"

石动答道，随即又环视了一下大堂，发现这里到处都是客人，他们三三两两地站在一起，谈笑风生。其中既有身着朴素的深蓝色西装的中年男性，也有一袭华丽裙装的女性，还有上穿印有球队图标的T恤、下搭牛仔裤的长发青年。要是他们都会出席"之后的聚会"，那么今日来宾的年龄和服装可真是相差巨大了。石动不禁好奇地发问：

"您今天参加的是什么派对呢？"

"文学奖的派对，就在地下室的宴会厅举办，现在还没结束呢。"

柴沼指着通往楼下的楼梯说道，嘴角也带上了一丝玩味的笑容，提出了一项"建议"：

"那张印着牛头的名片就是你的吧？可以去那里发一下，反响估计会很不错哦。"

听到这番话，石动不由心生反感。

看来，殿田觉得石动的名片很有趣，所以和申请采访的信件一起寄给了所有的受访人。尽管他已经很习惯被人小瞧了，可对方这么咬着不放，还是会让他有所抵触。

"能在大仓酒店举办的文学奖派对，真是气派啊！"

他强压着自己的情绪，热情地应和着。

柴沼从上衣里面的口袋中掏出卷烟，点上了火，解释说：

"只不过是让获奖的人站在金屏风①前致辞罢了。大家都忙着吃吃喝喝，根本没人听。

"今天，获奖的那家伙一脸讪笑地凑到我身边来，自称是我的粉丝，拜读了我所有的大作。反正就是在巴结我呗。他写了一部女性主义心理惊悚题材的作品，犀利地刻画了人心的阴暗面，没想到这位优秀的人才居然也如此庸俗。"

"我记得那名作家很有名，但他从来没有露过脸，人称'神秘的蒙面作家'。"

石动对这个话题倒是有些兴趣。

"嗯，那家伙说不定是特意不公开照片，想要以此来营造神秘感。不知道是不是编辑的主意。不然区区一个新人，怎么会如此精通世故。当然，也可能是对自己长相没自信，呵呵。"

柴沼抽了一口烟，干声笑道，烟雾自咧开的口唇袅袅上升。

"……对了，我能请教您一些问题吗？"

石动终于进入了正题，柴沼点了点头。

---

① 金屏风，一种礼仪用具，通常被用在颁奖、发布婚讯等场合。——译者注

"首先,请问您之前已经参加过几次'周二沙龙'了,是吗?"

"案发那天是我第三次去。而且当时我不仅会去瑞门先生家,还会去参加其他各种聚会。我也是没办法。必须扩充人脉啊,不然根本接不到工作。"

柴沼把烟蒂戳进烟灰缸,摁熄了火星。

"您那天是第一次见到被害人野波先生的吗?"

"是的,与会者应该都是第一次见他。瑞门先生本人好像也只见过他两三次。"

"野波先生当天晚上就被杀了,对吧?您当时住在哪个房间?"

石动边问边从挎包中取出便条本。

柴沼又抽出一根烟,点着了,然后"咔嗒"一声合上了打火机的盖子。

"我住在客卧。"

"客卧有三间,您分到的是其中哪一间?"

"有必要说得这么细吗?嗯……是正中间那间。"

"好的,我知道了。"

石动开始在本子上做记录:柴沼,正中间的客房,确认。

随后,他继续提问:

"您还记得野波先生的遗体被人发现时的情况吗?"

柴沼仰头,朝天花板吐了一口烟,答道:

"记不太清了,当时听见一声惨叫和重物滚落的声音。于是我冲出房间，其他人也很惊讶，全跑到走廊上来了。我们急急忙忙朝楼上赶，上去之后再往里跑，发现住在二楼的人都聚集在露台上……"

"抱歉，我打断一下。"石动突然插嘴道，"请问住在二楼的人是龙司郎先生、水城老师、鲇井先生、古田川女士四位吗？"

柴沼慢悠悠地点点头。

"好的，非常感谢，您继续。"

对方便接着往下说道：

"我们来到露台，发现有人倒在通往中庭的楼梯上。当时夜已经深了，所以看得并不清楚。等瑞门先生的秘书仓多拿来手电筒之后，我们靠着手电筒的光，顺着那条楼梯往下走……"

回忆到这里，柴沼的脸颊突然微微抽搐了一下。

"接着就发现，野波先生倒在了血泊里……"

"原来如此。"

石动将便条本放入口袋中。

"还有其他问题吗？我也差不多要走了。"

柴沼一边说着，一边准备起身。

大量人员从通往地下的楼梯涌了上来，进入大堂。石动突然好奇，心想方才他们聊到的那名"蒙面作家"到底是其中的哪位。

"我还有最后一个问题——您见过水城老师吧，请问他是个怎样的人物？"

其实这只是出于他的个人兴趣，而非为了调查。

柴沼撇了撇嘴，即刻作了回答，仿佛是在倾吐心中的不快：

"我不喜欢那种人。那家伙的头脑确实聪明，可实在太任性了，会当着别人的面抽烟……"

其实，柴沼手中也正夹着一支抽了一半的香烟。

石动在心中窃笑，"瘾君子"似乎总是对其他的"老烟枪"格外严苛。这大概就是所谓的"同类相斥"心理。

"谢谢您百忙之中抽空接受我的采访。"

他对柴沼行了一礼，正准备离开，柴沼却递给他一只纸袋，微笑着说道：

"给你一个小礼物。我不喜欢吃甜的。"

石动往纸袋中一看，原来是"歌帝梵"[1]的巧克力，金色的包装纸中还夹着一枚细长的纸片，上面印有"薄礼"二字以及某家出版社的名字。

"非常感谢。"

石动再次鞠躬行礼，随后走出了大堂。

另一名男子仿佛接棒一般，待石动走后便找上了柴沼，说道：

"柴沼先生，打扰您一下……"

柴沼回头，只见对方笑容满面，开始连珠炮般侃侃而谈。

但柴沼似乎毫无兴趣，只管简短地应付几句。无框镜片背后的眼神也变得阴郁而浑浊。

---

[1] 歌帝梵是世界著名的巧克力品牌，1926年创建于比利时。——译者注

【过去·3】一九八七年七月七日

"我是在去和歌山县旅行时,认识野波先生的。他碰巧和我住在同一家酒店,我们聊得很投契,结成了知己。"

水城一边抽着烟,一边高声说道。

"没错没错。纪州的深山里有一座寺庙,发生了连续杀人案,死了五个人呢!结果水城老师完美地破解了谜案!"(作者注:请参考拙作《阿修罗凶案》)

野波看着在座众人,起劲地解释着。

可遗憾的是,所有人都只是一脸困惑,似乎对杀人案不感兴趣。

"在寺庙里杀人……办葬礼倒是方便。既有场地,又有和尚呢。"

藤寺怡然地表达着自己的感想,水城却摇了摇头,微微一笑:

"不,那五名死者并非都是死于凶杀……不过这案子说来话长,挺无聊的,还是打住吧。"

在今天的来客之中,恐怕只有田岛一人对水城的故事充满了好奇,因此他很希望尽可能接近对方,好好听听破案的详情。

只不过,此时他更关注河村和智子。

他俩正在说话,他听到河村问智子有没有在镰仓逛逛。

"还没有,毕竟我们是早上坐新干线过来的。"

智子规规矩矩地答道。

"明天必须回去吗？要是有时间，我带你四处走走，参观一下。因为大船那一带有制片厂，我是演员嘛，来过好几次了，对镰仓熟悉得很，还知道很多美味的店铺。"

田岛偷偷看向中谷，他也对河村无耻的举动也非常愤慨，连嘴唇都在微微颤抖，但即使想出手制止，但也不能冲着初次见面的年长者发火，估计正在思考对策。

田岛其实也在计算着最合适的时机，出手为智子解围，而且要抢在中谷之前。

坐在室内一角的水城还在继续发言，水城歪着头抛出了一个疑问：

"不知为何，人们总觉得侦探都很擅长数学。这到底是为什么呢？"

但是并没有人回答。

龙司郎正在用观察珍奇动物般的眼神看着水城，仿佛觉得这番发言很有意思。藤寺默默地小口喝着红茶，柴沼则把手肘搁在桌上，支着下巴，望向其他方向。

片刻的沉默之后，有人小声答道：

"大概是因为，数学这门学科给人一种注重理性思维的印象。"

原来是龙司郎的次子诚伸。

这是田岛第一次听到他的声音——轻柔且温和，果然声如其人。

"原来如此，事实或许正如你所说。"

水城笑了笑，但并没有回视诚伸，而是低头看向桌角，继续说道：

"遗憾的是，我数学很差，是个彻头彻尾的文科生。我之所以拜托野波先生带我来参加'周二沙龙'，正是因为我非常想见瑞门龙司郎老师一面。"

"这可真是太荣幸了。你是我们难得的客人，欢迎你的到来！"

龙司郎嘴角上扬，笑着回话道。

就在此时，沙发边传来了一阵轻响。

田岛急忙回过头去，就看到智子慌张地站起身来，对河村的一再纠缠表示了拒绝：

"抱歉！我想去那边听听水城老师的发言。"

说罢，她便迅速走向那张玻璃桌。

田岛赶紧追在智子后面，大声说道：

"我也对水城老师的话题很感兴趣！"

他悄悄看向身后，发现晚一步起身的中谷无奈地坐回沙发，于是这里只剩下中谷和河村两人。

他不由得产生了强烈的好奇心，不知那两人之后会聊些什么。

随后，他又转回头来，看到智子正弯着腰，在水城耳边小声说着什么。水城则迅速地回眸，朝沙发那里瞥了一眼，随即指着身边的一张空椅子，而智子也依着指示，坐了下来。

这下，桌边已经没有空位了，田岛就直接挨着智子，站在了她的身后。

"藤寺老师,这两位是您的学生?"

水城指了指智子和田岛,向藤寺搭话道。

"是的,这位是古田川智子,还有这位……"

藤寺抬眼看着田岛,眨巴了几下眼睛,问道:

"你叫什么来着?"

"水城老师您好,我叫田岛民辅。"

田岛无视了藤寺,直接向水城做了自我介绍。

"你好你好,多多指教。"

水城微笑着和他打了招呼。

凑近了看,水城的五官轮廓鲜明,长相非常端正,笑容和蔼可亲,但两道浓眉体现了顽强的意志,鬓发很长,遮住了耳朵,而且似乎不太注重穿着打扮,穿着一件夏季的薄款针织衫,搭配牛仔裤,感觉非常休闲。

"我是推理小说研究会的成员,所以对水城老师您的故事很感兴趣。"

田岛说明了自己的情况。

"原来是推理小说的爱好者呀,你喜欢什么类型的作品呢?"

水城抬起了一边的眉毛。

"英美的本格推理作品。"

"最心仪的作者是哪位?"

"迪克森·卡尔吧。"

"现在居然还有爱读迪克森·卡尔的年轻人啊,真稀奇。"

水城笑了出来,语气爽朗,听起来并没有嘲讽的意思。

其实田岛对此抱有相同观点。

如今确实没什么人喜欢看本格推理小说。在这类小说中,总会有一群可疑的人物住进同一栋大宅子,然后发生血腥的惨案,接着由名侦探一举破解凶手设下的圈套,揭晓奇诡的作案动机。只是很多人都认为这种题材太老旧了,成熟的大人不该沉迷于此。因此,哪怕被别人笑话"过时",推理小说的爱好者们也只能认了。

然而,就算它们已不再流行,就算它们"幼稚",田岛依然深爱着它们。每当有人批判这类作品"脱离实际",他便会反驳说虚构性强又如何?"日常"和"真实"并不是一回事。有些"真实"是只能通过"虚构"来体现的。

毕竟,他喜爱的正是这份包含在"虚构"之中的"真实",并且真心想要持之以恒地阅读推理小说。

"抱歉,我不是在取笑你,其实我也很喜欢卡尔的作品,以前读了很多。"

水城一边解释,一边把烟蒂扔进那只充作烟灰缸的瓷罐,又马不停蹄地从烟袋中取出了火柴和烟盒,用手指往皱皱巴巴的烟盒中掏摸了一阵,总算找出了一根香烟,可火柴盒里却已空空如也。这位"老烟民"大失所望,连鼻子都皱了起来,只得把火柴盒放在了桌上。

"请用吧。"

柴沼递出一只廉价打火机。

"谢谢你的好意,但我只用火柴。"

水城道了谢,却没有接过那只打火机,只是对柴沼摆了摆手。

"打火机和火柴有什么不同吗?"

柴沼露出了不满的表情,把打火机放回了口袋。

"吸第一口的时候,味道不一样。因为打火机的火焰里水汽太重……没法子了,我只能忍一忍了。"

水城开朗地笑了,这时,龙司郎发话了:

"好了,既然客人们已经到齐了,我们就开始吧。藏书室就在二楼,从二楼下去便是中庭,大家不妨先看看我那些微不足道的藏书,随后我便带各位去中庭走走。"

*

自起居室靠里的白色房门来到走廊上的一瞬间,眼前的景象给人的印象便大为不同。

三合板的墙面变成了混凝土的裸墙,铺在地面上的也不再是木制地板,而是纯白色的亚麻油毡。这一突变令众人产生了一种错觉,仿佛上一秒还聚集在温馨的家中,此刻便误入了无机感强烈的工业世界。

走廊有些昏暗,尽管还是白天时分,但天花板上的灯已经开着了。那是用白色的塑料壳包裹着的荧光灯，白光均匀地打在墙上和地面上。

环境的确会对人产生影响。方才在起居室里谈天说地的客人们眼下只是闭着嘴巴，乖乖跟在龙司郎身后，包括健谈的水城，也没有发表任何关于走廊景致的高见。

沉默的不只是客人们。走廊左侧那一排黑色的门扉也紧紧合着，不留一丝缝隙。

众人一起沿着"口"字形的走廊前行，每逢转角都要向右拐弯。

这时候，田岛突然注意到，整条走廊连一扇窗户都没有。

没错，走廊的右侧只有冰冷的灰色混凝土墙壁，墙上不见任何开口处，自然光根本透不进来，也难怪要在大白天就开灯。

藤寺之前说过，这栋建筑的中庭被圈在正中间，周围是一圈走廊。这么看来，右侧这堵墙的背后就是中庭了。可为什么非得先走到二楼，再从二楼下往中庭呢？要是直接在走廊上开几扇窗户，观景时岂不是方便多了……

田岛一边琢磨，一边在龙司郎的带领下向右边拐了两次，眼前终于出现了通往二楼的楼梯。楼梯两侧装有圆柱形的金属扶手。抬头往上看去，便是一面倾斜的天花板，当然也开着灯。而楼梯尽头却安了一扇圆形的窗户，初夏那柔和的阳光得以直射进来。他原本还有一股被囚禁在密闭的白色过道中的感觉，此时才总算是松了一口气。

二楼的走廊和一楼一样，都呈现出洁白的无机感，左边的墙上也有若干黑色的房门,右边的墙上亦同样不设窗户。

龙司郎打开其中一扇漆黑的房门,招呼客人们入内参观。

*

那是龙司郎的藏书室,墙上倒是有窗户,但百叶窗的叶片把玻璃遮得牢牢的,室内同样靠荧光灯来照明,想必是为了避免日光晒伤珍贵的藏书。

地面上铺着淡绿色的地毯,墙上也重新出现了拼木,上面的木纹自然而朴实,让人颇感亲切。据说龙司郎有时会在这里过夜,所以门口处还专门腾出了一块空地,为他摆上了一张简洁的木桌和一张沙发床。结果,这里虽说只是用来藏书的房间,却远比走廊更富有生气。

房间深处排着一列高度直达天花板的优质书架,书架与书架之间的空隙仅容一人勉强通过。

架子上满是各色书本,塞得紧紧实实,每一本似乎都非常陈旧,有些书脊是皮质的,上面印着烫金的书名,但金色的字迹用手一蹭就掉;有些书脊是将米色的纸张平订了上去,只是上下两端已经开裂了;还有一些书非常厚,书脊则是红色的,大概是把杂志装订在了一起。

"先从马拉美的相关书籍看起吧。"

龙司郎走近书架,对藤寺招了招手,示意他过去。

智子和中谷也跟着藤寺一起消失在了书堆中。

田岛正准备跟上,却听到柴沼和河村正在门口小声交谈。

"每次有新的客人到访,瑞门先生都必定会先带他们来参观藏书室呢。"

河村似乎很是无奈。

柴沼瞥了一眼书架,答道:

"因为这些都是他引以为豪的收藏,而且也确实是值得骄傲的珍品。再加上……他很享受被一群人追捧的感觉吧。"

这语气怎么听都觉得有几分奚落。

龙司郎的声音隐约从书架的背后传来,田岛也顾不上别人,赶忙循声而去。

旧书的气味相当熏人,龙司郎就置身于那股陈旧的油墨纸张味之中,指着书脊上的字样,对藤寺等人讲解道:

"这是马拉美诗集的译作《大鸦》,一八七五年版,当时限量发行了二百四十册;这是《斯蒂芳·马拉美诗集》,一八八七年版,当时限量发行了四十七册;这是《牧神的午后》,一八七六年第一版,当时限量发行了一百九十五册;还有这是皮埃尔·路易亲自抄录的《马拉美诗集》……"

此时,龙司郎所指着的是一本薄薄的册子,看起来就跟广告宣传册差不多,中谷瞪大了眼睛,发出了惊叹声,可田岛实在看不出它有任何珍贵之处,于是悄声向智子请教,智子则对他耳语道:

"你不知道吗?皮埃尔·路易是法国的诗人、作家,也是《碧丽蒂斯之歌》的作者。"

田岛摇了摇头,于是智子详细地说明了一番:

"路易年轻时就是马拉美的狂热崇拜者。当时,马拉美的诗集还没有出版,于是路易前往巴黎的国家图书馆,把杂志上刊登的马拉美诗歌一首首抄录下来,自行集齐了一本册子。"

"这么说来,这是全世界唯一的一本啊?!"

田岛大声叫了出来,但即刻又手忙脚乱地捂住了嘴。

智子点了点头,答道:

"是的,路易把这本册子带去了'周二沙龙',给马拉美看,于是马拉美纠正了路易抄错的部分,再署上了自己的名字,因此册子上留有马拉美的真迹。"

"真厉害……"

田岛回头看向书架,暗忖着这本薄薄的小册子究竟值多少钱。

"您有《最新流行》[①]吗?"

藤寺向龙司郎询问道,后者则苦笑着说:

"这个实在弄不到啊。"

"哎呀,我还想着,要是您有的话,还请一定要让我观赏一下……"

藤寺失望地盯着书架,似乎打心眼儿里感到遗憾。

[①] 《最新流行》(*La dernière mode*)是马拉美主编的时尚类杂志。——译者注

"真抱歉啊。"

龙司郎觉得自己的"宝物"被人小瞧了,口气明显冷淡了下来,随口说道:

"不过,《最新流行》也没多高的价值吧?它充其量不过是马拉美出于消遣才……你住手!"

他突然拔高了音量,随后大步走了过来,田岛不禁蜷起了身子。

可他的怒火并不是冲着田岛而去的。

原来,水城在田岛身后,从书架上抽出了书籍,翻阅了起来。听到龙司郎的吼声,才抬起头来。

"如果想看这里的藏书,请先跟我说一声。"

龙司郎紧绷着脸俯视着水城。

"抱歉,因为我看到了非常有趣的书。"

水城嘴上道着歉,将书塞回架上,可实际上毫无愧色。

"瑞门老师,您的涉猎范围真的很广啊。法国文学以外的藏书也多得惊人。提奥·梵高的《青铜全书》、泰奥弗拉斯托斯的《植物志》和《草药志》、曼尼利乌斯的《天文学》、记载了克特西亚斯的连篇谎话的《波斯史》和《印度史》、菲米克斯·马特努斯那本恶名昭著的《数学》、马尔西的《魔术》、巴希尔·瓦伦丁的《十二把钥匙》……"

侦探如念咒般地报出了一大串书名,然后带着微笑,直视着龙司郎的双眼说道:

"有道是'看藏书，知其人'。这间藏书室就反映了瑞门先生您的思想吧！"

"不愧是侦探啊。好了，我们今天先参观到这里吧。"

龙司郎终于恢复了从容，面带笑容地总结道，然后便动身离开了。

鲇井原本还像影子似的紧跟着水城，这下却急匆匆地追上了龙司郎，向他鞠躬致歉。可见他经常为水城的自由散漫而给人赔不是。

水城和田岛他们也跟着龙司郎回到了藏书室的门口。河村和柴沼一直靠墙站着聊天，但不知是否因为龙司郎回来了，他俩赶紧住了口。

野波倒是和龙司郎说的一样，既不喜欢文学，也不是爱书人士，只是兴味索然地独自待在窗边。

"我带大家去中庭转转。"

龙司郎如此说道，并踏上了走廊。

【现在·4】二〇〇一年七月十日

石动一走出JR线镰仓站的闸机口，毒辣的日光就毫不留情地晒到了他的头上。

他用手巾擦拭着脖子上的汗珠，气哼哼地抬头看向天空，只见四处都飘着云朵，但它们既挡不住阳光，又没有送一场及时雨给城市降温的苗头。

日本依然处于与季节不符的酷热之中，而且不像梅雨季那般阴沉闷热，而是阳光当头直晒，灼热异常。尽管气象部门坚称梅雨季节尚未结束，可这阵子一滴雨都不下，照此下去，恐怕生活用水都难以保障了。

石动本想开车过来，一路上都躲在车载空调的庇佑之下，可镰仓的道路很是狭窄，还错综复杂，他不敢保证自己能顺利抵达目的地。再加上他心爱的本田二手车已经开始出故障，要是在开足空调的情况下长途驾驶，肯定会导致引擎过热。

镰仓站沉稳地立于骄阳之中，就像是一座雅致脱俗的欧式民宿。车站前是用以分散车流的环形交叉路。几辆巴士停在这条环路上，边上有一排黑色的出租车正在候客。

石动挥着手，走近了排头的那辆出租车。司机见状，赶紧打开了车门。

钻入出租车的后座，沁人心脾的凉气便拯救了他。他舒服极了，不禁长吁了一口气。

司机已是初老的年纪，他望向前方，问石动想去哪里。

"净明寺，麻烦您了。"

"是去庙里吗？"

司机口中的"庙"指净妙寺。它就位于镰仓五大名山之一——稻荷山上。"净明寺"一带也得名自"净妙寺"。只不过出于对神佛的敬畏之心，才将其中的"妙"字改为了同音的"明"字。

"不，我要去梵贝庄。"

"哦，是瑞门老师家呀。那里的路很窄，我没法送您到宅子门口，得劳您提前下车，您看可以吗？"

"嗯，没事。"

简短的沟通之后，司机轻轻点了点头，踩下了油门。

车子驶出镰仓站前的环路，沿着若宫大路，向北驶去。

上路没多久，前方的红色鸟居[①]和白色狛犬雕像便映入眼帘。那里是鹤岗八幡宫的参道入口。

整条大路有六条车道那么宽，两侧的人行道上建了许多特产商店和小馆子，各色店招也非常醒目，还停有为游客提供服务的人力车。一条供人步行参拜的土路作为"分割线"，将大路从正中间分成左右两半。

土路笔直地向前延伸着，两边都种满了绿树。透过树木的间隙，依稀可见前方的参道上有几顶"小黄帽"[②]，应该是来远足或者做社会考察的小学生们。

石动想起自己上小学时，也在这里体验过远足活动。

老师带领他们穿过第三座鸟居，来到了太鼓桥。桥两边的池子合

[①] 鸟居是日本神社的附属建筑，外形类似牌坊，代表神之领域的入口。——译者注
[②] 日本的小学生和幼儿园小朋友集体外出时，经常会戴一顶醒目的黄色帽子作为警示，让往来的车辆多加注意。——译者注

称为"源平池"①。最初，源家的战旗是白色的，平家的战旗是红色的，因此源池里只能觅得白色的莲花，平池的水面则清一色地漂浮着红色的莲花。他还往池子里丢了石头，被老师严厉训斥了。不过如今两个池子都已是白莲与红莲混杂，他无法确认自己小时候究竟把石头丢向了哪边。

算起来，他的小学时代已经是二十多年前的往事了，虽说来此处参观时也是夏天，可他总觉得没有今天这么酷热难耐。不知是因为时隔久远，他的记忆过于模糊，记错了那时的天气；还是孩提时代的体力比现在好，因此更耐热；又或者是在温室效应的影响之下，气温确实在逐年上升……

总之，他有些同情现在的小学生。天气这么热，还得走这么长的路，一路步行到鹤岗八幡宫……他对这种要求绝对是敬谢不敏的。如果要他爬那条陡峭的石阶，他肯定会在半路上就累昏过去。

站在土路的尽头，便可以看见前方有他幼时曾经走过的第三座大鸟居。它是鲜红色的，几乎要仰头才能看见它的全貌，那即是鹤岗八幡宫的正面入口。

鸟居前的路面上画着"纵、横、斜"三个方向的斑马线。就在他坐在出租车里等红灯转绿的时候，一辆大型观光巴士从他面前驶过，进入了停车场。

---

① 太鼓桥和源平池都建于1182年，平池在桥西侧，源池在桥东侧，象征日本史上著名的平家与源家之争。——译者注

出租车在十字路口朝右转，只见路一下子变窄了。每当对面有车驶来时，两辆车都挨得极近，几乎蹭到彼此。石动暗自庆幸，还好没选择自驾。

接着，车子又驶入了金泽街，眼前的绿意也越来越浓厚。

这里看上去是高级住宅街。道路左侧建了一排风格时尚的房屋，白色的石灰墙上设计了凸窗，院子里栽种着茂密的绿植，其中不少庭院景观树长得甚至比二楼的屋顶还高。

道路的右侧是一条名叫"滑川"的小河。河滩上的草木十分繁盛，枝干朝天直窜，远远高于护栏，青翠的树叶连成一片绿云，占据了护栏的上空。

而无论是左侧的家宅后方，还是右侧的滑川对岸，全都是广袤连绵的群山，山体完全被绿色的植被所覆盖。

出租车经过写有"净明寺"的巴士站，再稍稍往前开了一会儿，又往左转，驶上了一条上坡的山道。

坡道渐渐收窄，一个急转弯后，左手边即是一道高耸的石墙，根本看不见它的尽头在何方。

而这些都是鲇井郁介在《梵贝庄血案》中描写过的场景。

不久后，出租车就停了下来。

司机回过头，对石动说道：

"车子只能开到这里，得请您下车了。梵贝庄的入口就在那边。"

这句话也和小说中的台词一模一样，石动不禁怀疑，莫非他遇上的就是当年的那位司机。

因此,他盯住了司机的面庞,发现对方的头发花白,但也可能在十四年前就已经是这个状态了。

他顺着司机手指的方向看去,前方是一条上坡的斜路,像是冲破了石墙似的向上延伸而去。

石动的心情有些微妙,总觉得自己仿佛误入了鲇井郁介的小说世界似的。

——怎么会呢?

他赶紧打消自己的妄想,每个前往梵贝庄的镰仓司机想必都会如此回答自己的乘客。即使眼前这名司机就是十四年前载着田岛民辅等人的那位,但这充其量也只是个巧合罢了。

看石动的反应如此奇怪,司机似乎有些惊讶。石动急忙付了车钱,然后下了车。

柏油的路面也好,混凝土斜坡上的防滑凹槽也好,都被烈日烤得干透了。蝉鸣声铺天盖地地袭来,化作恼人的噪音,再无"夏日虫鸣"的风雅之感。

梵贝庄门旁的车位现在空着,那扇拱形大门上的漆也掉得七零八落,露出了一块块锈斑。石动双手抓住红黑斑驳的门栅栏,粗糙的触感从他的掌心传来。他鼓足劲,用力去推,折腾了好一阵子,门总算是开了,但他的手上也沾满了红色的锈迹。

他一边搓着巴掌,想把污渍蹭落,一边进入了梵贝庄的院落,踏上了一条小径。小径由三角形和六角形的石板铺就，活脱脱就像是埃舍尔的画作，但似乎疏于打理，铺路石的缝隙间都长出了杂草。

和《梵贝庄血案》中描写的一样，沿路可以看到一只只巨大的金属坛子，上面刻有奇怪的人面浮雕，让田岛心神不宁，可它在石动眼里却很是滑稽，好似会有"大魔王"受到召唤，大张旗鼓地从那只坛子里粉墨登场。

梵贝庄的现任户主好像对庭院的维护毫不上心，任由小径两侧的杂草长到了及膝高，金属坛子也因风吹雨打而变得又黑又脏。

小径前方栽种着好些树木，石动继续前进，不久后就透过枝干间的缝隙，窥见了梵贝庄的楼栋。

它的外形和《梵贝庄血案》第一话所刊登的图示几乎一样，比想象的平凡多了，因此并没有在石动心中掀起任何波澜。反倒让他有些失望。

究其原因，无外乎本格推理小说中的宅邸、建筑会更加离奇诡谲，比方说整栋楼都斜着的房子、带着奇怪的水车的房子等。不，即使是在现实中，也有好些稀奇古怪的建筑物——例如必须经过开放式的走廊才可以去往其他房间的房子、建在空中却没有柱子支撑的大型露台……和它们相比，梵贝庄只是一座极为普通的独栋建筑而已。

他走近了玄关，看见壁龛紧挨着门边，铅灰色的金属板嵌在龛内，龛底积满了枯叶和沙土。

"Maison de ptxy，nul ptyx, Aboli bibelot d'inanité sonore…"

他小声地念出了板子上的内容。

然而，他说的并非法语，而是照搬了《梵贝庄血案》中所标注的日式读音，因此法国人八成听不懂，只会对他说一句："先生，我建议您再多练练鼻浊音。"

作为书迷，他真心渴望一边比对现实，一边确认作品中所写的场景，所以决定先在宅邸周围转一圈看看，再正式上门拜访。

他绕到宅子后方，看到晾衣架上正晾着一床被褥。由于这几日都是大晴天，被子想必很快就晒干了。而晾衣台的周围也有人仔细地除了草，腾出了一块四角形的空地，边上立着一只大水瓮。

自打他进入梵贝庄的地盘起，一路步行到这里，才总算见到了如此富有生活气息的场景。这让他终于松了一口气。原来，无论是多么奇异的宅邸，也需要有人晾洗衣物。

同时，厨房的窗口也隐约透出了人影，似乎是在准备午餐，这又为此处多添了一分烟火气。

接着，他迅速地查看了一下浴室的窗户和宅子的后门，最后悄悄溜回正门口，重新整理了一下领带，再用手巾细细地擦去了手心上的锈渍，伸手按响了门铃。

按照《梵贝庄血案》的内容，最先来接待田岛一行人的是龙司郎的秘书仓多辰则。然而，他现在肯定已经离开了梵贝庄，那么，出来应门的到底会是谁呢……

厚重的木门打开的一瞬间，石动不禁站直了身体。

门后站着一个消瘦的老人，上穿一件运动背心，下着一条运动裤，小臂细得仿佛单手都能握住，抵在门上的右手正微微颤抖着。

他那头蓬乱的银发中有几处斑秃，发隙间隐隐可见粉色的头皮；他的面颊和眼窝都凹陷了下去，脸上还带着紫褐色的老人斑。

他神情涣散，整个人都像丢了魂儿似的，似乎有话想说，但结果却只是牢牢地盯住了石动的脸。

石动也说不出话来。

"抱歉抱歉……哎呀，您先跟我回去……"

一名胖乎乎的中年女性从起居室来到了玄关，一边向石动打招呼，一边扶住了老人的双肩，把他拉回屋内。

老人依然没有说话，只是听话地回到了走廊上。这时，石动注意到他赤着脚。

很快，中年女性便再次出现了，石动也把心思从老人身上收了回来，向她鞠了一躬，自我介绍道：

"您好，我姓石动，是之前申请来采访的，今天就麻烦您了。"

"采访？"

对方满脸困惑。

"您没有收到我的信吗？"

"不好意思，现在主人都不在家呢，我只是个上门帮佣的，没听他们说有采访……"

不知是殿田的联络工作出了岔子，还是石动搞错了拜访时间，总之今天看来是没法采访了，也不能私闯民宅，擅自调查。

——不对，主人真的都不在家吗？

石动突然察觉到了异常。

应门的那位老人此时正躲在门后，他快速地瞥了老人一眼，向帮佣的女性提问道：

"方才那位不是这家的主人？"

"啊，他是家里的老爷子……"

"请问，他是龙司郎先生吗？"

虽然石动也大致猜到了，但声音还是有些激动。

对方果然轻轻地点点头，答道：

"我平时都叫他'小龙'，所以您应该猜得出来……他患上了痴呆症，智力和心性都已经完全退化成小孩子了。"

那个形如枯槁的老人居然是被学界众人称为"大魔王"的瑞门龙司郎！

石动再次看向老人，而他身上已无半点儿小说中所描绘的威严，甚至还畏惧着石动的视线。

"抱歉啊，今天真是麻烦您白跑一趟了。"

帮佣的女性满脸歉意。

"确实。那么，我先告辞了。保险起见，我再给您留一份采访申请，还请您转交给这家的主人。"

石动从挎包中取出一只牛皮纸信封，交给了那名女性。

信封里装着采访的申请信以及他的名片。

"好的。"

女性把信封放在玄关处的架子上。此时，上面已经没有成对的烛台，马蒂斯的复制画也不在墙上。

"非常感谢，打扰您了。"

石动行了一礼，随后转身离去。

就在即将走出大门的那一刻，他突然回头，却见龙司郎依然用空洞的眼神凝视着他的背影。

【过去·4】一九八七年七月七日

沿着环绕着二楼的白色走廊走到底便是一扇镶着玻璃的金属门，门后便是露台。

田岛踏上露台，好好地舒展了一下背脊。由于梵贝庄的内部（尤其是那条充满了无机感的走廊）有很强的闭塞感，让人十分压抑，如今好不容易再次沐浴在阳光之下，任由微风拂面，他可算是重获生机。

手握护栏，眼前便是前庭，通往玄关的石板小径就仿佛地图上的边境线。但在樫木林的掩盖之下，却看不见庄园的大门以及通往外界的下坡道。

田岛转头看向中庭。

一条混凝土楼梯急转直下，直通中庭。放眼望去，中庭的地面上铺满了鲜绿色的草皮。草坪上左右对称地布置着坛子和修剪成圆锥形的树木。

庭院正中央有一座石雕的圆形喷泉池，池中盛满了透明的清泉。

喷泉池的边缘三面各设有一只底座，上面立着青铜雕像。其中两座从远处看去，很难辨认具体雕了什么，剩下一座明显是一头大象，而且是金色的，背脊的弧线光润流畅，泛着闪亮耀眼的金光。

仓多、笃典和诚伸正在喷泉前摆放着圆桌和折叠式躺椅。原来趁着客人参观藏书室的时候，他们跑来这里为下午茶做起了准备。

田岛将目光投向露台的一角，只见混凝土浇成的地面上放有防水罩子、粗绳，墙边则垒着很多没打开的折叠式躺椅。

仓多他们只得急急忙忙地跑上跑下，搬运躺椅等物品；而下午茶时分必不可少的红茶与小食则要在一楼的厨房准备，于是他们还得端着餐具和茶壶，在一楼的走廊上绕行，爬上楼梯，再经过二楼的走廊，踏上露台，最终下楼来到中庭……

田岛非常不解，心想着为什么要如此大费周章。索性在一楼的走廊上开一个口子，直接通往中庭不就得了？

"大家一起下去吧。"

龙司郎向客人们提议道，并率先下了楼。

水城很快跟了上去，在龙司郎背后说道：

"要先上二楼，才能通过露台的楼梯往下进入中庭。它是中庭唯一的出入口，而且围着中庭的四面墙上甚至连窗户都没有。这个设计可真是只此一家啊。"

"这个宅子很有趣吧？"

龙司郎冷冷地回答，不仅不再多作解释，连头都没有回一下。

客人们纷纷依言照做。鉴于那条楼梯一侧靠墙，另一侧却没有扶手，存在失足坠地的隐患，因此大家都尽量贴着墙壁走。野波更是用手摸着墙，先向下一级台阶伸出一只脚尖，等到确定踩实了，再整个人挪下来，战战兢兢的。只有龙司郎和水城能够在楼梯的正中间悠然信步。

一行人终于踏上了中庭。踩在草坪上的感觉令人非常舒适，和方才这条坚硬又惊险的混凝土楼梯形成了鲜明的对比。

龙司郎的两个儿子仍忙着摆桌椅，笃典似乎干得不情不愿，而诚伸却兴致勃勃；仓多则在一旁将茶杯和装满了咸脆饼的大盘子放到了圆桌上。

那座喷泉池就在这些桌椅的前方，圆形的池中蓄满了清泉，泉面与灰褐色的石质边沿几乎齐平。

由于四面环墙，中庭的风势很微弱，拂不动这一池的静水。泉面平整如镜，不见一丝波纹，映出了众人头上的那一方蓝天。

凑近了看，三座铜像也变得清晰起来。

首先，那头大象一脚踏在喷泉池的边沿上，长长的鼻子垂进池中，就像是在畅饮清水。它的每一块肌肉都栩栩如生，和金色的体表毫不匹配。

接下来是三匹大狗——不，它们的毛发很长，眼尾向上吊起，应该是狼才对。这三匹狼靠在一起，鼻端伸向水面，伸长了舌头，看似同样在喝水。但它们没有被镀上艳俗的金色。

最后，田岛开始端详第三座铜像，总算看出那是一座少女像。

她穿着一件朴实无华的束腰长裙，一头瀑布般的长发披散着，一直垂到了底座上，呈站姿的她将上半身深深地向前探，伸出的右手握着的似乎是一朵水仙花。

但她的姿势极为不自然，即使从近处观察，也只觉得那是一团圆鼓鼓的东西，难怪田岛从露台上远眺时，分辨不出它究竟是什么。

他一时之间想不明白——既然要塑造一个在水池边攀折水仙花的少女，那么让她弯下膝盖，轻轻前探即可，何必把双腿绷得笔直，身体大幅度前屈，整个人都快折成两半儿似的。

他转而看向少女的侧脸，心中突然一惊，这不是那张肖像画上的小女孩吗？

这座雕像的容貌，居然和起居室里的肖像画如此相似！

这时，他听到背后传来了叩击金属的闷响。

回头一看，水城正在敲打一只雕有人面的坛子。

而水城似乎也意识到了全员都注视着自己，于是露出了单纯无邪的笑容，指着那座金色的大象雕像，说道：

"意大利式的花瓶也是瓷土花瓶的一种。这里有意式花瓶、喷泉、做了造型修剪的绿植、三匹狼形的雕像，要是再加上女像柱，那完全就是意大利风格的庭院了。但这么一来，那座象雕却好像与周围格格不入。"

"各位请入座，随意用些茶水点心吧。"

龙司郎无视了水城的发言，转头招呼在场的来客们。

水城不满地鼓起了腮帮子，重重地坐到了躺椅上。

"水城老师，打扰一下……"

诚伸忙完了，便走到水城背后搭话，语气有些诚惶诚恐。

水城回过头去，问他有何指教。他却递出了一盒红色的纸杆火柴。

"请您用这个吧。"

水城接过火柴盒，在指尖把玩了好一会儿，接着突然问道：

"小兄弟，你抽烟吗？"

"不。"

"哈哈，我想也是。这盒纸杆火柴是全新的，而且你身上也没有尼古丁味儿。不过，你为什么会有火柴呢？"

水城似乎找到了有趣的话题一般，哈哈地笑了起来。

"我是拿来收藏的，因为它的包装设计很漂亮……"

诚伸的声音小得几乎听不见。

"原来如此，谢谢啊，真是帮了我大忙了！"

水城向他道了谢,随后迅速从烟袋里掏出香烟,点上了一根。

"藤寺老师……"

藤寺正准备坐下,田岛却凑到他耳边,轻声叫住了他。

"怎么了?呃……你的名字是……"

田岛在心中默默叹了一口气,答道:

"我是田岛。啊,您先请坐。"

藤寺点了点头,坐到了躺椅上。

田岛也选了藤寺边上的躺椅坐下,随后弯腰凑近,一边注意着周围的动向,一边小声提出了心头的疑问:

"您看,那个少女雕像的脸,和起居室里的肖像画一模一样是吧?"

"哦,那是瑞门老师的女儿——咏子。"

他迅速瞥了一眼雕像,接着说明道:

"她已经去世了,是一九八二年八月走的,距离现在已经快满五年了,真可怜啊。"

"去世了?"

"是啊,而且才八岁,是遇上事故淹死的。瑞门老师原本只有两个儿子,咏子是他的'老来女',又是家里唯一的女孩子,所以他非常宠爱那孩子。在咏子去世那阵子,他整个人都憔悴不堪。说不定就是因为女儿没了,他才会从大学辞职,建了梵贝庄,像隐士一样过着与世隔绝的生活。"

藤寺也不禁黯然神伤，暂停了一下，又接着说道：

"唉，光是隐居倒也罢了，谁能想到，后来连他的妻子也……"

"妻子？难道就是瑞门老师刚才提到的'阿圆'？"

田岛想起了起居室里的对话，龙司郎确实说起过'阿圆'这个名字，而当时所有人都愣住了。

"没错，但随便说人家的私事……"

见藤寺还有些迟疑，目光游移不定，像是怕被别人听了去，而田岛坚持请求道：

"请您告诉我！"

听他语气如此认真，藤寺勉勉强强地说了下去：

"其实我也是从别人那里听来的，不保准啊。据说，瑞门老师认定了咏子的死都怪阿圆夫人。要是阿圆夫人好好陪着咏子，照看着她，她就不会溺水了。于是，他每天都责怪妻子。日子一久，阿圆夫人的精神状况终于出现了问题，他便以此为由提出离婚，野波先生给他们做了调停工作。

离婚后，阿圆夫人回娘家疗养去了，不过由于精神状态不稳定，她最终还是自杀了。"

说完，藤寺轻轻地叹了一口气。

"……自杀？"

"嗯，咏子去世大约一年之后，也就是七月中旬的时候吧，阿圆夫人也投水了。"

"不是这样的。"

有人突然从背后插话,把田岛和藤寺吓了一大跳,两人齐刷刷地转回头去。

原来说话的人是仓多,他正捧着茶壶,仿佛在自言自语一般:

"我觉得……阿圆夫人绝对没有自寻短见。她肯定是在恍惚中看见咏子小姐在水里挣扎,所以才一头跳进河里,心想着这一次一定要救她……"

他就像个木偶般一动不动,直愣愣地凝视着那座少女像。

随后,他眨了几下眼,低头看向田岛和藤寺,微笑着问道:

"二位要来点红茶吗?"

田岛和藤寺默默地摇了摇头,仓多也无言地向他们行了一礼,捧着茶壶去招待其他客人了。

【现在·5】二〇〇一年七月十二日

殿田发来的传真件上分明写着:"七月十日下午两点,于梵贝庄采访瑞门笃典。"因此,石动才会顶着酷暑,辛辛苦苦地赶去镰仓,可结果却扑了个空。

他生气地给殿田打了电话,提出抗议,但对方回答说,的确和笃典约好了,时间地点也没有写错。

"是瑞门先生忘了吧?真马虎……唉,我下次一定会再三确认的，今天你就原谅我吧！回头我再联系你哦！"

殿田说完便挂断了电话，然而接下来整整两天都没有联络，也不知道"马虎"的到底是谁。反正石动觉得绝对是他的联络工作发生了失误，未曾谋面的笃典或许还比他可靠一些。

不过石动又不乐意主动联系他，于是姑且将这次的采访任务搁置了起来。

现在已经七月中旬了，关东[①]和甲信越[②]一带的梅雨季却刚刚结束，今天的最高温度超过了三十五摄氏度。不用去外面"战高温"真是让石动称心如意。

事务所里的二手空调发出了艰涩的运作声，虽然它吹出的"凉风"多少带着一丝微温的感觉，室内也总比外面凉快多了。而安东尼依然和平时一样在吊床上睡觉。

石动把《梵贝庄血案》的连载复印件摊在写字台上，全神贯注地阅读着。

第一次通读时，他在自己留意的内容上贴上了标签纸。当时，那些疑点仅仅算是思考之路上的小石子，偶尔有些碍事，却并未给他带来多少焦虑。然而比对着标签，重新阅读时，心中便越发感到困惑，

[①] 关东是日本地域中的一个大区域概念，包括茨城县、栃木县、群马县、埼玉县、千叶县、东京都、神奈川县。——译者注
[②] 甲信越是日本中部的山梨县、长野县和新潟县的总称，名称来源于它们各自的旧称——"甲斐""信浓""越后"。——译者注

他还无法准确地捕捉到问题的核心。

正在这时,传来了一阵敲门声。

他抬起头来,看向事务所的大门,只见毛玻璃隐约透出了一个人影。

对方又敲了一次门,而且比方才更用力、更急切。

"来了来了,您稍等!"

他赶紧起身应门,省得大门被对方敲坏。

来者到底是谁?殿田可没这么认真,平时只会靠电话和传真联系,肯定不愿顶着高温特地跑一趟。

门开了,一名戴着墨镜的男子站在门外。

"你就是石动戏作先生吗?"

男子一边盯着他,一边问道。

石动也认出了男子,真没想到这位贵客居然会上门拜访!他吓得压根儿发不出声,只知道不住地点头,就像一个坏掉的机器人一样。

"贸然打扰,我是……"

不,其实他根本不用自报姓名。石动简直太了解他了!

毕竟每位书迷都会反复观摩自己崇拜的作者的照片。

"我是鲇井郁介,能进去说话吗?"

"当、当然!您请进!请、请这边坐!"

石动赶紧招呼鲇井坐上事务所内最高级的椅子,接着立刻抬头看向那张挂在空中的吊床。

想不到吊床已经空了,安东尼机灵地踏上了走廊,说道:

"我这就去给客人泡茶。"

石动听到身后传来了"嘎吱"的摩擦声,一回头,发现是鲇井正坐在椅子上调整坐姿,似乎是打算坐得舒服一些。

束在脑后的长发和雷朋[①]墨镜是鲇井郁介的个人标志。石动甚至看过一条小道消息,说鲇井在路上被忠实读者认出来时,还应他们的要求,扎起头发、戴上墨镜给他们签名。而且他也确实在杂志上展示过自己引以为豪的墨镜收藏品。

今天,他戴着一副浅橙色的墨镜,石动觉得很眼熟,似乎在某张照片上见过同款。对了,就是刊登在《空穗邸凶案》上的作者近照。

从近处看,鲇川本人和《空穗邸凶案》上登的照片几乎没有区别,但是石动依然无法彻底相信这名男子就是鲇川郁介。尽管他的下巴还是尖尖的,但如今却蓄着稀稀拉拉的胡茬。再者就是,他那梳理得整整齐齐的长发中,混杂了一些白发。

然而,《空穗邸凶案》已经是十年前的作品了,他最后出版的作品——《阿修罗凶案》距今也有八年之久,因此他肯定会比旧照片显老。仔细算算,他今年应该已经四十有一,确实不再年轻。

鲇井好像放弃了与僵硬的坐垫对抗,转而抬头凝视着石动的脸。

"请问,您找我有什么事呢?"

石动坐在了鲇井面前的椅子上,开口问询道。

[①] 雷朋(Ray-Ban)是美国的墨镜品牌。——译者注

"你觉得我是来委托你查案的吗？别装傻啦，'名侦探'石动戏作。"

鲇川依然目不转睛地直视着他，而"名侦探"这个词在石动听来，着实是刺耳的嘲讽。

他很不擅长应付这种场面，只得暗自叹了一口气，答道：

"您是指重新调查'梵贝庄血案'吧。我是受殿田先生委托才这么做的，所以一切责任都应由他承担，如果您打算就著作权问题上诉的话，请去找他谈。"

"我当然找过他了。你猜他怎么说的？他说：'我既没打算剽窃您的大作，又不做非法引用，只是重新调查一桩旧案罢了，和著作权扯不上关系吧？您要告我的话，尽管去告，不过建议您先找律师咨询一下。'区区三流出版社的编辑，居然这么任性妄为……"

鲇井不屑地摇着头，愤慨之情溢于言表。

安东尼走了过来，脚下没有发出任何响动。见鲇井大光其火，他也没法代石动赔不是，只好默默放下一杯咖啡。

"那么，请问您为什么拨冗来找我呢？"

石动问得非常客气，尽可能不去激怒鲇井。

"我希望你能收手。"

鲇井的神情严肃至极。

石动沉吟片刻，随后静静地回答说：

"要是我们还没有重启调查的话，一定会听您的。可现在我已经对这桩案子产生兴趣了，很想继续查下去。"

"'名侦探'的热血沸腾了是吧？"

鲇井探出身子，依然语带讽刺，椅子上的弹簧都被他的动作带出了一阵轧轧作响声。

"你知道殿田在谋划什么吗？"

"他说是以调查为基础，重新梳理并还原这桩血案，在您写完《梵贝庄血案》之前，出一本关于水城优臣老师的侦探故事……"

"不单单是这样。他觉得水城的推理是错误的，因此打算详查梵贝庄的旧案，出一本书，向世人曝光水城老师错在哪里，彻底推翻老师的名誉和成就！！

"他怎么能做这种事！而且他好像铁了心要出这本书，就算捏造事实也在所不惜！一切全都为了让水城老师声名扫地！你不是自称名侦探吗，居然愿意给这么卑鄙的人做帮手！你的自尊心呢？"

鲇井气得咬住了下唇。

石动愕然了。但让他惊讶的并非鲇井的话，而是自己竟然对这番话毫无感觉。

他第一次意识到——水城优臣的推理是错的。而这就是他隐隐觉得《梵贝庄血案》不对劲儿的理由。

与此同时，他的心灵又被一种奇妙的感觉所占据了。

他是那种专注于作品本身的读者，不怎么关心作者。包括在阅读鲇井郁介的小说时亦是如此。他崇拜着名侦探水城优臣，而鲇井郁介在他眼里不过是登场人物之一，是一个跟在水城身边的年轻人，毫不起眼儿。

然而，作者鲇井在他心里其实还是占有一席之地的。

因为他身为忠实书迷，对水城老师的敬爱之情非常深刻，在品读"水城优臣系列"时，虽会为精彩跌宕的剧情而激动雀跃，可读着读着，却又常常心生寂寥，感慨着它们终究只是虚构出来的故事。而每当这时，他就仿佛看见了小说家鲇井郁介先生的身影。

毕竟鲇井先生是创造了"水城优臣"的作者，是在水城背后真正掌控全局的人。

不过，现今他知道水城优臣是真实存在的人物，又见到了梵贝庄一案的相关人士，还实地探访了案件的舞台——梵贝庄。这下子，他的认知可彻底被颠覆了。

飘扬的长发，从不离手的卷烟，消瘦的身材，戏谑的语气，水城优臣仿佛幽灵一般，模模糊糊地浮现在鲇井郁介的背后。

——"我的推理出错了？"

水城的幻影面带微笑，同时吐出一口烟，任由烟雾模糊了面容。

随后，水城抬起了手，手背朝外，用夹在双指间的香烟指着他。

那是"名侦探水城优臣"的标志性动作，每次下结论前都会摆出这样的姿势。

——"有意思。我很期待你的推理哦，石动。"

"……你在听我说话吗？"

见石动有些恍惚，鲇井的态度不禁粗暴了起来。

"嗯，在听着呢。抱歉，大概是天太热了，我有些走神儿。"

石动重新将视线集中在鲇井身上，接着往下答道：

"我没有听说过殿田先生要出那样的书，所以我明天会去见他，请他好好说清楚。如果他确实有那种打算，我就立刻收手退出。您看这样处理行吗？"

"那种人肯对你说实话吗？"

鲇井皮笑肉不笑地反问道，随后站起身来，准备回去。

石动却叫住了他：

"稍等，我想向您请教一件事。"

鲇井回过头来，问他想知道什么。

"十四年前，您在梵贝庄过夜时，睡的是哪间房间？"

石动就像之前采访另两人时那样，打听起了对方那晚的住处。

"二楼的藏书室。那天客人太多，客卧都安排完了。"

"二楼有两间藏书室呢，您在哪一间？"

"上楼后的第一间。"

"那么，古田川智子女士住在靠里的那间藏书室是吧？就是靠近露台的那间。您在小说中写到过她的证词——她说'听到有人在附近发出了惨叫声'，于是我猜她应该住在露台边上。"

"侦探的热血又沸腾了？"

鲇井再一次挖苦了他，墨镜背后的双眼闪着难以捉摸的光。

"我劝你还是明天就去见殿田,然后好好考虑下一步该怎么做。"

最后,他撂下了这么一句话,结束了今天的拜访。

【过去·5】一九八七年七月七日

"好了,我要去和瑞门老师聊聊了。"

藤寺站起身来,不打算再继续陪田岛说闲话。

笃典和诚伸共准备了三张圆桌,龙司郎正在藤寺左前方的桌边休息,整个人都靠在躺椅上,看样子非常放松,水城、智子、中谷三人也坐在同一张桌旁,他们之中只剩下一个空位。

尽管田岛很想去加入他们,可藤寺却先他一步占了那个空位。

——算了,反正他们肯定在聊法国文学,我也插不上嘴。

田岛努力地说服自己。唯一让他觉得欣慰的是,智子紧挨着水城坐下,和中谷保持了距离。

河村、野波、笃典、诚伸四人坐在田岛右前方的桌旁,其中河村和野波正热火朝天地谈论政治、指点江山,田岛听到他们口中蹦出了"经世会""竹下派"[1]等名词。而笃典也不时发言,加入话题,不知是他本就关心时政,还是单纯为了尽到陪客的礼仪。但诚伸却一言不发,只是默默地喝着红茶。

---

[1] 经世会、竹下派都是与平成研究会的沿革史有关的词汇。平成研究会是日本自民党内最主要的派系。——译者注

鲇井整个人纹丝不动,似乎一字不漏地在听着水城的发言。

"请问,我能坐在这里吗?"

田岛循声转过头去,原来是柴沼端着烟灰缸站在他身旁。

他还没顾上回答,柴沼就已经坐下了,并顺手把烟灰缸放在桌上,接着从上衣口袋里掏出烟,用打火机点着,美美地大吸一口,随即吐着烟气,带着若有所指的笑容,说道:

"我可算是坐在特等席上喽!"

田岛很意外,琢磨着他这话是什么意思。所谓"特等席"难道不是龙司郎的邻座吗?眼下坐在那里的明明是水城,而不是他。

也许他指的是自己坐在了喷泉边上。不过中庭基本上没有一丝风,所以完全享受不到微风掠过水面时所带来的清凉感。

至于无风的理由,就在于这个四面环墙的建筑设计了。放眼望去,中庭四周都是高耸的混凝土墙壁,墙上一扇窗口都没开,给人一种身陷囹圄般的压抑感。这古怪的设计到底是何用意?田岛再次揣测了起来。

而环绕着龙司郎的那几位客人似乎也首先把话题集中在了这栋建筑上。他听见水城问道:

"……从中庭望出去,这四面墙着实壮观,就像是中世纪的城墙一样。这里是您的领土,而您就是国王吧?"

龙司郎并未直接回答水城的问题,而是引用了一段诗歌——

我的王国呀,是一张浅褐色的巨大毛皮。

我杀死了一头雄狮,然后得到了它。

毛皮上残留着凶兽的亡灵、血腥与尸臭,

一直一直,守护着我的每一头家畜。

他最后还不忘解释出处:

"这是瓦雷里的诗——《塞弥拉弥斯之歌》。"

"我倒是联想到了热拉尔·德·奈瓦尔的《黄金诗篇》——'你就在这不见五指的围槛之中,受人窥视着。畏惧吧!畏惧那些视线吧!'"

水城同样用一段诗歌来回应。

"水城老师,您的文学素养也相当了不起啊。'Crains, dans le mur aveugle, un regard qui t'épie……'"

龙司郎注视着水城,轻声地吟哦道,随后问道:

"请问,您平时会品读法语版的原作吗?"

"很遗憾,我只在大学时代'啃'过,而如今连'être'①的用法都不记得了。"

水城耸了耸肩。

"要是不看法语版的,可没法理解马拉美的诗。"

---

① être是法语中最常用的动词,意为"是",但在语法中有着复杂的变位规则,是学习的难点和重点之一。——译者注

龙司郎的语气中带着几分恶意。

柴沼大概也听到了他们的对话，不快地"哼"了一声。

但水城却没有露出厌恶的表情，依然挂着微笑，应和道：

"确实，即使读了铃木信太郎老师或西协顺三郎老师的译本，读者还是不清楚马拉美究竟写了什么。

不过，看原文的结果也是一样的。我不认为法国人都能读懂那些艰深晦涩的诗歌。"

"嗯，大部分人理解不了马拉美的诗作。据说他在高中当英语老师的时候，周围的人都觉得他是个写怪诗的怪人，甚至还被校长出言提醒。"

说到这里，龙司郎朗声笑了，随后继续道：

"可是啊，内容、含义并不是诗的全部。韵律、韵脚也是重要的组成部分。在读过马拉美的原文之后就会更加注重它们。因为他非常讲究韵脚。比如，他写过这样一段诗——

被埋没的神殿，阴森的地下墓穴，

墓穴口淌着泥土与红玉之涎，

又吐出了诡异的塑像，带着满腔怨恨。

那是长着一张犬面的异国之神，

口鼻喷火，发出凶暴至极的嘶吼声。

"它摘自《夏尔·波德莱尔之墓》，是献给波德莱尔的悼诗。其中，'红玉'是红宝石的意思，而'长着犬面的异国之神'指古埃及的死神——阿努比斯。我们看日语版时，确实觉得很难读懂。尤其是铃木信太郎老师的译本。他的译文尽可能保留了法语的句法结构，到头来反而更让读者云里雾里了。"

龙司郎好像在隐晦地批判那位伟大的译界先驱。

他继续陈述着自己的观点：

"可是，一旦读了原文，就会明白为什么他要写'红玉'和'阿努比斯'了。因为'rubis'和'anubis'是押韵的。不，不仅是读音上的押韵，他甚至通过'ubis'这个词尾，让诗句达到了视觉上的统一，真是妙不可言！"

此时，智子和中谷的视线仿佛已经钉死在龙司郎的身上了，他们全神贯注地倾听着这位大师的高见。藤寺正在吃咸脆饼，但似乎也在认真地听着龙司郎的演说。

他接着往下讲解：

"总之，马拉美非常喜欢押韵，而最能体现这一点的，就是那首著名的十四行诗，诗中还诞生了经典的自造词——ptyx。"

"贵府的名字也正是源自这首诗吧？"

水城环视着密不透风的四面墙体，问道。

"正是如此。"

龙司郎答完，又忽然看向了智子和中谷，把两人吓了一大跳。光看智子那僵硬的背影，就知道她有多么紧张了。

"既然你们两位乐意参加我的'周二沙龙'，想必很喜欢马拉美的诗。那么，能请你们向水城老师解释一下那首十四行诗吗？"

藤寺的脸上露出了些许倦怠，柴沼也小声嘀咕着：

"哎哟，他又要开始给人家做口头测试了。"

见田岛回过头来看向自己，柴沼撇了撇嘴，把声音压得更低了，一口气说道：

"其实，他测试的不是学生们的水平，而是藤寺老师的。他想看看藤寺老师有没有好好教导学生们。'学院派'的做法就是这么讨人厌。"

听到龙司郎的要求，智子和中谷不禁面面相觑，最后总算是由智子先开了口：

"那首十四行诗其实是一首'无名诗'，最初的标题是'Sonnet allégorique de lui-même'，直译过来就是——'此诗的意义即在于此诗'。不过马拉美最后还是把标题去掉了。"

"法语发音很标准。"龙司郎阖着眼睛，一边聆听，一边呢喃，"当然，我也不至于要求你们当场背诵全文，我自己来就好——

那纯洁的指甲，高高地托起了缟玛瑙，

那些午夜梦境，为不死鸟所烧。

午夜中的护持圣火者，即是烦恼。

护持着梦境的残骸，于华丽的展架上摆好。

就在这空虚之屋。

纳骨之壶亦无法容纳那梦的骸骨。

没有法螺，古董也化作了废物，

化作了隆隆作响的虚无。

只因屋主已前往冥河，将眼泪舀取。

而这虚无，便是其唯一自傲的背负。

但是呵，在这朝北开的窗户附近，

火焰恐怕会袭向尼克斯水精。

独角兽的雕像裹了金，

光芒闪耀，令人苦恼不尽。

镜中的水精，浑身赤裸，无法喘息。

可即使已遭忘却，被困于镜，

水精仍会奏响七重奏，点亮璀璨七星。

"这首诗的内容确实难以理解，诗句则很优美……"他睁开眼睛，看了看智子和中谷，随即又继续自言自语了起来，仿佛还陶醉在美妙的诗歌之中，"但'诗'就是要这样才好啊……而这也正是铃木信太郎老师译本的重要意义……阅读他的译本时，心中会产生一种伴有负罪感的快乐，和抽烟、喝酒、在深夜享受男女情事时的心情非常相似……"

说完，他又对智子投以微笑，请她继续为水城解说。

"好……好的！"

智子喝了一口红茶，便开口道：

"就像瑞门老师方才说的那样，这首诗从某种意义上来说，是靠韵脚'ix'所组成的。比如，缟玛瑙'onyx'、不死鸟'phenix'、冥河'styx'、水精尼克斯'nixe'、固定'fix'等词汇。"

她过于紧张，觉得口干舌燥，连声音都有些嘶哑。于是，她再次将杯子送到唇边，啜了一口红茶润润嗓，往下说着：

"而问题是'ptyx'这个词。马拉美在与朋友欧仁·勒菲布尔的书信中写道——'我通过押韵的魔法，创造出了这个词汇'。也就是说，'ptyx'没有任何意义，纯粹是马拉美为了押韵，自行创造出来的。"

"那么，为什么要把它翻译成'梵贝'呢？"

听了水城的问题，智子的脸上绽出温和的微笑，也许是想通过笑容来缓解自己的紧张感。

"希腊语中有一个单词，叫作'πτυξ'，意为'层状物'或'壁状物'，而'ptyx'的读音和它相似，因此才会让翻译家联想到层层盘旋、以壳为壁的'法螺'……"

"训诂学真是无聊透顶！读诗怎么能这样死抠细节！"

想不到龙司郎完全不给面子，强硬地否定了这套解释。

此时，中谷却突然插嘴了：

"铃木信太郎老师把'inanité sonore'译为'隆隆作响的虚无'，而这一段要是直译，就是'响亮的空虚'。我试想过，它很可能引用自贺拉斯的《诗艺》。而且我正考虑以此为主题来撰写毕业论文。换言之……"

尽管他紧张不已，整张脸涨得通红，但还是一口气说个不停。

"哦，你是说'nugae canorae'吧？翻译过来是'响亮的空话'。"

龙司郎对他的"重大发现"似乎不感兴趣，但中谷好像没有意识到对方的敷衍，只是频频地点头，表示确实如此。

"原来是这样啊，这个着眼点确实挺有趣的，你一定能写出一篇精彩的毕业论文。"

龙司郎嗤嗤地笑着，但眼神却看向了藤寺，夸赞道：

"藤寺老师，您教出了一名高徒啊！"

"谢谢您的夸奖。"

藤寺面无表情地答道，然后又伸手往大盘子里拿咸脆饼。

中谷倒像是没听出龙司郎的挖苦，还当是赞美，美滋滋地照单全收。

这下，连田岛都有些同情中谷了，并对他产生了些许好感，心想着这家伙真是实诚。

与此同时，他也深刻体会到了"大魔王"这个诨号的由来，以及为何会有传言，称是他逼死了妻子。

"马拉美真是早出生了一百年。只要再晚一百年，他也不用特地造词了。只要用'UNIX①'即可完美押韵，哈哈哈哈！"

水城哈哈大笑着，并将手中的烟头摁熄。

而就在这一瞬间，田岛背后突然发出了异样的声音，似乎是有什么东西被使劲儿地喷射了出来，原来是凉水把他的后脖子淋透了，吓得他不禁小声惨叫了起来。

他匆忙回头，只见喷泉池中有三道水柱喷出，各自在空中描绘出了优美的弧线，最终激昂地冲入池中，溅起无数闪亮的水滴，在水面上形成了密匝匝的涟漪。

仓多正紧挨着少女雕像，双膝跪在草坪上，看样子是在操作底座下方的喷泉阀。

田岛由衷地为自己的失礼感到羞耻。

柴沼笑嘻嘻地随口说道：

"所以我不是说了嘛，这可是'特等席'。喷水前一点预兆都没有，第一次来的客人里总会出现'牺牲者'。坐在这里便可以近距离地观赏到这场'好戏'。"

田岛没有回话，只是一边用右手扯着衣领，一边站了起来。

他暗自安慰自己，总算是有理由坐到"大魔王"那桌去了。

随后，他便将躺椅搬到藤寺身后，坐了下来。

---

① UNIX是20世纪70年代初出现的一个计算机操作系统。——译者注

仓多很快也凑了过来，默默地递给他一块毛巾。

龙司郎等人已经在继续聊天了，他一边用毛巾擦拭着脖子上的水珠，一边竖起耳朵留意他们的对话。

龙司郎理所当然般地率先开了口：

"方才这位小姐已经做了简洁的说明。马拉美的确非常重视韵脚。换个说法，就是他非常重视诗的形式。包括亚历山大格、抑扬格等格式，也包括随韵、交韵、抱韵等韵式……毕竟'无形式，不成诗'，因此对诗而言，上述形式都是不可或缺的。"

他暂时顿了一顿，将视线投向喷泉，却又仿佛什么都没看在眼里，随后进一步解释道：

"日本曾有一段时间热衷于中国的古诗。由于中国的诗人在作诗时必须严格遵守一些细致的规定，比如二四不同、二六同，粘、对、禁三平调和三仄尾等。如此一来，他们便不得不把文字按'平仄'加以区分，再将之组合起来。而受到他们的影响，那时的日本人也非常讲究诗歌的形式。但反过来说，正是因为中国的古诗拥有既定的形式，我国的诗人才可以进行仿写，中国的人民才能够明白我们创作出的艺术结晶同样是'诗歌'。"

"照这么看，马拉美的诗作或许更适合被翻译成中文呢。像是那句'纯粹的利爪将缟玛瑙高高托起，苦恼就在这午夜时分，受到圣火庇佑'，用中文来表达的话，效果似乎很不错。"

水城半开玩笑地说着，可龙司郎却认真地给出了回答：

"嗯，中文翻译也许会更忠实于马拉美的原意，只不过如今没有人会写中国的古诗，大家都习惯于口语化的自由体诗，对形式的观念已经极为稀薄。明明欧美人在写诗时还懂得遵守规定……"

水城抱起了胳膊，有些不解地问道：

"这是日本人和欧美人的差异吗？其实是各人对诗的理解不同吧？举个例子，策兰的诗就完全无视韵律和韵脚，连上下两句诗都不做押韵处理，甚至可以被归为您口中那类'口语化的自由体诗'。而他的解释是——'相邻的两棵树都不可能一模一样，何况诗句'。"

"您的文学素养真的相当优秀啊！"龙司郎露出了笑容，说道，"策兰是意象派的诗人，会把自己的感受与想象如实地化为语言。而马拉美极度重视诗歌的形式，认为总有些美感与内涵是需要通过形式才能被体现出来的。所以我反而好奇，那些不拘一格、随性写就的作品，归根结底可以算是想象力的流露吗？"

"您指出的问题和本格推理小说的困境很相似啊！"

田岛对这场辩论颇有兴趣，一不留神就漏出了心里话。

"抱歉，我完全不懂诗，但是我非常喜欢本格推理小说……"

他赶紧为自己的失言道歉，并低下了头，水城却用眼神催促他说下去，就连龙司郎也一言不发，等着下文。

于是，他鼓足了勇气，继续说道：

"本格推理会受到各种条条框框的限制，除开很多细致的守则，它本身就有既定的结构框架，会按照'案件发生''开展调查''侦探破案'的顺序来推进故事。很多人都觉得这种做法太守旧了，于是近来的作者在创作时便废除了那些规矩。可实际上，总有些美感与内涵是需要通过形式才能被体现出来的，不是吗？"

"原来如此。我从不看推理小说，但我能明白你想表达的意思。确实，马拉美非常欣赏爱伦·坡，虽然他喜欢的只是坡的诗作，而非其他作品。"

龙司郎露出了悠然的微笑。

水城则敏锐地指摘道：

"《诗的原理》就是爱伦·坡的著作。他是第一个刻意按照一定的'流程'来写诗的人物，认为诗歌并非灵感与直觉的产物。听了你的说法，这似乎和推理小说有异曲同工之妙，因为它们都会循着特定的模式展开内容，也难怪爱伦·坡能够成为'侦探小说之父'。

"切斯特顿曾说过，'罪犯是创作者和艺术家，而侦探只不过是评论家'。但由于爱伦·坡写下了《诗的原理》，又开创了'侦探小说'这一小说类型，同时亦是一名犀利的评论家，可见他其实是一名富有创造性的评论家。"

"这应该是侦探的看法吧，爱伦·坡是非常伟大的艺术家啊。"

龙司郎说完，再次看向田岛，问道：

"你知道'硬汉派推理小说'用法语怎么说吗？"

田岛摇了摇头，龙司郎便答道：

"'roman noir américain'翻译过来就是'美式浪漫黑色小说'。

毕竟法国人在看侦探小说时，也依然抱着'法国中心主义'。"

他愉快地笑了，随后话锋一转，主持道：

"好了，现在天色也不早了，差不多可以用晚饭了。仓多，你都准备好了吗？"

"准备好了，请大家移步饭厅。"

仓多答道。他正站在楼梯旁，和客人们保持着一定距离。

被四壁框成方形的天空已然转为暮色，西面的高墙之上出现了傍晚特有的红云。众人仿佛受到晚霞所迫，纷纷起身走向了楼梯。

最后，只有仓多一个人还留在原地，开始收拾那一张张折叠式躺椅。而那一池喷泉就在他背后，剔透的水柱从喷水口中射出，升上空中，再跃入水面，溅起点点晶珠。

【现在·6】二〇〇一年七月十三日

列车抵达了饭田桥[①]站，石动下了车，拾级而上。才刚回到地面上，剧烈的噪音便向他袭来，吵得他恨不得堵上耳朵。

原来，车站前方驶来了一辆选举宣传车，正在大肆吆喝。

政府昨天宣布了参议院的选举工作正式启动，候选人们这就火速行动了起来，四处拉票。明明东京都的议会议员不久前才刚选完，眼下便轮到参议院了，石动不禁感到无语。

[①] 饭田桥是东京都千代田区的一个地名。——译者注

喇叭里传出了一名女性高亢的呼喊声,由于音量过大,她的声音已完全变成了破裂的噪音,听者只能勉强辨认出"总理"这个称谓,却根本听不清她的演说内容,甚至无法确定她是在支持还是在反对。

河村凉大概也回到老家的选举区去了,此刻应该正挎着绶带,搭乘宣传车,忙于展示自我。他会站在车上,身边摆着几块写有"候选人河村凉"的宣传立板,满面笑容,向选民们挥手致意;有时又下车来到路边,伸出戴着白手套的双手,亲切地与广大选民握手,直接接触他们。就如同田岛所说的那样,参选的大忙人根本没工夫在大热天悠闲地同侦探会面。

石动无精打采地走上了目白路[①],骄阳正傲然地释放着光与热,晒得他汗流不止,前胸后背都被汗水打湿了,感觉非常不适。他追悔莫及,心想着真该戴顶帽子出门。不然按现在这个晒法,他说不定走着走着就中暑昏倒了。这可不是玩笑,市里近期频频出现这种情况。

这时,又有另一辆选举车经过石动身旁,选举人拿着喇叭,大声说道:

"目白路上的各位,容我打扰……"

——既然你们也知道打扰别人了,那就赶紧住嘴啊!

石动本就热得心烦意乱,这下子更是直接在心中怒吼了起来。

他走了五分钟左右,总算抵达了殿田的工作地点——岩流出版社。提前让对方用传真把地图发来果然是正确的选择,假如他因为人

---

① 目白路是连接东京都的千代田区和练马区的道路。——译者注

生地不熟而在烈日下再走五分钟，肯定就直接热昏过去了。

　　岩流出版社位于一栋五层高的写字楼内，整栋建筑都比石动的杂居楼气派多了。根据入口处的指示板显示，他们公司租下了整整一层楼面，看来不是以行骗为生的"空壳企业"。

　　石动穿过自动门，进入了一楼的大堂，空调的凉爽让他发出了惬意的感叹，随后他搭乘电梯上了三楼。

　　三楼的电梯口直通岩流出版社的办公场所，石动一出电梯门，便看到成排的办公桌。他大致数了数，发现这里有将近二十人，正忙忙碌碌地工作着。有人兴致勃勃地浏览着一叠纸，有人对着笔记本电脑，"噼里啪啦"地打着字。

　　一名女员工正好经过他面前，他向那名员工表明了来意，请她帮忙叫一下殿田。而过不多久，殿田就出现了，嘴上还陪着不是：

　　"抱歉，天气这么热，麻烦你跑一趟了。"

　　殿田的T恤上印刷着西雅图水手①队的队徽，身上干干爽爽，和汗涔涔的石动形成了鲜明的对比。这让石动萌生了些许怒意，但同时也理解了他不愿外出的理由。毕竟这里实在太凉快了，室温调得比大堂还低，石动只待了没几分钟，就觉得身上发冷。

　　"我手里正好有个急活，暂时走不开，请你稍微等我一会儿。"

　　殿田一边解释，一边把石动带到了用隔板分出来的一块小天地，接着就急急忙忙地回办公室去了。

---

① 西雅图水手是美国职业棒球大联盟中的一支球队。——译者注

这里似乎是岩流出版社的等候区，里面摆着朴素的桌子和折叠椅，一角还有一个玻璃书柜，柜中放了一些书，估计是他们公司的出版物。

石动喝着一名女员工端来的冰麦茶，打量起了那个书柜，却见里面一本小说都没有，全都是工具书和纪实文学作品，当然其中也不存在爆料揭秘题材的书籍。

此时他已经止住了汗，稍微舒适了一些。

"久等了！是鲇井先生逼你过来的吧？"

殿田终于抽出了空，走了过来，伸手拉过一张折叠椅，坐在石动面前。

"是的。"

"真麻烦啊，我第一次见他的时候，也被他当面发了一通火，所以我大概能猜到你的来意。话说，他对你说了什么？"

石动便将鲇井的话复述了一遍。

而殿田听完之后，居然捧腹大笑了起来：

"哈哈哈！他说我想让名侦探水城优臣声名扫地？唉，但这确实很符合鲇井先生的思维方式。"

"他说错了？"

闻言，殿田挠了挠头发，答道：

"所谓爆料呢，卖点就是揭露偶像、政治家等名人的丑闻。然而世界上有几个人知道水城优臣这号人物？我就算爆这个人的料，也没人肯掏钱买啊。"

"怎么可能？水城老师可是家喻户晓的大侦探！"

石动激动地拔高了音量，殿田却伸出双手，挡在身前，示意他不要太过激动。

"我很清楚这人对你而言是了不起的大人物，但我们这次的策划案并不是面向'推理小说爱好者'这样的小群体的，而是把受众定位在了普罗大众，选题内容也都非常严肃、正经。因此我们要做的绝非爆料，是揭发。"

"揭发？"

石动没听明白，只是像学舌鹦鹉一般重复了殿田的话。

殿田的表情也认真了起来，凝视着石动的双眼，答道：

"没错。要是事实真如我料想的那样，水城优臣的推理出了错，那么这就是一桩冤案了。当年，仓多辰则作为凶手遭到逮捕，还被判了刑。鉴于他的杀人动机实在过于诡异，辩护律师便坚称他在作案时，精神状态是不正常的。可很明显，他是有计划地实施了犯罪行为，最终不幸获得八年实刑。他也没有上诉，于是就这样蹲了整整八年监狱，五年前才刚刑满释放。

"而仓多之所以会经受这样的遭遇，全都是因为水城优臣的推理。如果那番推理有误，岂不是毁了一个人的人生吗？"

石动不由得认为他言之有理。名侦探一旦发表了推理，警方顺利地逮捕了嫌疑人，推理小说就会结束。只是，在现实世界中，嫌疑人也好，其他相关人士也好，所有人的人生都还将继续。就连名侦探也不例外……

"殿田先生，你为什么认为水城老师的推理有问题？"

为了掩饰自己对"偶像"的疑心，石动把问题抛给了殿田。

"是因为鲇井先生写的小说——《梵贝庄血案》。你已经读完连载的复印件了吧？"

"当然读完了。"

"嗯，我也一样。在某位作家向我建议了这个策划案之后，我就立刻去仔细拜读了。"

殿田一脸得意地说道。其实他一点儿也不喜欢推理小说，看来确实是付出了很多热情与心思，那副表情仿佛在暗示石动赶紧夸他爱岗敬业。

"在阅读的过程中，我发现了几个可疑的地方。其中之一就是动机。仓多杀害野波先生的动机真的太不寻常了。仓多这个人，确实有点……有点特立独行，可我绝对不信有人会因为那种理由而杀人。"

殿田一股脑地说着，石动总算理解了他的想法。

话又说回来，殿田觉得哪些动机才是合理的？为了骗取保险金而杀人吗？但是杀人就是重罪、是禁忌，哪有"正当的动机"可言……

每当"不合常理"的杀人案发生后，记者即会查清犯人从童年起的整个人生经历，采访犯人的相识和相关人士，挖掘出犯人的内在，最后用文字来描绘犯人的肖像。

而石动认为这类报道属于"文学作品"的范畴，因为记者描写的不是事件，而是"人类"。不论对象是市井小民，还是变态凶犯，是行走在六本木街头的白领女性，还是脱离常规的连环杀手，记者都会将他们的生平呈现在纸面上，而"刻画人物"正是"文学"的要点所在。

石动身为侦探，并不关心犯人是怎样的人。他调查不懈，只为撇去一切人性要素，最终让案件的真相与诡计的结构水落石出。

他想起了坂口安吾①的《不连环杀人案》中的一段：

"他在观察人类时，有一条底线。那便是不触碰'犯罪心理'。一旦越线，前方就是无尽的迷宫。为了避免陷入其中，他才设了这样一条线。也正是因此，他无法创作出文学作品。"

这段话是说话人对书中的侦探角色——巨势博士的评价。石动非常认同这一说法。可以说，罪犯是具有文学性的，侦探则恰恰相反。而侦探的"非文学性"又能帮助他们看清事实与本质。对此，水城优臣似乎抱着同样的观点，曾将切斯特顿的名言反过来说了一遍——"侦探是富有创造性的评论家，而罪犯只不过是艺术家"。

石动收回了思绪，听殿田继续往下说道：

"再者，为什么鲇井先生要中断连载，并且至今没有成册出版？明明故事基本上都结束了。你看，有人被杀、侦探做了推理、警方抓

---

① 坂口安吾，日本小说家、评论家，《不连环杀人案》是他毕生唯一一部长篇推理小说。——译者注

走了嫌疑人、主人公抱得美人归……结局既然如此圆满，按说不该被搁置七年哦。"

然而，石动脑海中浮现出了田岛前几天说过的话，不禁犯起了嘀咕。

——所谓"抱得美人归"，指的就是和心爱的姑娘睡了三次然后分手吗？

但殿田可不知道石动在想什么，只是伸出食指，指着他，总结道：

"所以，我怀疑鲇井先生同样发现了水城优臣的推理有问题！这才放弃了这部作品！"

"……原来如此。"

石动回想起鲇井昨天大怒的样子，觉得殿田的猜测或许并不是无中生有。

"石动先生啊，其实我甚至怀疑，连水城优臣本人都意识到了错误。你也知道，《梵贝庄血案》是'水城优臣的最后一案'。据说水城在那桩案子之后就隐退了。好，问题来了——这为什么是水城优臣的最后一案？此人又为什么要隐退呢？"

说真的，石动和殿田一样，对这一点深感不解。《梵贝庄血案》和同系列的其他作品无甚区别，为何只有它被冠以"最后一案"呢？他怎么都看不出头绪。至少在连载版的《梵贝庄血案》中找不到线索。

他将自己的疑惑告诉了殿田:

"让水城老师下决心隐退的理由,恐怕就藏在连载的后续内容里吧?从鲇井先生昨天对我说的话来看,他打心底里尊敬水城老师,因此无论如何都不愿把结局写出来,不愿描述水城老师隐退的来龙去脉。结果,连载也停了。"

"嗯,英雄所见略同。只是啊,到底发生了什么,能把这样一个大侦探逼到隐退呢?"

"……应该只有……意识到自己的推理出错了吧。"

石动满心不愿承认这个事实,回答声小得都快听不见了。

殿田则用力点了点头,对石动的说法表示赞同:

"正是如此!在我看来,鲇井先生不仅发现了水城优臣的失误,更察觉到了真凶的身份。反正杀人案的时效期是十五年嘛,他停笔说不定就是为了等追诉时效过去!他想包庇真凶!"

这套推论让石动受到了重击,他颤声问道:

"你、你的意思是……真凶是水城老师?"

殿田咧嘴笑了。

"这只是可能性之一。不过我也说不准啦,因为我不擅长动脑筋,所以才希望由你来调查和思考。"

"可是,我的调查结果也许和水城老师的推理是一致的。到时候你能接受吗?"

"哦?所以你愿意继续帮忙调查下去啰?真是太感谢了。我原本还担心你被鲇井先生吓得打算退出了呢。"

殿田边说,边从牛仔裤的裤兜里掏出了一本皱皱巴巴的便条本。

"十五日要麻烦你去梵贝庄采访。我这次仔细确认过了,肯定不会有错。笃典先生和他太太都在家。"

"能安排我和仓多先生见面吗?其实找他面谈才是最直接的吧?"

殿田却没有直接回答,而是轻轻叹了一口气,叫石动稍等片刻。

很快,殿田就回来了,手里还拿着一枚信封。

"仓多是福岛人,出狱后便回老家去了。刚开始,他换了好几份工作,由于他会开车,在瑞门家工作时兼任过司机,所以现在在当送货员。我给他寄去了采访的申请信,他也回信了。你看——"

他将信封递给了石动,石动抽出信笺,只见上面的字迹都是向右上角倾斜的。

殿田先生:

收到您的来信,我才得知原来还有人记得十四年前的旧事。这让我非常吃惊,甚至有些恐惧。

很抱歉,请容我拒绝您的采访申请。您的到访会给我造成麻烦,还请您当我这个人不存在。若是有可能,我也希望您打消以此为题材出书的念头。

我已经淡忘了当年的案子,不愿再次回想。我自己都无法理解,那时候为什么会做出如此愚蠢的行为。现在我娶了妻子，有了年幼的女儿，每天都认真工作，和妻子一起精打细算地过着日子，没有心思再考虑别的。我害怕失去这份来之不易的平静。

"梵贝庄的案子诡异到了极点，而凶手居然这么老实巴交的，你觉得这合理吗？"

殿田直截了当地说道。

事实上，石动无法仅凭这封短信就判断仓多是不是无辜的。但"十四年"这三个字深深地刺痛了他的内心，令他深感这段岁月是多么漫长，而仓多又过得何等沧桑。

【过去·6】一九八七年七月七日至八日

晚上，他们在饭厅享用了一顿欧式风味的正餐。

肉食是用各种香料烤制的羔羊肉，鱼类料理是意式生鲈鱼片，素菜是由大量蔬菜制成的普罗旺斯杂烩，藤编的篮子中堆满了斜切的法棍面包，以供客人佐餐。眼下正是品尝鲈鱼的好时段，那道意式生鲈鱼片尤其美味。

餐桌上铺着白色的桌布，正中间摆着银色的烛台，烛火轻曳，在桌布上投下了难以形容的美妙光影。但其实饭厅里开着灯，因此点蜡烛应该不是为了照明，而是营造一种优雅的氛围。

仓多收拾完中庭，回到了饭厅，把客人们用完的刀叉碗碟都端去了厨房，又在众人的玻璃杯中倒入了矿泉水，忙个不停。梵贝庄没有厨师，这些菜想必都是仓多烹制的，只有饭后的甜点（草莓塔）像是从甜品店里买来的。

席间的谈话完全不同于中庭里的辩论。大家天南海北地随意畅聊，气氛和乐融融。

或许是对这顿晚餐相当满意，龙司郎的口气温和了不少，开始询问学生们报考法国文学专业的原因。中谷夸张地回答说自己热爱法国文学，而智子的理由则非常可爱，是在高中时看了法国电影，从此对法国文学产生了兴趣。龙司郎并未多说什么，只是优雅地点了点头。

水城坐在诚伸的正对面，一边吃着草莓塔，一边随口问他是否也精通法语。

面对如此随意的态度，诚伸也没有动怒，只是低着头，小声答道：

"不，我法语不太好。"

龙司郎爽快地笑了起来，说：

"我这两个不成器的儿子都没有语言天赋。"

"是父亲您的要求太高了。"

笃典语带不满地嘟哝着。他可能不爱吃甜食，尽管一直在用叉子戳弄草莓塔，却始终没往嘴里送。而他的草莓塔也已经被搅得如废墟般七零八落。

"是吗？我只是出于父亲的责任，对你们进行了正常的教育。"

龙司郎轻描淡写地将儿子的反抗之意一笔带过。

"诚伸太谦虚了。"

藤寺把草莓塔吃得干干净净，嘴角上还沾着鲜红色的草莓汁，心满意足地插话道：

"我曾在某场派对上看到诚伸在和法国人交流呢，一口法语说得又漂亮又流利，比我的学生说得好太多了，我很佩服。"

中谷听了，似乎有些不快。

"他那点程度还远称不上流利。"

龙司郎第一次在这顿晚饭中说出了辛辣的话语。

笃典别开了脸，诚伸则露出了羞惭的表情，把头埋得更低了。

龙司郎又接着教诲道：

"不过只要再花些时间，总有一天能有所成就。学问与才能不是一切，持之以恒同样重要。你们这几位年轻人也请牢记这一点。"

时间来到了晚上八点，镰仓深山的夜色愈发浓厚，窗外已是漆黑一片。田岛甚至产生了一种错觉，感觉梵贝庄正孤零零地浮于一片虚无的黑暗之中。

"仓多，可以给客人们准备寝室了。"

龙司郎下了命令。

仓多原本正在为大家倒咖啡，便暂时停下了手中的动作，问道：

"请问如何分配房间？"

"你看着办就好。"

龙司郎说完,又转向了次子。

"诚伸,你把卧室腾出来,去笃典那里睡吧。今天的'周二沙龙'特别热闹,客人多。"

"不必不必,我今晚就会回去的。"

野波慌忙解释,但龙司郎摆了摆右手,说道:

"你别客气,就在这住一晚吧。而且这一带不会有出租车经过,你总不能一路走到金泽街叫车啊,晚上的山路很难走。"

其实龙司郎的言下之意就是,若你坚持要走,我就不挽留了,不过我不会派人开车送你,也不会帮你叫车。于是野波便不再说话,权当是默认留宿。

"那么,柴沼先生、河村先生、野波先生三位,请使用饭厅前的三间客卧,藤寺老师请用诚伸少爷的卧室。

田岛先生和中谷先生,非常抱歉,得劳您二位在起居室过夜了。其他几位可以在二楼的藏书间歇息。我会为各位铺好沙发床的。"

仓多看向在场众人说道。

龙司郎微微皱眉,似乎有话想说,可终究还是忍住了。

他大概是不愿水城住在藏书室里,然而他刚当着客人们的面说一切交给仓多安排,现在自然不好公开反对。

"别担心,二楼也有洗手间,我平日里就经常在藏书室里过夜,所以大家不用辛辛苦苦地下楼。"

他故作轻松地说道，同时迅速地瞥了水城一眼，叮嘱了一句：

"水城老师，如果你有想看的书，还请提前告知我一下啊。"

水城苦笑着答道：

"放心吧，我打算早点睡觉，不会碰那些珍贵的藏书的。"

*

起居室里有两张大红色的合成皮革沙发，一张是河村和智子坐过的，另一张是田岛和中谷坐过的。它们的长度都很可观，人躺上去的话，完全可以将双腿伸直。

仓多准备了毛毯和羽绒枕头，又将空调和电灯的开关位置告诉了田岛和中谷，随后快步离开了。

现在还不到盛夏，山里的夜晚颇为凉爽，让人倍感舒适。比起空调制造出的冷气，田岛更喜欢自然界的清风，便走到窗边，将那扇双层玻璃窗微微打开了一些，沁人心脾的夜风霎时间就吹了进来。

夜空中还盘踞着梅雨季节的雨云，看不见星星和月亮，紧挨着院墙外侧的林子也化作了神秘的黑影，包围着整个梵贝庄，四下万籁俱寂，只有虫鸣声隐约传来。

"我关灯了哦。"

中谷站在墙边，说完便关掉了电灯。

起居室里放着一尊黄铜制的台灯，线条柔和优美，宛如白鹤的脖颈。室内暗下来之后，昏暗的灯光打在了两张沙发上。

田岛躺了下来，羽绒枕头柔软极了，整个头都能陷进去。沙发垫亦很有弹性，比他公寓里的床舒服多了。

他仰面朝天，看向天花板，只见黑色的房梁纵横交错在一起，构成了一个个方格子。这时，他不禁开始想象，智子正在二楼做些什么。

他和中谷是今天的客人中最年轻的，所以只能睡在起居室；智子虽和他们一般大，但总归是女孩子，没法和两个大男人一起在起居室打地铺，于是被分到了二楼的藏书室之一。这是极为合理的安排，他也明白这一点，只不过和中谷两人单独相处，难免让他觉得不自在。

他关上了台灯的开关，随着"咔嗒"一声轻响，起居室里再也没有一丝光亮，天花板变成了一片黑幕，中谷就睡在旁边的沙发上。

正当他准备闭眼入睡时，中谷开口说话了：

"田岛，你也喜欢古田川同学吗？"

——"也"喜欢。

这个"也"字相当微妙，田岛听懂了，果然中谷同样对智子抱有情愫，是自己的情敌。

"嗯。"

他简单地应了一声。

"我听说你们已经约过几次会了，她经常提起你，说你很可靠。"中谷低语道。

"我也常听她提起你,说你法语特别好。"

田岛凝视着漆黑的天花板,答道。

"看来,她对我们俩的好感程度差不多啊。"

中谷轻声笑了起来。

"是啊,我们都站在同一条起跑线上。"

"接下来再好好比个高低吧。"

"正有此意。"

"我明白你的想法了……总觉得放心了些呢。"

"我也是。"

"晚安。"

"晚安。"

没过一会,田岛便听到了轻微的鼾声。于是他也闭上双眼,很快就睡着了。

*

田岛做了一个梦,梦里的他正站在梵贝庄的中庭。抬头看去,被四壁框成四方形的天空中没有一朵云彩,就像是亨利·马蒂斯用天青蓝的颜料所绘制的油画。喷泉池上喷出了道道晶亮的水柱,白色的圆桌和白色的躺椅分布在庭院内,不过四下只有他一人。

他围着喷水池转了一圈,观察着每一座雕像。

金色的大象闪耀着庄严的光辉。

三匹狼雕像龇牙咧嘴,神情恐怖。

然后,他靠近少女雕像,深深弯下腰,凝视着少女的倒影,却发现她的五官变得和智子一模一样。

他把脸凑得更近,想要看得更清楚些,怎料雕像居然露出了微笑……

而就在这一刹那,一声撕心裂肺的惨叫声彻底打破了他的梦境。

*

起居室里还是一片漆黑,田岛一下子坐起了身子,惨叫声却消失了,接着传来了重物滚地的响动。

"到底出什么事了……"

他自言自语道,同时依稀瞧见中谷也从沙发上坐了起来,嘀咕着:

"是二楼……"

听到中谷的话,田岛抬头看向天花板,随即突然大叫起来:

"二楼出事了!"

他边说边踹开毛毯,跳下沙发,摸索着打开了台灯的开关,并向门外冲去,中谷紧随其后。

他们来到走廊上,看到仓多正跑在前面,看来他也听见了那可怕的叫声，于是从秘书室里飞奔了出来。

饭厅前有个拐角，拐弯之后，他们又发现河村和柴沼都身穿睡衣，一起站在客卧门前。

"河村先生，您听到了吗？"

"是啊，到底是怎么回事……怎么叫得那么吓人……"

他俩的声音有些颤抖。

"柴沼先生！"

田岛出声叫道，柴沼则满脸惊恐地转头看向他，问道：

"田岛，你也听到了？"

"听到了，怕不是出大事了，我们得赶紧去二楼看看！"

"可是，还不知道具体是什么情况啊……"

"这不就更得上去了吗？二楼也住着人啊！"

田岛焦虑地看向走廊深处的楼梯。其实他真正关心的是智子的安危。而藤寺、笃典和诚伸三人就在楼梯前站成一排，抬头看向二楼。

此刻，田岛突然觉得有些不对劲，便脱口而出：

"野波先生呢？"

听他这问，柴沼才注意到野波似乎不在场，开始四下张望，嘟哝道：

"他还真不在……莫非还没醒……？"

田岛看向客卧，却发现三间客卧的门都半开着。

"野波先生睡在哪间房？"

"最里面那间,离楼梯也最近……"

柴沼指向其中一间客卧,田岛走了过去,轻轻打开房门。

房内没人,复古风格的床榻上,床单乱作一团,薄薄的被子也皱皱巴巴的,唯独不见野波的踪影。

"仓多!仓多?!你人呢?!"

龙司郎在二楼大声呼喝着,声音甚至传到了一楼的走廊。

仓多急匆匆地往二楼跑,却又被龙司郎制止了,叫他先去拿手电筒。

"好的,您稍等。"

他答应道,紧接着转身一路小跑,回到了走廊上。

田岛已经忍不住了,他和仓多擦肩而过,然后冲上了楼梯。

到了二楼,他看到龙司郎正用手扶着墙壁,表情非常可怖。

"请问,究竟发生什么了?"

他气喘吁吁地问道。龙司郎只是摇了摇头,回答说:

"不知道。但我听到露台那边传来惨叫声……"

然而,田岛连对方的话都没听完,就奔向了走廊深处。

他刚刚才三步并作两步地从一楼跑上来,眼下还上气不接下气的,但还是迅速绕过龙司郎的卧室和书房敞开的房门,马不停蹄地朝着露台狂奔而去。

终于,他看到三个人背对着他,站在露台的大门前。

其中,水城一边将长发向上捋起,一边透过半开的门扉,凝视着门后那片漆黑的光景。鲇井一如既往地紧跟着水城，背靠墙壁站着。

还有智子，她正偎在水城身边，整个人都颤抖个不停。

田岛心里的石头终于落了地，庆幸着那声尖叫不是智子发出的。

"古田川同学！"

他出声叫道。

智子双肩猛地一震，接着发现来人是田岛，这才一脸泫然欲泣地扑进了他的怀里。

"这，怎么回事？"

田岛拥着她的肩膀，转头向水城问道。

"我们正准备调查，先等人拿手电筒来吧。"

水城回答得颇为镇静，然后又转过身去，继续看向门后。

背后传来了脚步声，其他人终于从一楼赶了过来。

仓多走在最前面，将一只大号的手电筒递给了水城。

"谢谢，我们这就去露台看看吧。"

水城沉稳地一笑，将手伸向了通向露台的大门，鲇井却急忙制止，提醒道：

"水城老师，露台上说不定有危险！"

"嗯，但等不到早上了，说不定有人受伤了，救人要紧。"

身为正义的侦探，水城淡然地拒绝了助手的劝阻，接着回头，将众人挨个扫视了一遍，最后总结道：

"……只有野波先生不在这里，看来，受伤的人很可能就是他了。"

说罢便推开了大门。

浓黑色的夜幕笼罩着露台,四周暗得伸手不见五指,水城只得依靠手中的电筒。

水城踏上露台,将光照移向了通往中庭的楼梯,结果看到有人俯卧在台阶上。

水城立即冲了下去,田岛、柴沼和笃典也紧随其后。

楼梯一片昏暗,即使小心翼翼也照样寸步难行。一旦踏错,不仅救不了人,还会害得自己活活跌落下去。

"水城老师!快照一下我这边!"

那个神秘的人影就俯倒在楼梯的中间段,水城此时已经赶到了那里,闻声又回过头来,将电筒的灯光对准了柴沼。光柱就如同探照灯一般,贯穿了半条楼梯。

凭借这些许的光芒,大家发现台阶上和人影周围都散落了好几张纸片。

柴沼弯腰捡起掉在脚边的一张纸片,看了一眼,喃喃地说:"是一万日元。"整个人似乎有些晃神。

他将那张纸展示给众人查看,大家纷纷纳闷儿,为什么一万日元的纸币会掉得到处都是?

接着,众人总算是陆续挪到了楼梯中段,水城默默地照亮了那个人影。

果然是野波庆人。

野波就趴在通往中庭的楼梯上，头下脚上，两条胳膊伸向前方，看着像是从露台上摔下去的，且左臂诡异地扭曲着，可能是落地时骨折了。

水城用手指摁了摁野波的颈动脉，然后小声说人已经死了。其实野波双眼大睁，肢体冰凉，不必等水城挑明，任谁都看得出野波早就断了气。

笃典因为惊惧，颤声说道：

"是不是因为太暗了，所以他不小心踩空了？"

水城却用手电筒照着野波的背部，否定了这种说法。

只见他的肩胛骨之下插着一把匕首，握柄部分就这样静静地竖在他的背后。

全员瞬间屏住了呼吸。

水城的目光扫遍了在场的每一个人，然后静静地说道：

"他是被人谋杀的。"

【现在·7】二〇〇一年七月十五日

石动在镰仓站前搭乘巴士。

其实他倒不是为了省钱，反正殿田的公司应该会报销必要的经费，完全不必考虑开支问题。

可是，他不希望听出租车司机们说出同样的台词，这会让他产生穿越时空的混乱感，而且更害怕重遇上次那名司机。

巴士沿着若宫大路北上，在鹤岗八幡宫前右转，很快便驶入了金泽街。

石动在五天前前往梵贝庄时，出租车司机也走了相似的路线。但巴士的座位比出租车高不少，可供乘客愉快地观赏沿途的风景。他靠在窗沿上，随意地看向窗外。

路上，戴着帽子、打着伞的行人明显变多了，大概旨在防暑降温。马路右边有一栋崭新的建筑物，石动一开始以为它是公民馆[①]或者社区中心，而实际上，是一所家庭看护服务中心。

巴士停在了净明寺站，他付完车费后下了车。

就在他重新踏上柏油马路的那一刹那，便悔不当初，只恨自己为什么不坐出租车。

事实上，整个日本都处在太平洋高气压的笼罩之下，全国各地皆是酷热难当，就算是住在最北部的北海道居民，八成也有同样的感觉。东京和镰仓当然不会例外，均被炎夏统治着。

因此，即使不希望遇到同一位司机、再听一遍同样的解说，光是冲着车内的空调，也该选择出租车。而且要是真被"巧合"吓得后背发凉，说不定还能消暑降温呢。

---

① 日本的公民馆是一种文化中心，为当地居民提供与生活有关的文化教育。——译者注

第二章　于梦中安睡

他抬头看了看如火球般熊熊燃烧的烈日，再次陷入了深深的懊悔之中。

一只鸢鸟停在电线杆顶部，但它的鸣叫声听起来有气无力的，不知是否也是因为耐不住高温的摧残。

石动没精打采地叹了一口气，走上了那条上坡的山路。

话说回来，在《梵贝庄血案》的连载中，居然没有角色抱怨过天气炎热，甚至还认为"镰仓的山里颇为凉爽，让人倍感舒适"，真是不可思议。

可是，现在的镰仓正值盛夏，气温飙升，柏油路面反射着毒辣的日光，就如同一块烧得通红的铁板，散发着可怕的热量。偶有微风拂面，也只会带来温热黏腻的不适感。如果今晚有人在梵贝庄过夜，那么一定得关紧门窗，把空调的马力开到最大，不然的话，肯定会做噩梦，梦见鬼把自己拖入地狱的大锅中焚煮。

石动不禁感慨，看来十四年前的那个七月并不似火烧般燥热。他尝试着回想当时究竟是怎样的天气，却只觉得脑中一片模糊，没有任何印象。

——难道是全球变暖的速度又加快了吗？唉，要是当初早点落实《京都议定书》[①]就好了……

[①] 《京都议定书》全称《联合国气候变化框架公约的京都议定书》，于1997年在日本京都的会议上通过，是旨在限制发达国家温室气体排放量，以抑制全球变暖的国际性公约。——译者注

他的手巾已经湿透了,甚至能拧出汗水来。此时,他恰好来到了梵贝庄的院门前。

铁制的拱形大门敞开着,看来主人正在恭候他的来访。

他伸手扶着红砖砌成的门柱,深吸一口气,随后进入大门,走向瑞门一家居住的宅邸。这一路上,他已经没有闲情逸致再像上次那样笑话路边的人面坛了。

他走过整条小径,来到宅子大门前的停车位上,又做了两次深呼吸,用湿漉漉的手巾擦了擦脸,最终按响了门铃。

门开了,一对男女出现在他的面前。左边是一位高大的中年男性,穿着POLO衫和短裤,正一声不响地俯视着比自己矮了一个头的石动。

想必他就是瑞门笃典。

他的视线非常锐利,给人以冷酷的印象;头发梳成三七分,和父亲龙司郎的发型完全不同,但龙司郎在这个年纪时,肯定也是这般气质。

右边的女性是笃典的妻子——优纪子。她看起来是个开朗活泼的人,和神经质的丈夫正好相反。她身上穿着一件朴素的居家连衣裙,束着细细的腰带,头发染成了低调的茶色,面庞微微发福,圆润饱满,脸蛋正中间是一只圆圆的鼻头。

"我又上门叨扰了,还请见谅。"

石动一边开口道歉,一边鞠躬行礼。

"让客人大老远地赶过来，我们才过意不去呢。"

优纪子爽朗地答道，但笃典却保持沉默，目不转睛地盯着他。

石动被盯得浑身不自在，看来笃典很不欢迎他的拜访，因此他得尽力表现得和气一些，以降低对方的不快。

"话说，这宅子可真漂亮！"

他用手巾擦拭着脖子上的汗珠，嘴上说着奉承话，同时打量着四周。最后，他眯起眼，把目光锁定在通往起居室的房门上。

传说中的"大魔王"——瑞门龙司郎正躲在门背窥视着他们三人。

"那位就是……龙司郎先生吧？"

石动话音刚落，笃典的脸色就沉了下来，用眼神示意妻子快去管管父亲。

于是优纪子转回身去，快步走近龙司郎，半抱半哄地把他带回了起居室里。

玄关处只剩下了石动和笃典两人。笃典回头朝起居室看了一会儿，最后扔下一句"请进来吧"，便自顾自地走进了起居室。

曾经，梵贝庄完全遵循着欧美式的生活习惯，客人进屋时不用脱鞋；可优纪子似乎不想让地板变脏，因此给客人们准备了拖鞋。

石动换完鞋，进入开着空调的起居室，只见笃典已经坐在了一只蛋椅上。

这里和鲇井在《梵贝庄血案》中描述的场景无甚区别——地上铺着木质地板，室内摆了两张红色沙发、一尊黄铜制的台灯、一张玻璃桌以及几只蛋椅。只不过眼前的沙发已经很旧了，坐垫的弹性似乎也大不如前。

石动走向玻璃桌后方，观察着起居室的深处。餐具柜靠墙而立，一如书中所写，但是柜上没有荣汉斯的座钟，只有一只挂在墙上的圆形电子钟。

瑞门咏子的肖像画就在电子钟旁边，画中的她身穿一袭优雅的白色礼裙，右手搁在一只架子上，看起来就像个小公主。

起居室的内部装潢明明没有多大改变，笃典独自一人忧郁地坐在其中的样子却总有几分凄凉。但话又说回来，尽管梵贝庄曾因"周二沙龙"而雅客荟萃，可在没有活动的日子里，或许也是如此冷清吧。

石动亦找了一只蛋椅坐下。坐垫的触感正如他所想象，已经变得硬邦邦的了。而玻璃制的桌面上也有好几处污渍。

那扇靠内侧的门开了，优纪子端着饮料，从走廊上走了进来。

"请用。"

她把杯子放在桌上，同时似乎也察觉到了石动正盯着桌上的污迹，赶紧说道

"抱歉，这就给您擦干净。"

她的声音中透着羞惭。

"不不，我并没有觉得桌面脏……"

石动慌忙辩解道。

"没事，毕竟桌面确实脏了嘛。"

优纪子一边哧哧笑着,一边坐在了蛋椅上。

"不过啊,玻璃桌子真是难打扫,又不能用湿抹布擦,因为会留下水痕呢。"

"我父亲就是喜欢它才会买的,根本不考虑该怎么清洁。反正全扔给仓多就是了。"

笃典小声咕哝了两句,随后瞥了石动一眼,开门见山地问道:

"那么,您今天有何贵干?"

"请问您读过采访的申请信了吗?"

石动反问了回去。

"信?"

笃典一脸不解,优纪子则有些为难地插了嘴:

"我不是把信给你了嘛,还叫你好好看一下。"

"哦对,你是给了我一封信。"

"你拿着不读可不行啊,我读了也帮不上忙,毕竟我对十四年前的事一无所知。"

笃典听后,便看向石动,对他表示了歉意:

"不好意思,家里的事我全都交给优纪子打点了,没在意您的来信。劳烦您再说明一下情况。"

石动愕然,心想他之所以在五天前失约,并不是因为殿田的联络工作没做好,而真的是他忘了?不对,他或许压根儿不知道有人要采访他⋯⋯

他用冰凉的麦茶润了润嗓子，慢慢地说起自己登门拜访的理由。

"……因此，我才会来重新调查十四年前发生在梵贝庄的血案。我也知道那是名侦探水城优臣破获的案件，再查一遍非常失礼，可是……"

"容我打断一下，水城优臣是哪位？"

见优纪子困惑地歪着脑袋，就连笃典都意外了。

"抱歉，我应该先解释一下的。水城老师是……"

石动正准备细说，笃典却突然怒吼了起来：

"你回房间去！"

石动吃了一惊，只见笃典紧盯着靠里侧的门。

而那扇门正半开着，龙司郎缩在走廊上，透过门缝向起居室里张望。

"这里有客人，快回去。"

笃典站起身来，向龙司郎走去。

龙司郎被吓坏了，一下子躲到了门后，消失不见了。

"都多大的人了！还哭！"

没错，龙司郎哭了。石动远远地听到，他正像个孩子一般，抽抽搭搭地哭着。

那就是"大魔王"的哭泣声……

"实在对不起啊。"

优纪子赶忙道了歉，然后匆匆跑到笃典背后，小声说了什么，大概是在劝他别生气了。

笃典又嚷嚷了几句,虽然克制了音量,但最后突然"咚"地锤了一下墙壁。

优纪子走到门后,蹲下身子,轻声细语地说着话,想必是在安抚龙司郎。

"请您稍等片刻。"

优纪子回过头,对石动说道,接着站起身来,沿着走廊离开了。

笃典也恢复了平静,回到玻璃桌边,鞠躬致歉道:

"让您见笑了,真对不住。"

"方才那位老人是龙司郎老师吗?"

石动静静地开口询问。

"是。"

笃典脸色铁青,给出了肯定的回答。

"怎么会这样?他这是生病了?"

"您已经看出来了吧?是老年痴呆。"

"可是……龙司郎老师才七十岁啊。"

"不管多少岁,痴呆就是痴呆。"

笃典不屑地撇了撇嘴,说出了刺耳的话语。石动却再次联想起了《梵贝庄血案》中的龙司郎其人。

"我父亲不注重健康养生,一日三餐都是西式的,里面包括许多高油脂的食物。他的病大概和这种饮食习惯有关。

"其实医生多次提醒过他,按这个吃法,小心高血压。但他才不听,结果我们这些做儿子的也得跟着他吃同样的东西。

"请您想象一下,在盛夏季节,一大早就吃油汪汪的煎培根,配上涂满了黄油的吐司面包,这谁受得了?现在我每天都能吃素面,实在是太幸福了。"

笃典的脸上露出了疲惫而厌烦的表情。

"您和太太把他留在家里亲自照顾?"

"嗯,那些能看护痴呆老人的养老院都满员了。"

笃典转而盯着优纪子刚刚走过的门扉,冷淡地作答,接着却仿佛陷入了自己的世界一般,眼神直愣愣的,轻声说道,"我平时要上班,所以全靠阿优照顾他,就连大小解也不嫌弃……我真的很感谢她。"

他才刚袒露出些许心声,便立刻回过神来,又换上了原先那副冷峻的表情,看向石动,问道:

"对了,您想采访什么?"

"您能先允许我参观一下府上吗?"

石动趁机提出了请求。

"可以。"

笃典站起身来,往靠内侧的门边走去,石动赶紧跟上。

他随着笃典来到了走廊上,可下一瞬间,便因眼前的惊人景象而呆立在原地。

走廊上阳光灿烂，挨着中庭的那一排墙面上安装着一整列玻璃窗，窗框都是铝制的，十分现代化，并不像梵贝庄外墙上的窗户那般古色古香。

在《梵贝庄血案》中，水城明明引用了奈瓦尔诗句中的"失明的墙壁"来形容包围中庭的四壁。

"我把走廊改装了。不然白天都要开灯，太浪费了。"

看石动那目瞪口呆的样子，笃典便做了解释。

这条纯白色的走廊正淡然地接受着阳光的洗礼，从头到尾一览无余，丝毫不像小说中所提及的那样"令人不安"；地上也铺了白色的油毡，平整地向前延伸而去。

"您想去看哪里？"

笃典询问着石动的意愿。

"如果可以，我希望先参观中庭。听说得上二楼，顺着走廊一直走到头，然后再从露台下去……"

"不用，可以直接从一楼前往中庭。"

笃典指向前方，顺着他的手指看去，只见那边的墙上装了一扇门，而且很像是厨房的后门。

"……那扇门也是后来安上的吗？"

石动轻声问道，笃典却一脸莫名，似乎没想到他会提这种问题。

"当然啊，不然要先上二楼才能去中庭，实在太不方便了。万一人在中庭的时候遇到火灾或者地震，都没法及时逃生。"

石动完全能够理解，因为事实确实如笃典所说。同时他又突然想到——本格推理小说中登场的这栋住宅是那么古怪，住在其中的人想必每天也饱受折磨吧。

石动和笃典一起踏入了梵贝庄的中庭。

事实上，石动在途经前庭时就隐约察觉到了，笃典似乎不喜欢打理庭院。这片中庭也没人管，草坪被烈日晒得枯焦，草下的泥土也东一块、西一块地裸露了出来，整片地皮就像斑秃似的，还伴有四处丛生的杂草。

石动站在废弃的草坪上，环视着四壁，发现不仅一楼，连二楼的墙面上都安上了铝合金窗，乍眼望去，很像是公房或公寓楼的外墙。

看来笃典对宅子做了全面改造。拜此所赐，那股中世纪城堡般的压抑感也消失不见了。

石动回想着《梵贝庄血案》中，龙司郎背诵的那首诗；而今，十四年过去了，凶灵散发出的血腥之气已经烟消云散，王国亦在不知不觉间化作了废墟。

笃典站在门边，石动能感受到他正盯着自己，不过还是顶着视线穿过枯草坪，走近了那座圆形的喷泉池。

池子已经空空如也，大概是为了节约水费，外加最近都是大晴天，连雨水都蓄不了一滴。由混凝土浇筑而成的池底完全干涸了，三个喷水口也布满了红褐色的锈迹。

石动绕着喷泉池转了一圈，观察着每一座雕像。

大象表面的镀层几乎都剥落了，很难看出原本的金色，仅剩几块镀痕，丑陋得活像是病变的皮肤。

此外，这头象远比他想象的小，看尺寸倒是和幼象差不多。

接着是三匹狼雕像。它们对着空空如也的池子，徒劳地伸着舌头；不知名的草叶却紧贴在它们嘴边，简直让人纳闷它们几时变成了食草动物。

最后，是那个摘水仙花的少女雕像。

这就是"弯腰的厄科"吗？尽管石动是第一次亲眼见到它，却不知为何产生了一丝怀念之情。

他弯下腰，专注地盯着少女的面部，仔细看了一会儿。

她有一双大而清澈的眼睛、两瓣柔润饱满的嘴唇，非常可爱，而且确实像极了起居室里的那幅肖像画，但和龙司郎、笃典那类严肃冷峻、不易亲近的长相天差地别，所以这位少女肯定是遗传了母亲的容貌，而她的母亲——阿圆夫人也必定是一位美丽的女性。

象和狼的雕像都有些脏了，唯独那座少女像是干干净净的，似乎经常会有人过来冲洗。想来，即使是笃典这般冷静、现实的成年男性，也不忍心让酷似亡妹的雕像逐渐腐朽破落吧。要是瑞门咏子还活着的话，今年应该已经二十七岁了……

石动转身离开少女像，走向了通往二楼的楼梯。

这条楼梯宽约两米，没有支柱，是所谓的"悬浮式楼梯"。台阶的右侧连在墙上，而台阶的左侧悬空，且没有扶手。因此在黑暗之中，只靠着手电筒的微光下楼时，的确需要付出相当大的勇气。

石动往楼梯上迈出一步，笃典却从背后叫住了他：

"这条楼梯最近没人走，所以我没有做维护，您这么走上去可能会有危险。"

石动回头答道：

"我也想上二楼参观一下。"

"那么，请从室内走吧。"

说完，笃典便迅速地转身回到了走廊上。

石动跟在他身后，两人一起经过了当年的秘书室（石动不知道这间房间如今派什么用）、浴室、饭厅，在走到三间相邻的客卧门前时，其中一扇门后传出了龙司郎的呻吟声。看样子他们夫妻将其中一间客卧改为了老人的卧室。毕竟如此孱弱的腰腿，已经无法任意上下楼梯了。

他们接着往前走，又经过了诚伸和笃典各自的卧室。石动不禁好奇，诚伸现在去哪了。

终于，通往二楼的楼梯出现在了他们眼前，他们拾级而上，来到了二楼的走廊。

"您想去哪个房间？"

笃典问道。

"可以的话，能不能让我先参观一下藏书室？"

石动如此答道，可不知为何，笃典居然露出了一丝略带嘲弄的笑容，随后往藏书室走去。

"请进。"

笃典打开了藏书室的房门，招呼石动进去。

窗户上的百叶窗没拉，阳光直射而入，书桌和沙发床也不见了，或许已经被他搬去了别处，淡绿色的地毯上只留下了家具脚的压痕，但最让人震惊的绝对是书架——满当当的藏书几乎一本都不剩了！空荡荡的架子就好比是骷髅上的眼窝，眼球早已被人摘走……

石动的脑中浮现出了水城优臣的话——"有道是'看藏书，知其人'，这间藏书室就反映了瑞门老师您的思想吧！"

确实，就目前的龙司郎而言，他的大脑已经退化成一个"空壳子"，恰如这间没有藏书的藏书室一样。

"您随意，反正这里也没有贵重的东西。"

笃典背靠在墙上，语带讽刺。

"请问，这里的藏书呢？"

"卖了，为了凑宅子的改装费和父亲的治疗费。我父亲想让我们兄弟俩也成为学者——严格说来，他对诚伸寄予了更高的期望。可我才不想做学问，完全不愿跟他走同样的路。我只是个上班族，收着那么多罕见的书籍有什么用？钱比那些书重要多了。"

笃典将视线投向那些空书架，把前因后果解释了一遍。

石动一边走向书架，一边问道：

"您是在横滨的一家贸易公司上班对吧？"

"嗯，我父亲强行灌输给我的英语和法语知识在工作上起了很大作用，唯独这一点我必须感谢他。"

笃典似乎想起了什么，抬头看向天花板，继续说道，"只不过，我很清楚父亲不是万能的。以前我因为工作，去马提尼克①出差，对当地的工作人员说法语，结果被人家误以为是在装腔作势。然而，这也很正常。毕竟我父亲非常讨厌日常的口语，认为口语不讲究语法，乱七八糟、错误百出，所以我从他那里学到的也是马拉美那种风格的措辞。他要是听到马提尼克人说话，肯定会嗤之以鼻，觉得他们说的根本不是法语，而是以法语为基础的混合语。而这就是他的局限性。

后来，我跟当地人学了混合语，和他们一起去喝酒，那里的料理也非常美味，那段时间我真的过得很开心。"

他的笑容中带着嘲讽，这副表情简直和他的父亲一模一样。

"那么，您的弟弟诚伸先生现在怎么样了？"

"不知道，我们十多年没见过面了。那时候他和父亲大吵了一架，直接从这个家里冲了出去，之后就杳无音信了。"

然而，内向的诚伸离家出走，叛逆的笃典却留在家里照料他老人家，从某种意义上说也很符合现实就是了。

"是啊，我父亲气得对他大吼，他却寸步不让，连我都是第一次见他那样。接着他就一走了之了。大概只有等父亲死了，我才会再见到他。因为我自己一个人没法承担继承家产以及支付遗产税，所以需

---

① 马提尼克是法国的一个海外省及大区，位于东加勒比海东部。——译者注

要他的帮助。"

笃典耸了耸肩。

石动在书架与书架之间穿行，架子上只剩下了垃圾和灰尘。昔日被龙司郎视若珍宝的《大鸦》也好，《斯蒂芳·马拉美诗集》也好，《牧神的午后》也好，都已不复存在。

但其中一座书架上，还剩一本薄薄的册子。

石动一看，便高声叫道：

"这……这莫非是皮埃尔·路易亲笔编写的《马拉美诗集》？"

可笃典居然放声大笑起来：

"哈哈哈哈！那本是赝品，卖不出去！亏我父亲当初还是高价买来的呢，想不到他这么不识货。旧书店的老板看完货后对我说——'全世界确实只有一本真品，但这种赝品大概有个二十来本吧。'"

石动伸出食指，摸了摸"赝品"的封面，指印便留在了厚厚的积灰上。

他缩回食指，和拇指捻在一起揉搓，想把指尖沾到的灰尘搓下来，同时走向笃典，对他道谢：

"非常感谢您特地带我过来。"

而笃典没有回答他，只是率先一步离开了藏书室。

他们回到一楼，走到起居室门前。这时笃典突然停住了脚步，回过头，问道：

"您要见见我父亲吗？"

他的语气相当生硬,而且不等石动开口,就大声对正在厨房忙活的妻子喊道:

"阿优!来一下!"

"来了!怎么了?"

优纪子好像正在洗衣服,一边在围裙上擦拭湿漉漉的双手,一边赶了过来。

"带客人去见见父亲。"

"咦?可是……"

"石动先生应该很想见他一面,你就带他去吧。"

说完,笃典便沿着走廊离开了。

优纪子看着笃典的背影消失在走廊的转角处,随后向石动赔不是:

"不好意思啊,我丈夫好像心情不太好。"

"没事没事,夫人您别在意。"

石动和气地笑着,毕竟是他有错在先,跑来挖掘人家家的旧事。

"对了,我怕您误会,有些话还是得先跟您说清楚。"

"怎么了?"

"其实我丈夫非常敬爱我公公。只是他这人太内向了,总是没法好好把感情表达出来而已。"

优纪子直视着石动,继续说道,"我公公生病之前,不许任何人进自己的卧室。后来他住院了,我为了拿些替换衣物,这才第一次进去。结果就看见他的书桌上放着去世的婆婆和咏子妹妹的照片……所以我完全不信外面的谣言。他绝不可能逼死婆婆。"

"谢谢您,我明白了。"

"好了,您是真的希望见我公公吗?"

她明快地问道。

"不用不用。劳您费心了。"

石动赶忙推辞,却见对方露出了笑容:

"我公公只是生病了,又不是不能见人,您这么小心翼翼地对待病人反而是最不可取的哦。而且医生也说了,让他多见见人,说不定还能受到良性的刺激呢。来,这边请。"

说完,她便打开了起居室的大门。

石动无奈,只得跟着她走了进去。

龙司郎闭着双眼,眼窝深深凹陷,仰面躺在一块地毯上。

他那头稀疏的白发乱糟糟的,运动背心上沾着汤汁等污渍,深蓝色的运动服也满是褶皱,丝毫看不出他曾是一个那么注重仪表的人。

石动无言地俯视着龙司郎,对方却睁开了眼睛,目不转睛地回望着他。

"这位先生说想见见你。"

优纪子柔声说道,语气就仿佛是在哄孩子。

"您好,初次见面……"

石动向他打了招呼,可下文却仿佛堵在了嗓子眼儿里,怎么也说不出来了。

龙司郎依然凝视着石动，口中只会发出一些"啊啊""呜呜"般的呻吟声，没人能理解他的意思。

"有什么话要对他说吗？"

优纪子看向石动，发问道。

"不，不必了……"

石动轻轻鞠了一躬，额上已经满是冷汗。

优纪子早就看惯了衰弱不堪的龙司郎，可石动却无法直视如此令人痛心的景象。

龙司郎似乎也不再对他感兴趣，又继续看向天花板，没过多久就重新闭上了眼睛，口鼻中亦传来了轻轻的鼾声。

他睡着了。

石动的心中则突然冒出一个疑问——这位老人究竟会做着怎样的梦呢？

【过去·7】一九八七年七月八日

警方接报后，迅速派人赶去了案发现场。梵贝庄内一下子挤满了警察。他们在露台的入口处拉起了黄色的警戒布条，布条上写有"严禁入内"的字样。身穿深蓝色制服的鉴定科警察正打着刺眼的照明灯，在露台上开展着勘察工作。

与此同时，警方也逐一找梵贝庄内的众人做了简单的问话调查，好一阵忙乱过后，才放过了他们，暂时先回署里去了。而这时候，天已经快亮了，起居室的窗口淡淡地透着一层鱼肚白。

全员都待在起居室里，等待着黎明的到来。

龙司郎、笃典、诚伸、柴沼、藤寺、水城、鲇井七人围坐在玻璃桌边，仓多在茶几旁待命，田岛、智子、中谷、河村四人则坐在沙发上，众人的座位几乎和昨天下午一样，只在细微之处有所区别。比如，眼下龙司郎坐了昨天野波坐过的那只蛋椅，手肘支在桌面上，强势大胆的气场已减弱了许多，整个人散发出一股疲劳困顿的感觉；又比如，智子这次坐在了田岛边上，紧贴着他，拉着他的胳膊，好像还没从惊恐中恢复过来。

当然，最大的不同，还是他们的表情不再轻松明朗，转而带上了不安与恐惧。

柴沼相当焦躁。他望着越发亮白的窗外，开口道：

"没想到我们竟会卷入一场凶杀案！天还有多久才亮啊？这种地方，我一秒都不想多留！"

龙司郎微微扬起脸，但很快又低下了头，似乎已没有余力去斥责他那无礼的发言。

"有哪位听到野波先生上二楼时的脚步声吗？"

水城抽着烟，沉静地问道。

众人面面相觑，却无一回答。毕竟当时正值深夜，大家都睡得很熟，结果河村紧皱着眉头，率先说自己没有听到，但那副模样像是演出来的，在电视剧中屡见不鲜。接着他又表示，自己是在睡梦中被惨叫声惊醒，这才睁开了眼。

说着说着，他的脸都皱成了一团，大概是回想起了那阵可怖的叫声，吓得他恨不得掩住双耳。直到此刻，他才脱下了"演员"的面具，流露出了真实的情绪。

柴沼亦吓得不轻，半张脸都抽搐了，做证说：

"我也是，当时我已经上床入睡了。在听见那声惨叫之前，都没注意到有什么动静。说实话，我在半梦半醒时确实听到走廊上有几轮脚步声，但我以为是有人上洗手间去了，就没当回事，继续睡觉。直到最后，我才被那声惨叫给吓得跳了起来。"

"藤寺老师呢？野波先生要上二楼的话，就必须从您的房门前经过。"

水城望向藤寺，只见他抱着胳膊，一边回想，一边作答：

"嗯……我好像听见过脚步声。可能当时有人正走在走廊上吧。但不清楚具体是几点，也不知道对方是谁。"

"那么，笃典先生和诚伸先生二位呢？"

水城换了提问对象。

"我没听到脚步声，你呢？"

笃典即刻答道，然后看着弟弟。

"我听到了……不过我以为对方是想去洗手间，也就没多留意……"

诚伸的声音依然小得难以听清。

"二楼的诸位呢?野波先生得先经过主卧和藏书室,才能抵达露台。"

"我什么都没听到。"

龙司郎声音低沉,回答也很简洁。

"为了抵御火灾,保护书籍,藏书室的墙体内部应该加入了防火材料吧?因此隔音效果非常好。除了那声惨叫,我整晚都没有听见其他动静。"

水城微笑着简述了自己的情况,接着转向沙发,

"智子小姐,你也睡在藏书室,所以你的情况应该和我一样吧?"

智子紧贴着田岛,有些缩瑟,只是轻轻点了点头。

"鲇井,你呢?"

最后,水城将目光投向了鲇井。

"连您这么敏锐的人都没有察觉到任何动静,我就更不可能了。"

他耸了耸肩,一脸无奈。

"明白了。总之,仅有三人听到了脚步声,直到深夜时分,房间外传来了刺耳的尖叫和重物坠地的声音,于是大家全都跑去了露台,想看个究竟。"

水城满意地点了点头,对情况作了初步的总结。

就在这时,智子脸色煞白,说道:

"我也一样，我觉得那阵惨叫声离我很近，于是我急忙跑到走廊上，往露台那边赶。然后就发现门半开着……"

她越说越害怕，整个人都开始发抖。

"好了好了，别勉强自己去回想那些可怕的事了。"

田岛搂着智子的肩膀，轻声宽慰道。

闻言，智子抬起头来看向他，乖巧地点头表示同意，双眼早已泪盈于睫。

在这段小插曲之后，水城开始自言自语：

"大家从各自的房间径直赶往了露台……没人是从露台外边回来的……嗯，原来如此。"

可这下又轮到柴沼忍不住了，他仿佛失去了所有的耐心，大叫道：

"你装什么侦探？玩够了吗？啊？"

"抱歉，这只是我的习惯。"

水城冷静地应道。

然而，这份冷静起了反作用，柴沼越发愤怒，气得脸红脖子粗，索性指着水城咆哮了起来：

"你接下来是不是还打算说'犯人就在我们之中'？动动脑子吧！我们压根儿没见过他，包括瑞门老师，也只是好几年前委托他办过事，实质上和陌生人差不多，谁会去杀一个认识不到一天的人？！只有你和鲶井先生例外，你们是野波先生带来的！是他的熟人！！"

"我和野波先生也不算特别要好。只是因为和歌山阿修罗寺的案子才认识的。"

"我可不信你的一面之词！"

柴沼顿了一顿，嗤笑道，"再说了，就算你们关系一般，你还是比在座的任何人都更有杀人动机哦。除了你，别人都不可能是凶手！"

"你说得很有道理。所以能坐下安静一会儿吗？"

水城认同了柴沼的说法。

柴沼反正发泄完了，便扭开脸，扔下一句：

"行啊，我闭嘴！"

水城把烟头扔进了充作烟灰缸的陶罐中，又重新点燃了一支，衔在嘴里，垂着眼睛，愣愣地盯着手中的纸杆火柴看了一会儿，然后再次望向龙次郎，开口道：

"瑞门先生，请允许我再问您一个问题——您女儿的忌日是哪天？"

龙司郎死死地瞪住了水城，最终露出了一丝淡然的微笑，说道：

"你注意到了吗？真是太敏锐了。如你所料，是八月三日。"

"我想也是。"

水城同样报以微笑，随后一下子站起身来。

"诚伸先生。"

"怎……怎么了？"

忽然被名侦探点名,诚伸看起来有几分仓皇。

"你能教我法语吗?"

"啊?"

水城的要求出乎所有人的预想,众人齐刷刷地看着他俩,诚伸更是不知所措。

"法语!你法语很好对吧?我只在大学里学过一点儿,后来一直不用,都忘光了。请你无论如何都要帮帮我。"

"……这和破案有关,是吗?"

诚伸的表情严肃了起来。

"或许有,或许没有。对了,诚伸先生,你有法语辞典吧?如果能借助于辞典就更好了。可以在你的房间里,一对一地辅导我吗?"

水城巧妙地回避了诚伸的疑问,接着又把话题拉回到学法语上。

诚伸也站了起来,带着水城去了自己的房间,鲇井则一路目送着他们。

【现在·8】二〇〇一年七月十七日

石动抵达了JR线有乐町[①]站。

今天是工作日,天气也酷热依旧,但人行道上居然满是行人。

---

① 有乐町位于东京都千代田区南部。——译者注

不过他们并非涌去银座[①]购物闲逛的,而是冲着自己的目标——站前新开张的家电量贩超市。

那栋建筑物门前已经聚集了大量顾客。路旁设有一张桌子,上面摆着一台收录两用机,正在大声播放一首东京市民耳熟能详的电视广告歌曲,歌词声声唱着"不可思议的池袋[②],不可思议的池袋",全然不顾此处是有乐町,感觉真是微妙极了。

这里原本是一家百货公司,倒闭后改建成了充满生活气息的家电量贩超市。而与之相对的是,世界顶级奢侈品牌荟萃的银座就近在咫尺……这份错位感,正是二十一世纪东京的真实写照。

石动看了看手表,随即稍稍加快步伐,往东京国际会议中心走去。

藤寺青吉住在京都,今天是来东京国际会议中心参加学术会议的。不过他打算搭乘今晚的新干线回家,石动要是错过了今天的机会,下次可就得大老远跑到京都去采访了。

石动沿着一条金属楼梯走了下去,摸索着进入了一间下沉式的大堂。

大堂的层高相当可观,一条Z字形的走廊高悬在空中,无数根钢筋上梁相互交错着,构成了中间宽、两头窄的纺锤式房顶。看来,负责该项目的建筑师可能是希望世人夸赞这里充满了"近未来感",才

[①] 银座是日本东京中央区的一个主要商业区,以高级购物商店林立闻名。有乐町离银座很近。——译者注

[②] 池袋是日本东京的繁华街区之一。——译者注

会做出如此设计。而石动却只觉得自己被关在了一只巨型怪兽的蛹壳之中。

展厅部分做了通高处理，藤寺就独自坐在展厅尽头的长椅上。

他头戴一顶白色的渔夫帽，脸上架着一副大号的玳瑁框眼镜，身形依然"如白鹤般细瘦"，只是脸颊和眼尾处已经爬满了细小的皱纹。

"请问，您是藤寺老师吗？"

石动上前攀谈，藤寺则微微点头，算是承认了身份，并反问他：

"您就是那位寄来名片的侦探吧？"

名片，又是名片！石动真是受够了这个话题，表面上却还得保持礼貌，于是他还是无奈地给出了肯定的回答。

简单的寒暄之后，藤寺站了起来，开口道：

"咱们该去哪聊聊呐？我对东京不熟，能请您挑一家合适的店子不？"

原来他说话时带着关西口音，《梵贝庄血案》中并未提到这一点。

"其实我也难得来有乐町一带……"

石动有些为难。

"那么，咱们就去楼下找家咖啡厅吧。"

藤寺说完，便利落地迈开了步子。

他们来到位于地下的中央大厅，进入了一家装着玻璃墙的咖啡厅，点了冰咖啡。

藤寺脱下了渔夫帽，石动盯着他的头顶，发现他已经秃了，只有耳朵上方还残留着一些海藻般凌乱的白发。

他用手帕擦拭头上的汗水，感叹道：

"东京真热啊。京都也热，但好歹比东京凉快点儿。唉，早知道就不来参加学会咧！哦，对了，您找我，是想问什么来着？"

说完，他便将手帕放在了桌上，做好了进入正题的准备。

"十四年前的梵贝庄杀人案。我在寄给您的信中也已经提过了。"

石动扼要地解释了来意。

"哦，是发生在瑞门老师家的那桩案子呐。我当时还是京都大学的副教授呢。"

藤寺脸上露出了怀念之色。

"您已经辞去教职了？"

"我从京都大学辞职了，毕竟在那里也没法升职……然后去了私立大学，现在已经是教授咧。"

藤寺说着，呵呵地笑了起来，店员也正好端来了冰咖啡。他谢过店员，随后含住吸管，美美地品了一口。

石动好奇地问道：

"您还和以前一样，对学生们讲授马拉美的诗歌吗？"

而藤寺却摇了摇头，如实答道：

"我在人文学部教文学，课程内容很普通、很宽泛。此外，我每周都会去大阪的一所短期大学讲一次课,教学生一些简单的法语对话,比如'哪里有香奈儿的门店?''能用信用卡付账吗?'之类的,根本没人关心马拉美。但说真的啊,在短期大学教书更有意思哦,哈哈哈哈哈。"

藤寺依然笑得很爽朗。

"原来是这样啊?"

石动相当意外。

"因为课堂上有很多年轻的女学生嘛。大阪的小姑娘可逗了,她们会把头发染成茶色的,穿豹纹花色的衣服,还有人全身上下都是香奈儿,甚至全班每人提着一只盖璞①的纸袋子来上课。"

描述着可爱的学生们,藤寺脸上浮现出了和蔼的笑容。

"也有些老师呀,被学生们吵得心烦意乱,最后辞职了,说自己不是来伺候动物的,但我倒是很喜欢她们。那些小女孩真的像小动物一样活泼可爱咧!"

对此,石动不禁心想,男人到了藤寺这个年纪,光是和年轻姑娘接触就已经很开心了吧,当然不会埋怨她们吵闹。

而藤寺似乎很清楚石动在想什么,笑嘻嘻地直视着他,问道:

"您对潮流不感兴趣吧?"

"是的,一点儿兴趣都没有。"

石动老老实实地回答。

---

① 盖璞(GAP)是美国最大的服装公司之一。——译者注

"我想也是。毕竟您穿得很朴素。"

他把石动从头到脚打量了一番,随后慢悠悠地说道:

"我每次走进那些短期大学附近的咖啡厅啊,邻桌都是一些染了头发的女孩子,兴高采烈地聊着玫瑰芳芳[①]的衣服……"

石动听得一头雾水,完全不知道"玫瑰芳芳"是什么意思。他脑海中浮现出了冈田真澄[②]衔着一朵玫瑰花的模样。不过从藤寺的话来判断,那大概是某个服装品牌吧。

"她们聊得热火朝天的。我在旁边听着,越听越觉得啊,那些年轻的女孩子们拥有许多我所不具备的知识和见闻,还能一针见血地评论事物,所以我反而很想请她们教教我咧。只是没人乐意和我这种老爷爷打交道吧。"

藤寺捏住吸管,轻搅杯中的咖啡,冰块也被吸管推在了杯壁上,发出闷闷的声音。

他继续发表着自己的观点,

"话说回来,总有人觉得时尚流行领域的知识低俗又无聊,文学才是高雅脱俗的。这种看法实在有失偏颇。当然了,'时尚'对人类

---

① 玫瑰芳芳是日本的一个女装品牌,风格非常年轻时髦,面向的客户主要是女高中生、大学生。——译者注
② 冈田真澄,日本混血男演员。1952年,有一部法国电影叫作《芳芳郁金香》,侠客"芳芳"的扮演者钱拉·菲利浦非常英俊,而冈田真澄也因为出众的相貌而被誉为"日本的钱拉·菲利浦",粉丝也因此给他取了"芳芳"这个昵称。——译者注

发展或许起不了什么实质性作用，但文学不也一样吗？"

确实如他所言，如果说时尚无益于社会，那么文学亦是如此。而侦探恐怕更没用了。

石动听得有些汗颜，对方却突然改变了话题，问道：

"您知道马拉美的《最新流行》吗？"

石动在《梵贝庄血案》的连载复印件中读到过，那是藤寺曾向龙司郎咨询的杂志。然而他对马拉美一无所知，于是摇了摇头，照实回答说不知道。

"嗯，世上没有全知的圣贤，承认自己有不明白的事并不丢人，而不懂装懂才是最要不得的。那些嘴上逞能的学生注定成不了大器。"

听到藤寺这番话，石动一下子就联想到了中谷浩彦。不过转念一想，藤寺当了一辈子老师，像中谷那样的学生，他恐怕遇到过不下几十个。

"《最新流行》是马拉美负责编辑的时尚杂志，一八七四年八月发行。不过他为什么要创办时尚杂志，至今仍是一个谜。虽然有说法认为他是需要钱，可我怎么看都不是这个理由咧。因为这本杂志差不多是他本人掏钱办的，还使用了各种笔名，包揽了这本刊物几乎所有的内容。他甚至为自己设计了女性的笔名与身份，以女性的口吻写下了《金秋流行的帽子款式》等文章……"

这时，石动脑海中冒出了这样的画面——电视节目上打出"斯特芳·马拉美推荐的流行单品"的字幕，接着，马拉美打扮得如同爱德华·马奈①笔下的人物一般粉墨登场，开始用辛辣的语气指点时尚潮流："哎呀，这个帽子啊，怎么说呢，上面印满了古驰②的商标图案，竟然还有人戴呀？品位差得简直难以置信！如果非要人家看这种丑东西，人家绝对会死得很彻底的！"

想到此处，他赶紧摇了摇头，停止这离谱的想象，将注意力重新集中在对话的内容上。

眼前的藤寺正用手指轻挠着太阳穴，接着往下说：

"最近，研究马拉美的学者们一下子把眼光集中到了《最新流行》上，所以也出现了各种解读。从表面上来看，那是一本时尚类的刊物，而他又以女性的名义执笔，模糊了性别感，挺独特的；再者，还能拿它和一些未完成的名作做对比，总而言之，研究的切入点很丰富咧。包括今天的学会上，也有人发表了相关文章，标题是《服装的旧款'新裁'和设计的别出'心裁'——论马拉美在〈最新流行〉中所使用的'同音异字'修辞技巧》。

"但是啊，按照我的想法，马拉美只是单纯地喜欢时尚类的话题。据说他本人也相当时髦。不过瑞门老师想必很难理解这一点吧。"

---

① 爱德华·马奈，法国著名画家，也是19世纪印象主义的奠基人之一。——译者注
② 古驰（Gucci）创立于1921年，来自意大利佛罗伦萨，是全球奢侈品品牌之一。——译者注

"瑞门龙司郎先生怎么了？"

石动反问道，可藤寺却抬头望向了天花板。

"瑞门老师认为，马拉美清高出尘，不断探索着自身的精神世界，与庸俗的世事毫不沾边，堪称是'绝对'的诗人。因此他建了梵贝庄，隐居其中，蔑视并唾弃着俗世，完全沉浸在自己的小天地里。诚然，马拉美确实有着这样的一面。然而，他同时也对人间烟火充满了兴趣。'清高出尘'与'喜爱时尚'并不冲突，两者兼备才是完整的马拉美其人。就我个人来说，反倒是无法信任那些厌恶世俗的人咧……

"哎呀，抱歉抱歉，年纪大了就爱唠叨。接下来请您尽管问。"

石动始终默默地听着藤寺的高论，而对方将心中所想一吐为快之后，也终于笑着回到了正题。

于是，石动首先问起了案发当晚，藤寺住在哪间房间。

"我住在诚伸的卧室里。他果然是因为谦虚才说自己法语不好啊，明明他的书架上摆满了法语小说，有很多作品连我都不知道呢。"

听到这里，石动在便条本上写下：藤寺青吉，诚伸的卧室，确认。

"那么，请问您知道古田川智子女士的联络方式吗？"

他提出了下一个问题。

"古田川同学毕业之后，我们就没再见过面了。她的毕业论文相当优秀，我建议她考研究生，可她家里好像有事，没有继续深造下去，这几年更是连她的贺年卡都收不到了……"

这时，藤寺似乎突然想起了什么，提醒道，"对了，您要不问问那个法律系的学生吧？就是那个厚脸皮、油嘴滑舌，跟着我们一起参加'周二沙龙'的男生。"

"您指的是田岛民辅先生？"

看来藤寺怎么都记不住田岛的名字。石动强忍着笑意，解释道，"我已经采访过田岛先生了，他也没有古田川女士的联系方式。"

"咦？他俩从镰仓回去之后立马就打得火热，我还以为肯定会结婚呢。'恋爱'这东西真是让人捉摸不透。"

石动也对此深有同感。男女之间的感情根本没有逻辑可言。

"我明白了，非常感谢您拨出时间接受我的采访。"

他向藤寺行礼致谢，对方或许是一时兴起，顺口问道：

"话说，您还见了瑞门老师吗？"

当然，藤寺的表情中没有一丝恶意，石动却突然语塞，随即小声说了一声"见到了"。

"瑞门老师现在过得怎么样呀？自从当年那桩案子之后，我就没见过他了。"

"……他生病了。"

"咦？他那么健康，竟然生病了？"

藤寺瞪圆了眼，很是吃惊，追问是什么病。

石动把心一横，说道：

"他患上了阿尔兹海默病。"

"哦……这样啊……"藤寺反而意外的平静，只是悠然地轻叹了一句，"算了，人终究会老，也难免随着年龄增加而出现健康问题……这是自然的规律，您再过三十年就能体会到啦。"

说着，他又露出了开朗的笑容。

【过去·8】一九八七年七月八日

"今晚在场的所有人都没有杀害野波先生的动机。因此凶手肯定是外人，比如有小偷趁着半夜来偷钱，却被野波先生撞见，双方起了争执，小偷便用随身携带的刀子刺死了他……"

柴沼抽着烟说道。由于水城已经跟着诚伸离开了起居室，眼下就轮到他来发表自己的推理了。

"但小偷要从哪里进来？"

田岛搂着智子的肩膀，从旁插嘴。

"应该是爬窗进来的吧。"

柴沼干脆地答道。

"请问是哪扇窗户？一楼有窗户的房间都住了人啊。"

"那要不就是悄悄撬开了大门的门锁。"

"若是这样的话，小偷就必须穿过起居室才能上楼。可我和中谷住在起居室里，我们没感觉到有人进来过。"

"后门和浴室的窗户也有可能。"

"那里的窗户都锁着呢。我睡前特地检查过了。"

仓多突然急了,生怕自己被怪罪。

"小偷可以把它们撬开。"

柴沼摁灭烟头,他似乎有些不耐烦。

"就算小偷通过某种方式进入了梵贝庄,随便在一楼挑一间房间就能行窃,又为什么非要上二楼呢?"

田岛冷静地指摘道。

"因为他的目标是二楼的藏书室吧?里面有他渴望的书。真是个'雅贼'。"

柴沼已经开始随口乱编了。

"照这么说,野波先生又为什么要去二楼呢?"

"他大概是听到二楼有声响,所以上去看看情况。"

"不可能!要是在一楼客卧的野波先生都能察觉不对劲儿,说明小偷的动静绝对不小,二楼肯定有人听到了。还有河村先生和柴沼先生您,您二位就睡在野波先生隔壁房间,也该被惊动了才对。"

"我什么都不知道,我当时睡得很熟……"

河村急忙辩解道。即使只是假设,他也希望尽可能远离杀人案。

"首先,野波先生周围为什么散落着好些张万元大钞?其次,小偷必须进入房间才能盗取财物,可包括藏书室在内,每间房里都有人,而厨房、浴室、厕所里又不可能放着十万日元以上的现金。"

"这可不好说,也许就是有人会放大额现金呢?"

柴沼依然固执己见。

"我还不至于这么离谱。"

龙司郎明显被柴沼的推理和揣测惹恼了,柴沼便改口猜测道:

"既然如此,那些钱会不会是野波先生自己随身携带的?律师都很有钱,往钱包里备上十万日元也不足为奇。"

"但按您这套推理来思考的话,又会产生一个新的问题——放在钱包里的纸币怎么会掉得到处都是?"

田岛逐渐提高了嗓门质问道。

"是坠楼的时候掉出来的吧?"

"钱包还在上衣表袋里,钱包里的钱倒散出去了?又不是变魔术。"

"那就是小偷在杀死他之后,再把钱拿出来的呗。"

柴沼已经不讲逻辑了,回答得相当轻率。而田岛也终于忍不住怒意:

"您的意思是,小偷特地把现金拿出来,撒在尸体上?请您别再信口开河了!既然您主张犯人不在我们之中,就必须得给出合理的解释才……"

恰在这时,起居室靠内侧的白门开了,水城和诚伸回来了。

水城脸上带着满足的笑容,诚伸则面色惨白。

"您法语学得如何了?"

尽管柴沼语带嘲讽,水城却只是点了点头,答道:

"多亏了诚伸先生教得好,我才弄明白,杀害野波先生的凶手正是仓多辰则先生。"

现场瞬间陷入了死寂,所有人都当场僵住了。

但是,率先发声的居然不是仓多本人,而是龙司郎。只听他大喝道:

"怎、怎么可能?仓多绝不会杀人!!"

而仓多只是一言不发,浑身紧绷,直愣愣地瞪视着水城。

"是啊!我从起居室里出来的时候,就看到仓多先生正在赶往走廊尽头的楼梯口呢!要是他在梵贝庄最深处的露台上杀了野波先生,根本来不及跑回来吧?"

田岛也赞同龙司郎的观点。

闻言,水城用高亢的声线说道:

"您认为,通向二楼的楼梯位于走廊尽头,对吧?可是,它明明就在玄关边上。只不过两者之间隔着一堵墙。"

田岛陷入了沉默。

水城站在桌边,依次望向在场众人。

"当我们想要上楼时,需要沿着走廊走到底,因此才会说通往二楼的楼梯在走廊尽头,而将一楼走廊、楼梯、二楼走廊连在一起看,正好构成了一个螺旋,这也让我们下意识地认为,露台同样在梵贝庄的最深处。可实际上,它就在野波先生房间的正上方。"

水城点上一支烟，舒舒服服地吸上了一口，然后将它夹在指间，开始发表自己的推理。

"当我走近野波先生的遗体时，发现了某个疑点。我的推理也是以此为基点的。当时，我为了确定他的生死，用手指摸了他的颈动脉，却发现他的皮肤已经凉透了。倘若那声惨叫是他临死前发出的，那么在我们赶到时，他的身体应该还是温热的。所以，他其实早就被人杀了。"

水城大幅度地摆动了一下右手，那根点燃的香烟就仿佛化作了音乐家手中的指挥棒。

"凶手八成觉得，没人敢在深夜时分冒险踏上那条没有扶手的楼梯，于是他计划好了，只要等到天亮，就能隐瞒野波先生真正的死亡时间。所以啊，他也真是不走运，居然遇上了像我这么大胆又胡来的人。"

"那么……野波先生到底是什么时候被杀的？"

柴沼似乎非常惊讶，整个人都愣住了，不知道是在提问还是自言自语。

"他的死亡时间，和他死前见到的最后一个人有关。"

水城刚一说完，最快做出反应的便是田岛：

"我们大家在饭厅吃完晚餐就原地解散了，之后也没有再聚……"

"不，"水城露出了一抹得意的笑容，说道，"野波先生最后见到的人，是仓多先生。仓多先生去了每一位客人的房间，讲解室内设施的使用方法。他来过我借住的藏书室，当然也去过野波先生的房间。"

——没错！

田岛突然想起来了，仓多曾过来关照他们如何开关空调和灯具，随后很快便离开了。

水城继续讲解道：

"我认为，仓多先生进入野波先生的房间后，看准了时机，将匕首刺入他的背部，杀害了他。随后，仓多先生又把他的床单被褥弄乱，好让别人以为他原本在睡觉，接着把他的遗体绑在了窗外的绳子上。"

"绳子？"

藤寺大为不解。

"嗯，仓多先生提前在露台的扶手上系了绳子，那根绳子一直垂到野波先生的窗前。傍晚，大家去饭厅用晚餐的时候，他不是留在露台上收拾桌子和躺椅吗？所以有充分的时间准备这一切。"

听水城这么说，田岛也想起来了。事实的确如此。露台上扔着一根粗绳，看起来非常结实，就算吊着人也不会断裂。

"……深夜时分，仓多先生离开秘书室，打开后门，走向走廊深处。一开始，他非常小心，没有发出任何声响，等抵达野波先生的房门前，他便踩出了脚步声。当然了，或许大家都睡得很沉，但他依然希望有人能听到声音，并由此认为是野波先生本人上二楼去了。

"来到二楼之后，仓多先生沿着走廊走到底，踏上了露台，再使出浑身的力气把垂在下方的遗体拉了上来。"

说到这里，水城缓了一口气，享受了一下烟焦油与尼古丁的滋润，重新开口：

"随后，他解开系在扶手上的绳子，又将绳子折成两段，挂在扶手上，让它一直垂到地面。等完成这一系列动作，他用尽力气大喊出来，模仿人临终之际的惨叫声，同时把提前准备好的十五张一万元纸币和野波先生的遗体一起扔到通往中庭的楼梯上，然后抓紧绳子，利用攀岩技巧下到了一楼……"

"为什么非要扔钱下去？"

田岛不解地插嘴问道，水城的回答却更令人纳闷儿：

"因为它是这桩谋杀案中不可或缺的一环。"

不等众人想明白，水城即自顾自解答了起来：

"回到地面的仓多先生把绳子拉下、收起，绕着梵贝庄跑到后门，重新进入宅子。其中最难的是卡准时间点，不过田岛和中谷都睡在靠近玄关的起居室里，不可能比他更早一步来到走廊上，至于河村先生和柴沼先生，肯定会急着先跑到通往二楼的楼梯口，顾不上去厨房检查后门。"

此话不假，田岛刚从沙发上跳起来时，第一件事就是摸索着打开台灯，然后才跑到起居室的另一头，开门冲到走廊上。而他也是在那时候目击了仓多。

"最后一个见到野波先生的人，就是仓多先生。而能够在露台扶手上系绳子、能够通过后门回到走廊上的，也只有仓多先生。"

水城不再说话，只是注视着仓多，而且眼神中居然透着一丝柔和。

仓多脸色苍白地僵在原地，一动不动。

"仓多没有杀人的理由。您方才推理的作案过程非常周密、细致，可他昨天才第一次见到野波先生，为什么非要杀死刚认识的人，甚至不惜做到这一步？"

龙司郎颤声为自己的秘书辩解道，双眼仿佛要喷出火来一般，死死盯着水城。

水城也毫不动摇，回望向龙司郎，答道：

"这就是本案最值得琢磨的地方了。我方才解说的作案手法，其实就像是魔术揭秘似的，不具备充分的真实性。而这桩案子的核心是'动机'。换言之，也就是仓多先生为何要杀死初次见面的野波先生。"

水城开始了说明……

【现在·9】二〇〇一年七月十九日

晚上，石动徘徊在人潮之中，围绕着高田马场和池袋的差异，进行了一番深刻且富有哲理的思考。

在山手线①上，这是两个相近的站点，而且两处都极为繁华（说白了就是人又多又杂），不论昼夜，大街上总是热闹而喧嚣。

然而，两者之间有着决定性的区别。那就是高田马场的气氛更为清新、清爽，而池袋已经烂熟至腐朽。

比如说，如今池袋的路边会站着一些人，身穿具有民族风格的服装，剃着光头，戴着紧贴头皮的帽子，叫住路过的行人，向他们强行兜售商品（说不定是在卖一些严重违法违规的东西）。而高田马场并没有这种情况。

虽说在高田马场也有星探出声搭讪走在街头的年轻女性，但至少他们不是那种染着金发、梳着飞机头、穿得如陪酒男一样华丽的可怕角色。他们本人可能已经拼命努力了，却不比涩谷②的同行那般洗练，不似新宿的同行那般奢华，倒是和池袋的差不多。

总而言之，早稻田大学、手冢治虫工作室以及正道会馆③均在高田马场，因此那里当然洋溢着年轻人所特有的朝气。从JR线高田马场站一出站，即可看到一幅大型壁画，上面有着手冢治虫创作的所有角色；早稻田路的每一盏路灯上都贴着一块小牌子，牌子上同样是手冢大师笔下的人物，整座城市都在翘首期盼着二〇〇三年四月七日的到

---

① 山手线属于东日本旅客铁道集团，起点站为东京都港区品川站，终点为东京都北区田端站。——译者注

② 涩谷是东京23区之一，商业活动兴旺，被称为"亚洲的潮流时尚中心"。——译者注

③ 正道会馆是日本著名的空手道会馆。——译者注

来，因为那正是"铁臂阿童木"的生日。

当然，"清新"与"成熟"并非指两处居民的年龄，而是这两个城市所分别体现出的人生观与价值观。

举个例子，有两个女孩子从刚才起便始终走在石动前面，她们目测只有十几岁，都模仿着明星滨崎步[①]的打扮，穿着一样的红色无袖上衣，说不定就是之前藤寺提起过的"玫瑰芳芳"品牌的衣服。

想来，今天差不多是第二学期的最后一天，所以两人应该是高中生或者初中生。可即使如此年轻，她们也流露出一股过于成熟的气质，彻底融入了池袋的人潮之中。

而石动年过三十却依然幼稚，走在夜间的池袋街头，让他深感格格不入，还是在高田马场更自在。再加上今天本就闷热难耐，人挤人的街道实在让他心生厌恶。怎奈接下来的采访对象——中谷浩彦指定了这一带的某家小酒馆，他只得硬着头皮上。

目的地位于一条小巷的一角，入口处的绳帘旁还垂着一只红色的纸灯笼，充满古典风味。

石动穿过绳帘，只见里面已经坐了几名穿西装、打领带的客人，看起来都是下班后顺路来"喝一杯"的"上班族"。

他先四下扫视了一圈，但不知道中谷是哪一位，于是便开口向身着白色日式厨师服的店主打听道：

[①] 滨崎步，日本著名女歌手，在时尚、美容、流行文化等领域拥有强大的影响力。——译者注

"请问，中谷浩彦先生来了吗？"

一名男子正伏在吧台上睡觉，店主伸手摇了摇他的肩膀，说道：

"中谷先生，醒醒，你等的客人到啦！"

男子发出了像动物一般的咕呜声，抬起了头。

也难怪石动认不出来。《梵贝庄血案》中的中谷有些神经质，总是习惯性地捻着长发，可如今他整个人都圆滚滚的，且明显是虚胖，面色通红，脸上的黑框眼镜也因为方才的睡姿而被挤歪了，下巴上还沾着睡觉时流出的口水，头发也是短短的"三七分"，抹着大量的发蜡。

"嗯？什么？客人……哦！是石动先生吧？请坐请坐。"

他挥着右手，口齿不清地大声招呼着石动入座。

见他一副醉态，石动没有说话，只是坐在他的边上，看了看柜台，发现上面已经摆了五六个小酒壶。

"先来一杯吧！"

中谷提起一只小酒壶，倒上了一杯酒，石动不好推辞，只得先接了过来。但提前烫过的酒此时已是温温的，难喝得令人发指。

"哎呀，能跟侦探先生见面，我还挺开心的。"中谷开朗地说道，并给自己满上了一杯，一饮而尽，"当侦探挺有意思的吧？相比之下，销售人员的工作就真是……"

他的态度突然沉重了起来，表情也变得阴郁，随后便一言不发地紧盯着面前的空酒盅。

"能请教您几个问题吗？就是十四年前，梵贝庄那桩案子……"

中谷看起来醉得不轻，石动赶紧切入正题，希望问完立刻撤退，免得被这位醉汉缠上。

"哦，您说那桩案子啊，那时候我还是个大学生呢。别看我现在这样，我是京都大学法国文学专业毕业的哦！是京都大学哦！"

他凑近了石动的脸，仿佛是要让对方好好看清楚自己是名校的高才生。发蜡的味道和满口的酒气混合在一起，散发出了一股热带花卉特有的气味。

那是一种甜香中带着发酵臭气的味道。

"我知道您是京都大学毕业的。"

石动答道，可对方似乎就没听他在说什么。

"说真的，我想成为学者……研究法国文学的学者……您没读过马拉美的诗吧？我读过呢，读的是法语原版的，甚至还背过……"

中谷醉得吐字含糊，却打算背诵法语诗歌。

店主赶紧制止道：

"中谷先生，不是叫你别发出这种怪声嘛，会吓跑客人的。你这坏毛病真是改不了啊！"

"哈哈，侦探先生您看，一般人就是这个德行，没什么修养，根本不懂马拉美的诗。"

他夸张地耸了耸肩，笑出声来，拿着小酒盅的手也开始颤抖。

他继续说了下去：

"我，我还考上了京都大学的研究生，只是中途跟不上，就退学了，找了个贸易公司上班。那是一家大企业，我觉得应该能发挥我的法语能力。

"但是，我第一次去法国出差的时候，却没法用法语跟当地人沟通！我怎么说他们都听不懂！包括小孩子都听不懂我在说什么！而我也不太能理解他说的话，结果他们把我当成了一个麻烦的包袱，不安好心地取笑我……该死！法国人太差劲儿了！"

他双掌用力拍在吧台上，甚至震倒了几只小酒壶。

店主满脸无奈，但已不再试图制止他。

好在他迅速恢复了开朗的笑脸，说道：

"结果我压力太大，患上了神经症，从公司辞职啦。现在我是个干销售的！

"您……您是侦探吧？工作肯定很有趣吧？相比之下啊，销售的活儿简直无聊得要死……我好羡慕您呀……"

说着说着，他又凑近了石动，口中喷出浓浓的酒臭味儿。

石动非常头疼，像这样翻来覆去地纠结过往，根本没法推进采访。

更可怕的是，中谷又开始自斟自饮了。

"我说，中谷先生……"

石动下了决心，拍了拍中谷的肩膀。

"您说？"

中谷用失焦的双眼看向了他。

"接下来我只有两个问题想请教您。您回答完,我就回去,不再打扰您了,您看如何?"

石动逐字逐句地慢慢说道。

不知道中谷是否听明白了,但好歹点了点头,示意他可以提问。

"请问,您在梵贝庄过夜那晚,住在哪个房间?"

"哪个房间……嗯……对了对了,我睡在一张红沙发上!"

"是和田岛先生一起睡在起居室吗?"

"对对!"

中谷突然提高了声音,石动吓了一大跳。

"我就是和那个浑蛋睡在起居室里!对,就是田岛……卑鄙小人……"

"卑鄙小人?您为什么这么说他?"

"他对古田川同学始乱终弃!!

"从镰仓回来之后,他们开始交往了,后来他听说古田川同学打过胎,就立刻抛弃了她。明明古田川同学是真心想和他结婚,才对他坦白了自己的过去,结果那混球居然说,'我没想到你是这种女人'。看看,他是不是猪狗不如?

"更何况古田川同学并不是不检点,她当初也是被年长的坏男人骗了,原来对方已经有老婆了!可田岛还说那种话,他怎么说得出口啊?我倒想问,他觉得古田川同学应该是哪种女人?啊?啊?"

他气得满脸通红，重重地叹了一口气。

由于情绪激动，他的酒劲儿似乎又上来了。只见他伸出一只手，摁住了脑袋，仿佛醉得头疼。

"……古田川同学当时哭得很伤心很伤心……她是真的喜欢那浑蛋……唉，为什么选了田岛那种人呀……古田川同学现在在哪啊……唉……"

他一边念叨着旧爱的名字，一边趴倒在吧台上，又睡着了。

石动也不准备叫醒他，毕竟他已经回答了第二个问题——果然，他同样不知道古田川智子的住所地址。

"店家，请帮我结账。"

石动转向了店主。

"您还没点过东西呢。"

"没关系，我替中谷先生付。"

"这不合适吧？他醒来之后还会继续喝的，还真不知道要多少酒钱。"

店主笑了。

"那就麻烦您算算他今天已经点了的份儿。"

待店主算完，石动便掏钱结了账。反正采访总是要花经费的，这么做没什么问题。

他一边站起身来，一边向店主打听道：

"中谷先生总是这个样子吗？"

"其实今天还算好的。大概是因为难得有人来找他说话,他心里很高兴吧。他老婆孩子好像不怎么搭理他,所以他也不想回家。"

"他过得很寂寞吧……"

石动听了,不禁轻声发出了感慨。

"毕竟,会一个人来小酒馆消磨时间的客人,内心深处都是孤独的啊。"

店主的回答却相当富含哲理。

【过去·9】一九八七年七月八日

水城开始了说明:

"野波先生是律师——这就是仓多先生的杀人动机。"

"我懂了!"田岛不由自主地大叫道,"因为瑞门老师和阿圆夫人离婚时,负责做调停工作的就是野波先生……"

他一时口快,随即意识到自己说错了话,赶紧收声,龙司郎却已经向他投去了冰冷的视线。

"瑞门老师,非常抱歉……"

田岛立刻低下头,整个后背都爬满了冷汗。

"无妨,你有什么想法就照实说。"

龙司郎的语调相当平静,于是田岛便小声说了下去:

"下午在中庭开茶会时,我听说您的女儿咏子因为意外事故去世了，您和夫人也因此离婚……"

"嗯，外面都是这么说的。"

龙司郎瞥了藤寺一眼，藤寺有些心虚，不禁缩起身子，抬头看向他。

田岛继续说了下去：

"接着我又听说，夫人自杀了。就在这时，仓多先生突然插话，说夫人绝对没有自寻短见，肯定是在恍惚中看见咏子小姐在水里挣扎，所以才一头跳进河里，心想着这一次一定要救她。

"这下子，我明白了，仓多先生非常敬爱阿圆夫人。"

不过田岛还是有所保留，没有说出这或许不是秘书对女主人的尊敬，而是一个男人对一个女人的恋慕之心……

"而野波先生办理了老师的离婚案，因此，在仓多先生心里，阿圆夫人离婚甚至自杀，全都是被这位律师逼的。他恨透了野波先生，一心想杀了他……"

"你搞错了。不，恐怕在场的大部分人都和你有着同样的误会。"龙司郎缓缓地转头，逐一看向众人，静静地开了口，"提出离婚的不是我，而是阿圆。她觉得咏子的死都怪她，精神上不堪重负。不管我怎么安慰她，她都听不进去。最后我只能按她的意思，跟她离婚。我们是双方自愿的，原本不需要调停。

"唉……当时阿圆的精神状态很不稳定，我希望在生活方面尽力照顾她，但她却坚持不要离婚赔偿费。所以我委托野波先生去协调，他也成功说服了阿圆,同意每个月从我这里拿一笔赡养费。只可惜她最后还是死了。一切都是徒劳啊……"

说完,他便目不转睛地盯牢了水城,指摘道:

"总之,野波先生也算对阿圆有恩。您要是和田岛抱有同样的想法,那么很遗憾,您的见解恐怕是错的。"

水城却不为所动,反而露出了淡淡的笑容。

"仓多先生之所以杀人,确实是因为去世的阿圆夫人。然而,他并非替夫人向野波先生复仇。事实上,恩人也好,仇人也好,这些都不重要。关键在于,野波先生是一名律师。"

田岛已经云里雾里,完全听不懂水城的话。其他人也同样如此,皆满脸不解地注视着这位大侦探。

"为了阐明如此奇特的杀人动机,我必须先解开梵贝庄的中庭之谜。"

说完,水城闭上双眼,沉默了一会,仿佛是以脑海为画布,将中庭的美景一一描绘出来。

"中庭有三座雕像……一座是攀折水仙花的少女、一座是三匹凑在一起的狼、一座是金色的象……在中庭用茶时,我也说过,那里的喷泉、意式花瓶、植物造景等全都符合意大利式的庭院布景风格,可只有那头金象与它们格格不入。那么,您为什么要把它摆出来呢?"

接着,侦探又睁开了眼睛,主动解答了自己抛出的问题,

"线索就隐藏在当时的对话之中——也就是,韵脚。"

"韵脚？"

柴沼惊讶地嘟哝道。

"在法语中，'金色的象'是'éléphant d'or'，'三匹狼'是'trois loups'，而少女像身穿古希腊风格的束腰长裙，攀折水仙，这代表了什么呢？相传，希腊神话中的宁芙仙子[①]——厄科爱上了化身为水仙花的美少年那耳喀索斯，所以这座少女像无疑是模拟了厄科的形象。再加上她那不自然的姿势，便构成了'Écho ployée'，即'弯腰的厄科'。"水城说着，伸手拍了拍诚伸的肩膀，继续道，"多亏了诚伸先生的帮助，我才确定这三个词组确实包含着我所推测的含义。'enfant mort''与'éléphant d'or'押韵，意为'逝去的孩子'；'le trois août''与'trois loups'押韵，意为'八月三日'；'Eiko noyée''与'Écho ployée'押韵，意为'溺亡的咏子'。"

全员都哑口无言，除了凝视着水城，已经做不出别的反应。

"'逝去的孩子''溺亡的咏子''八月三日'的忌日……综上可知，梵贝庄其实象征着咏子小妹妹的墓园。就如同马拉美为波德莱尔、爱伦·坡以及保尔·魏尔伦写下了悼诗一般，瑞门老师也为纪念爱女而建造了梵贝庄，并将韵脚融入了雕像之中。如此想来，便能理

---

① 宁芙是希腊神话中一种地位较低的女神，是自然幻化的精灵，一般是美丽的少女的形象。厄科（Echo）就是一位宁芙，嗓音优美，能言善辩，却因为得罪了天后赫拉，再也无法正常说话，所以无法对心爱的美少年那耳喀索斯表达爱意，最终香消玉殒，化为山谷中的回声。——译者注

解梵贝庄这奇妙的建筑结构了。封闭的中庭代表着它是墓园的中心，螺旋状的走廊则具有'进入迷宫中央'的意象吧？"

"您真是非常敏锐，全都说对了。但我家的设计理念与这桩凶案又有什么关联？"

龙司郎先是感慨，随即又提出了疑问。

水城牢牢地看向仓多先生，尖锐地指出道：

"因为这里是咏子小妹妹的墓园，却不是阿圆夫人的。当然了，瑞门老师您在兴建梵贝庄的时候，夫人还在世，因而不会考虑到这一层。可仓多先生衷心敬爱着夫人，无法接受家中居然没有缅怀她的纪念物，于是便打定了主意要做些什么来悼念她。

"智子在下午的茶会上引用过马拉美的诗，说他通过押韵的魔法，创造出了'ptyx'这个词汇。而仓多先生也是同样的情况。为了使用'押韵的魔法'，他必须杀人。"

"你在说什么？我实在无法理解……"

龙司郎呆呆地摇了摇头。

"方才，田岛把仓多先生的话复述了一遍对吧？他说，'夫人绝对没有自寻短见，肯定是在恍惚中看见咏子小姐在水里挣扎，所以才一头跳进河里，心想着这一次一定要救她'。其中的重点就是，'阿圆看到了幻觉'，即'Madoka hallucinée'……"

此时，水城停顿片刻，扫视了在场的全员，随即提高了声音，大声说道，"与'Madoka hallucinée'押韵的词组是'avocat assassiné'——意为'被杀死的律师'！"

"怎么可能？哪会有人会为了这种理由杀人？"

柴沼当即大声说道。

"如果仅凭这点证据，你确实可以认为一切皆是巧合。可事实上，还有另一个押韵之处。那就是散落在遗体旁的十五张万元纸币。为什么凶手非要把钱撒在那里呢？甚至还动用了自己的钱……瑞门先生，请问，阿圆夫人是几月几日去世的？"

水城一边说着，一边转头看向龙司郎。

"七月十五日。"

龙司郎脸色苍白，连声音都有些飘忽。

"七月十五日，'le quinze juillet'；十五张纸币，'quinze billets'，两者押韵。"

水城的话仿佛一锤定音，起居室内的所有人都彻底陷入了沉默。

"好了，以上就是我的推理，也仅仅是推理而已。只不过，警方正式开展搜查工作之后，应该会找到相应的证据，来印证我的观点。"

水城又转而面向仓多，食指和中指间夹着香烟，伸手用烟头指向对方，缓缓说道："接下来，你必须赎罪才行。"

仓多仿佛崩溃了一般，扑通一声跪倒在地，双手掩面，放声大哭了起来。

＊

天亮后,仓多表示要去自首,便由笃典亲自开车送他去往警局。

"我还是第一次累成这样呢。"柴沼在正门的立柱旁目送着车子驶离,之后用力伸了一个懒腰,对着初升的朝阳眨了眨眼,又看向龙司郎,提议道,"老师,下次的'周二沙龙',还请您办得安稳些。"

"不,不会有下次了。"

龙司郎给出了回答。

尽管车子已经远去,消失在了他的视野中,他的双眼却始终注视着那条下山的坡道。

"仓多不在的话,我什么都做不到。所以昨天就是最后一场'周二沙龙'。各位,请多保重。"

说完,他便转身向着梵贝庄的宅邸走去。

清晨的阳光洒在他那笔直的脊背上,映出了几分无言的寂寥。

水城站在小路旁,和诚伸说着话,而诚伸也难得露出了笑容。

随后,他向水城鞠了一躬,跟着父亲回到了小路上,水城则来到了大门边。

田岛见状,忙不迭地打听道:

"您和诚伸先生说了些什么呢?"

"我们约好了，下次由他来带我参观镰仓。不瞒你说，我从没去过鹤岗八幡宫哦。"

"真想不到您还对八幡宫有兴趣呀。"

田岛笑了。

"侦探也需要神佛的庇佑嘛。"

这位刚刚破解了谜案的大侦探说得非常认真，接着又话锋一转，提醒道，"快看，你的心上人智子往这边来了，我就不打扰你们了。"

说罢，水城便朝着车站走去，鲇井亦如影随形地跟随在侧。

"田岛同学……"

智子靠近了过来，嗫嗫道。

"怎么了？"

"在露台上传出惨叫声之后，你是第一个跑到二楼来的……为什么那么着急？"

"这个嘛……"

"要对我说实话哦。"

"……因为……因为我很担心你。"

听到田岛这么说，智子的脸颊染上了浅浅的绯红，就如樱花花瓣一般清纯而又娇艳。

"……我在看到田岛同学你赶来的时候，也好开心……"

智子小声说着，然后挽住了田岛的胳膊。

中谷在远处看到了这一幕，只得挠挠头，默默放弃这段感情。

田岛揽过了智子的肩膀，从头开始回忆在梵贝庄度过的这一日一夜。

昨晚真是太可怕了，但幸好，黑夜已经过去，新的一天拉开了序幕。

初夏的太阳高悬在苍翠的群山之上。田岛向太阳望去，只见日光是那样的耀眼夺目，就仿佛自己和智子两人的美好未来……

前方传来了引擎声，原来是龙司郎为客人们预约的出租车正顺着坡道驶来……

【现在·10】二〇〇一年七月二十二日

石动读完了《梵贝庄血案》的连载部分。这已经是他第四次通读了。

作为一名读者，他认为"名侦探水城优臣系列"确实精彩绝伦。虽说《梵贝庄血案》的诡计不算新颖，然而奇葩诡异的杀人动机却充分弥补了这一点，保证了阅读时的趣味性；再加上角色对话时妙语如珠，显示了作者深厚的文学功底，令人敬佩。即使比不上《紫光楼奇案》那般恢宏磅礴，本作仍成功营造出了一股神秘的氛围，水城优臣更是一如既往的帅气，让读者读来倍感享受，完全称得上是一部佳作，也达到了该系列作品应有的水准。

可是，在着手调查现实中的"梵贝庄血案"之后，再品读这部小说，便难免会产生一些无法忽略的疑点。

首先，《梵贝庄血案》采用了田岛民辅的视角进行叙述，可事实上作者并非田岛，而是那位如影随形跟着水城优臣的鲇井郁介。如此一来，书中关于田岛的心理描写也就未必可信了。

比如说，在鲇井的眼里，田岛和智子是一对海誓山盟的年轻情侣。当然，或许在案发当时，田岛是真心的，然而鲇井没料到他终究只是个薄情汉，两人的爱情也不过是一场泡沫幻影。证据就是几年后的现实。

更关键的是，鲇井不可能无处不在，掌握所有情报。那么，某些场景的内容便很可能是他虚构的。像是在开篇部分，他本人尚未抵达梵贝庄，因此那些剧情大概都是他以事后取材为基础，再加以创作而成的。像是京都大学附近是否有"镶着深红色玻璃的安静咖啡店"也好，"中谷一看到梵贝庄时就背诵起了《忆比利时的友人》"也罢，有多个桥段均透着古怪。

此外，作品还写到了田岛和中谷在起居室的夜谈，那段对话居然像青春题材电视剧的台词似的；而更令人难以置信的是，他甚至能写出田岛梦见了什么。这部分绝对属于虚构。

结果，田岛被塑造成了一位纯情的年轻人，理由就是作者鲇井郁介一心想要通过《梵贝庄血案》来讲述一个浪漫的故事。所以他书写的并非田岛的内心世界,而是将自我投射到了田岛这个角色身上。

这下子,石动明白了,自己所掌握的,充其量只是一点微不足道的事实。

而当惨叫声在午夜时分响起时,每个人实际上位于哪里,又急着赶往何处呢?

石动其人,既不像坂口安吾所写的那样,"在观察人类时,有一条底线",也并不是"不会去描绘人类"。如今在他的脑海中,瑞门龙司郎、瑞门笃典、瑞门诚伸、仓多辰则、藤寺青吉、田岛民辅、古田川智子、中谷浩彦、柴沼修志、河村凉,甚至水城优臣和鲇井郁介都已不是人类,而仅仅是分布在梵贝庄建筑图纸上的一个个小圆点。当这些圆点开始行动时,便可以再加上箭头来表示他们的行进路线,构成一张记录了每个人行动轨迹的示意图。

而对他们做了这般高度抽象化的处理之后再行思考,石动只能认为水城优臣的推理出了差错。

不,准确说来,不是"差错",而是"纰漏"。但他很难理解为什么这样厉害的大侦探会出现这种"纰漏"。

为了解释这一切,他设计了一套假说。而要是他的假设与真相相吻合,那么"梵贝庄血案"是"水城优臣最后一案"的理由便也能水落石出。

他承认自己的想法或许太过离奇,可是他必须进行确认。

因此,他乘上了JR横须贺线,再次前往梵贝庄,打算让一切都见个分晓。

今天的镰仓依然处于酷暑之中,晨间新闻说,本日东京的最高气温将达到三十五摄氏度,而镰仓估计也差不多。

石动吸取了上次的教训,出站后便直接叫了出租车。

幸运的是,驾驶员是个年轻人,连"梵贝庄"的名字都没听过,只解释说自己还是个新手,并询问了详细的地址。

石动非但不生气,还愉快地给他指路,反倒是让这位年轻人意外了。

他看起来就是个好好先生,虽然自称经验不足,可驾驶技术不错,开得很稳。然而,他也有个缺点,那就是爱聊天。途中频频向坐在后座的石动搭话,话题还都是常见的出租车志怪故事。

"我每次载客人去净明寺的时候啊,都会想起这个故事。是我从同行那里听来的……某天半夜,他在国道上开车,车头灯照到一个白乎乎的东西。他停下车,想看看那是什么,却发现原来是个十来岁的小女孩,眼睛大大的,长得很可爱,正蹲在路边哭。

"这大晚上的,他也觉得古怪,可又不能放着这么小的孩子不管,于是就下了车,问,'小妹妹,你怎么了'。

"那孩子对他哭诉想回家,他心一软,说,'叔叔送你回去,快坐上来吧'。可在他伸手扶住那孩子的肩膀时,感觉到她浑身都湿透了,头发和衣服浸满了水!

"他被吓了一大跳,浑身发抖,但好歹还是让那孩子上了车,问

第二章 于梦中安睡

她住在哪里。那孩子说在净明寺,他便朝金泽街开去。其实这时候,她已经不哭了,而是缩在后座上,直愣愣地盯着他。那头湿漉漉的头发映在后视镜里,看得他心里有些发毛,提心吊胆地握紧了方向盘,不敢再多瞄。

"等开到净明寺附近时,他问那孩子具体的住址,不过没听到回答声。他慌忙回过头去,孩子已经不在了,只有座位上留着一摊水……他这辈子第一次遇到这么不可思议的事,跟我讲起的时候,脸还是煞白煞白的呢!"

石动打心底里后悔坐上了这辆出租车。

他很清楚这只是道听途说来的神怪故事,毫无任何证据可言,但溺死的瑞门咏子于深夜徘徊在国道边的模样总在他脑海中挥之不去。他感到背上传来阵阵凉意,而且和车内的空调无关。

"对了,能麻烦您再报一下地址吗?"

车子行至净明寺山道的半山腰时,年轻的司机再次开口询问。

"开到这就好,谢谢。"

其实此处离梵贝庄还有一定距离,可对石动而言,比起窝在车里继续听可怕的怪谈,还不如自己徒步前进,便赶紧付钱下车。

他走在炙热的山坡上,出租车在他身后七拐八弯,艰难下坡。他不禁心想,这位新手司机对业务果然不熟练,不知道只要沿着这条山道笔直向前,就能重新回到金泽街。

柏油路面释放着惊人的热量,烫得他脚底生疼,两侧的林子里传来聒噪的蝉鸣，吵得他耳膜刺痛。可尽管他被晒得汗流浃背，却仍感到头顶的烈日是那样的可靠。毕竟在这炎热的大白天里，不会有幽灵出没。

此时，他看到前方有一对母女向他走来。

母亲一身深蓝色的衣服，衣料上还飞着白点，非常优雅。她一手撑着一把白色的蕾丝阳伞，一手牵着一个十岁左右的小女孩，女孩则穿着白色的连衣裙，戴着一顶大草帽，帽檐几乎压到了她的眉眼处。

滚滚热浪从路面上升腾而起，改变了空气的折射率，使得她们两人的双腿看起来歪歪扭扭的。

石动握着手巾，在原地站了一会儿。

彼此擦身而过时，母亲对他轻轻点头致意，小女孩则抬起头来冲他打了招呼，十分活泼开朗。

石动哑着嗓子，也回了一句"你好"，接着一边目送这二人走下山坡，一边琢磨了起来——

梵贝庄是这条山道上唯一的家宅，莫非她们俩是从梵贝庄来的？

而即使帽檐在那个小女孩脸上投下了阴影，仍看得出她与肖像画中的咏子、中庭里的"弯腰的厄科"雕像容貌相似，准确地说，是小女孩身旁的母亲要更像……

想到此处，他又拿起手巾，用力擦了擦脸，不许自己继续胡思乱想。

今天是周日，再加上暑假开始了，家长带着孩子在山路上散步实属正常,她们肯定只是绕行了一圈,才会从山上往下走;至于那个小女孩,那双圆溜溜的大眼睛确实可爱,但其实也谈不上有多像画中的咏子……

他的思考能力仿佛因为高温而打了折扣,看来水城优臣说得一点儿没错,侦探也需要神佛保佑。他真该先去鹤岗八幡宫参拜一番,再来办正事……

他收起心思,重新迈步出发,往梵贝庄前进。

斜坡前方的车位上停着车,可见瑞门家的主人很可能在家。

他深深吸了一口气。

等去梵贝庄确认自己的猜测之后,他的采访工作就彻底结束了,也不必再顶着高温酷暑到处奔波,只需要待在开着空调的事务所里写调查报告即可。

总之,这桩案子实在太耗费精力,一旦完成任务,收到出版社的委托费,他就要去旅游,好好放松一下。

于是,他硬是拂去了心底的那一抹不安,强打精神,进入了那扇铁制的拱形院门,满心以为这会是自己最后一次造访此处……

第三章

口述的真相

1

下午,东京迎来了七月以来的第一场大雨。

晴朗的天空突然乌云密布,闪电亮得骇人,隆隆的雷声震得人们都觉得心里打鼓,大颗的雨滴劲力十足,连珠炮般地怒砸在柏油路面和玻璃窗户上,雨势远超普通的雷阵雨,算得上是雷暴雨了。

安东尼安坐在事务所里,呆呆地看向窗外,却听到电话铃响了起来。

"您好,这里是哑牛有限公司……"

他拿起听筒,懒懒散散地应道,可很快便露出了震惊的表情。

"……您说什么?我家老大被人杀了?"

他失声大叫了起来,一旁的石动听到他发出这么大的音量,也吃惊不已,直接把注意力从笔记本电脑上转移到了他身上。

"这……接下来就换被杀死的石动先生跟您说吧。"

安东尼一脸不解地将听筒递了出去。

石动一把抓过听筒,说道:

"您好,我是石动。"

这下轮到电话那头传来了迷茫的声音：

"您真的是石动先生？"

"是啊，我就是正宗、正牌、正版的石动戏作。"

石动反复强调道，对方便开始和别人小声交谈了起来，石动隐约听到了"石动好像还活着""被害人果然不是他，而是另有其人"，云云。

接着，对方又像是突然反应过来似的，做起了自我介绍：

"打扰您了，我是石川县搜查一科的尾崎。"

一听对方居然是石川县的警察，石动越发困惑，只得等对方继续往下说。

"前几天，金泽市①卯辰镇发生了一桩杀人案，犯罪嫌疑人说自己杀了'石动戏作'。"

"什么？我一次都没去过金泽啊。嫌疑人怎么会说那种话？"

"唉……这也是有原因的……"

尾崎打了个马虎眼，似乎并不准备细说，只给出了大略的解释，

"嫌疑人的夫人提供了证词，我们才弄清了被害人其实不是您。但我们在嫌疑人家里发现了您的名片，保险起见，还是决定给您打个电话。"

石动彻底蒙了，为何有一位金泽市的居民坚称杀了自己？

"我们想向您请教一下，为什么嫌疑人会有您的名片。因此我的

---

① 金泽市是位于日本石川县中部的城市。——译者注

同事准备前往东京，希望您能配合我们的调查工作，和我们聊一聊。非常感谢。"

"不用，还是由我去您那边吧。"

石动干脆地答道。

"您过来？"

"嗯，我明天就去金泽，我想弄清到底发生了什么事。"

"这可真是帮了大忙了，请您明天直接来石川县县警署总部吧。"

"我明白了。"

挂断电话后，石动关上笔记本电脑的电源，又重重地合上了它。

三天前，他最后一次前往梵贝庄。笃典不在家，优纪子夫人热情地迎接了他。他上到二楼，重新检查了藏书室的出入口，随后郑重地向龙司郎打了招呼。

龙司郎的心情好像很不错，正哼哼唧唧地唱着法语歌，优纪子说这是一首摇篮曲，叫作《宝宝睡吧》。石动一时忘形，跟着他一起唱起了"睡吧，古拉，我的小弟弟"。岂料龙司郎突然一脸严肃地说道：

"你没有学法语的天赋呢。"

石动被这句话刺伤了，不由得垂头丧气的，优纪子则开朗地笑了起来。

这时，石动突然觉得，无论世人如何看待如今的龙司郎，但对老人本人而言，现在的生活或许很幸福。

从梵贝庄回到自己的事务所之后，石动便开始着手撰写调查报告。这项任务相当困难，他折腾了三天，结果只完成了不到一半。

然而，眼下居然出了自己"被杀"的奇案，这份报告书也只得暂时搁笔了。

他从书架上抽出了酒店黄页，逐一给金泽的酒店打电话，找寻明天的住所。

次日中午前，石动抵达了羽田机场，行李只有一只挎包，里面装了一些替换衣物。

从东京飞往金泽，航程一小时左右。但他一心只盼着尽早赶到警署，总是静不下来，因此既没有看杂志消磨时间，也不眺望窗外的云彩，一路乖乖地坐在位置上。

然而，飞机并未降落在金泽市，而是降落在小松市[①]的小松机场。

他提起挎包，穿过人潮混杂的过道，来到机场大厅。这里比羽田机场的大厅小了许多，规模和JR车站内部差不多。

他走到了服务台，问道：

"您好，我该怎么去金泽？"

"您可以乘坐高速巴士，巴士会在航班抵达机场的十五分钟后发车，车站在那边。"

服务员小姐有着一双灵动的大眼睛，一边回答，一边伸出右手为

---

① 小松市位于日本石川县南部。——译者注

他指路。

"那么，下车后怎么去石川县县警署的总部呢？"

这个问题似乎把对方难住了。他见状，赶紧道谢离开，不再追问下去。

他急匆匆地在大堂的购物处买了金泽的导游手册，随即往机场前的车站赶去，却发现那里已经挤满了人。

站台广播提醒广大乘客去售票机购票，他赶忙行动，排到了等着买票的长队末尾。

排队期间，他对照着前方的指路板，研究起了导游手册，查明了只要乘车到香林坊站下车，即可抵达目的地。

两三分钟之后，他总算买到了车票，乘上了机场的高速巴士。车上几乎满员，只剩角落里还有空位。他别无选择，便坐了下来，将挎包放在膝盖上。

天空碧蓝如洗，巴士驶上公路时，还能透过车窗看见喷气式飞机拖着一条长长的白痕，乘风飞去。此处是机场兼空军基地，今年还多了一项荣誉——巨人队[①]明星松井秀喜的出生地。

不久后，巴士就从小松立交桥进入了北陆机动车道，左手边是绵延不绝的松树林，再过一会儿即可望到湛蓝色的日本海。海面一直延伸到地平线，与澄澈的蓝天融为一体，美不胜收。

[①] 巨人队全称读卖巨人队，隶属于日本职业棒球中央联盟，成立于1934年，是获得职棒日本锦标赛冠军次数最多的日本职业球队。——译者注

他双手摁着挎包，整个人缩在座位上，全神贯注地等待着巴士到站。

从金泽的西立交桥上驶向平地，沿着弯弯曲曲的道路前行良久，巴士里终于响起了"香林坊"的报站声。而这时距离出发已经过了整整四十五分钟，几乎等同于从羽田机场飞抵小松机场的耗时了。

石动在香林坊站下了车，发现这一带相当繁华，大路宽阔，沿街两侧开着百货公司、酒店以及银行。让他略感意外的是，其中一栋建筑物上还竖着"109[①]"的大招牌。

人行道上人来人往，巴士车站旁还停着一辆选举的宣传车，候选人正拿着话筒，饱含热情地向大众倾诉着自己"最后的愿望"。

石动把挎包背到肩上，一边翻阅着导游手册，一边朝石川县县警署总部进发。

他穿过十字路口，踏上人行道。脚下的路面是由一块块小方砖拼成的，整体呈棋盘状，往前走即是中央公园的大门，进门后是一条步行街，两边都种有树木，公园里也栽着高大的杉树。只需行走于绿树之间，便会让人产生徜徉在森林之中的错觉。

在日本人的心目中，金泽无疑是北方的冰雪城市。石动也由此认定了这里会很凉快。怎料事与愿违，眼下少说也有三十度，或许连雷阵雨后的东京都比此处凉爽。

他经过了石川近代文学馆。这栋红砖建筑从明治时代起便伫立在

---

① 109百货是一家时尚购物百货公司及企业品牌。——译者注

此，岿然不动；再往前几步就是石川县县政府，县警署总部则位于县政府区域的一角。

那是一栋四层建筑，三条写有标语的条幅从屋顶上垂下，其正下方即是大门，门边挂着"石川县县警署总部"的木牌，门前还有一名身穿制服的警官镇守。或许是因为天气炎热，他只穿着蓝色的警用衬衫、戴着警帽，而没有将厚实的警用外套穿在身上。

石动走了进去，在接待处提出会面申请，请他们通知尾崎刑警。

"您好您好，劳驾您大老远赶来，真不好意思。"

尾崎一边挥手，一边走下楼来。

他是一名高瘦的中年男子，头发乱蓬蓬的，衬衫的领口处有些起皱，大概和石动一样不在意仪表，唯独脸颊上的胡茬像是故意蓄着的。

他见石动还背着挎包，便问道：

"您是从小松机场直接过来的？"

"是的。"

"真是太辛苦您了。我们换个地方说话吧，请您往这边……"

说着，他便带石动上了二楼，还若有所思地嘀咕道：

"您不是嫌疑人，不能委屈您进审讯室……"

片刻后，他指向走廊上的无靠背沙发椅，提议道：

"还是这里好些——请坐。"

石动依言坐下，将挎包放在脚边，尾崎也坐到了他边上，开始简述己方的目的：

"最初，被害人的身份存在疑点，现在我们查清了他到底是谁，也跟他的家属确认过了，不过还是希望您能帮着看一下。"

他说完，便从表袋中掏出一枚照片，递给了石动。

只见照片中的人正闭着双眼，仰面躺着，从脖子到脚尖都盖着白布，想必是在太平间里拍摄的。尽管少了那副浅橙色的墨镜，可石动仍一眼就认出了他：

"……这位是推理小说家鲇井郁介老师。"

他把照片还给了尾崎。

尾崎点了点头，将照片收回袋中，问道：

"据说，鲇井先生初次拜访嫌疑人时，恰好带去了您的名片。您知道这是怎么回事吗？他手里为什么会有您的名片？"

闻言，石动便诉说起了整件事情的前因后果：

"我收到出版社的委托，重新调查梵贝庄的案件，对当年的相关人员进行了采访，随后鲇井老师突然来到我的事务所，要求我立即收手……当时，我并没有给他名片，不过出版社的殿田先生说我的名片很有趣，所以在提前给相关人员寄去采访申请信的时候，往每个信封里都放了一张。鲇井老师估计也是因此得到了我的名片。"

他顿了一顿，露出了困惑的表情，反问道：

"即使如此，我也不明白他带着我的名片去金泽的理由……尾崎警官，您能把事情跟我仔细说说吗？鲇井老师到底为什么会被杀……"

尾崎兀自犹豫了一会儿,最后终于严肃地开了口:

"您都特地跑一趟了,我就跟您说个大概吧。反正在这桩案子里,被害人也一度是'石动先生'嘛。"

说完,他又"扑哧"地笑了,似乎是想让气氛变得轻松一些,可石动完全笑不出来。

尾崎终于回到了正题上,解释道:

"听说,鲇井先生已经去过嫌疑人家里好多次了,可就在最后一次上门时,突然被嫌疑人用花瓶反复重击后脑勺。嫌疑人的夫人虽然急忙制止,并立刻叫了警车和救护车,但鲇井先生还是在送医途中去世了。"

"也就是说,嫌疑人当即就被警方逮捕了?"

听石动这么问,对方却露出了困惑的表情,给出了一个含糊的回答,姑且表示肯定。

于是,石动又追问道:

"嫌疑人现在在看守所?"

"不,在医院。"

"难道他也受伤了?"

石动的问题一个接一个,尾崎叹了一口气,瞥了他一眼,说出了真相:

"嫌疑人患有阿尔茨海默病。而且是早老性痴呆。"

"阿尔茨海默病？"

石动惊讶地叫出声来。

"嗯，真可怜啊，他年纪比我还小呢……居然得了痴呆症……"

尾崎苦着一张脸，继续说道：

"一开始，他反反复复说自己杀了'石动戏作'。当然，这八成是因为病情导致的。可只过了四五个小时，他就把这事忘了，甚至不记得自己杀了人。按医生的说法，他的记忆障碍就是阿尔茨海默病的典型症状。"

这时，尾崎再次止住了话头，表情也变得异常郑重，随后重新开了口：

"您也知道，痴呆症患者一旦犯罪，警方就必须处理大量的细节问题。要是被媒体不停地说三道四，我们会很难做。所以我接下来的话，请您务必保密……"

"尾崎警官！"

这时，走廊上传来了一名女性的呼唤声。

一听到这声音，尾崎便立即从沙发上跳了起来，当场准备溜去办公室。

"尾崎警官，您总说自己忙得很，结果却在走廊的沙发上跟别人闲聊。这怎么行呀？"

她一边数落着，一边大步流星地走了过来。

石动的目光不禁被她所吸引。

她的长发染成茶色，披在身后，面容端正秀丽，肤色白皙透亮，衬得两道黑眉分外鲜明（不过她眼下怒气冲冲的，眉头拧在了一起），双眼透出魅惑的神采，丰满有致的躯体上套着一件白色的T恤，下搭一条牛仔裤。

这份美貌让他想起了《梵贝庄血案》中的登场人物之一——那位让两名青年都深陷情网的漂亮女学生……

尾崎站在了原地，但满脸不自在，恨不得直接拔腿就走，她却自顾自凑了上去，毫不客气地质问道：

"我丈夫什么时候才可以出院呢？"

"这……检查还没做完呢……"

尾崎语无伦次地答道。

"到底是什么检查，要做上这么久？主治医生都已经开出诊断报告了，对吧？"

她刻意表现出了一副困惑不解的样子，把回答的压力抛给了尾崎。

"嗯，开出来了。"

"您也看到诊断报告了，我丈夫患有阿尔茨海默病。那么请问，还有哪些项目没完成呀？"

"夫人，求您别再盯着我问了！"

尾崎伸出双手，示意对方少安毋躁，并解释道：

"您其实很了解我们的难处吧？这桩案子真的牵涉到一些微妙的

问题……"

不等他说完,那位美人便莞尔一笑,反驳道:

"医院不是看守所,您强迫他留在医院里可不是刑事拘留,而是囚禁!对此,我想您应该心里有数。所以您可以允许我去见见我丈夫吧?"

尾崎沉默了下来,美人趁势追击:

"话说,您为什么这么千方百计地阻挠我和他见面呢?是觉得我会给他出坏点子吗?呵,出了也白出啊,反正他很快就会忘记的。"

"夫人,我真的很忙……"

尾崎指了指坐在沙发上的石动,解释道:

"这位先生正在配合我做问话调查,他是非常重要的证人,您今天能先回去吗?"

听到这番说辞,她快速地扫了石动一眼,撂下一句"我会再来的",便迈着飒爽的步伐离开了。

尾崎深深叹了一口气,重重地坐在沙发椅上。

"唉,真是输给她了。她可真是个'战士',太厉害了。"

"她莫非就是嫌疑人的夫人?"

"对,我还没来得及跟您说呢。"尾崎目送着她远去的背影,答道,"杀死鲇井先生的嫌疑人,就是她的丈夫——水城老师。"

2

尾崎的话就如同高压电流一般击中了石动,他一下子从沙发椅上跳了起来,尾崎也呆呆地抬头看着天花板。

石动盯着走廊的尽头,就在那名女子即将下楼的时候,他冲口而出:"抱歉,我先离开一下。"随即抓起挎包,直接跟了上去。

奔跑途中,他还险些撞上一位身穿制服的女警官,幸亏对方闪到墙边才躲了过去,可见他多么着急。

他冲下楼梯,马不停蹄地奔出警署大门,四下张望,发现方才的美人正站在一辆小轿车边,准备开门上车。

"抱歉!打扰您!"

他大声呼叫,见对方转过头来,他还顾不上调整呼吸,就朝她跑了过去。

"这个包不是我的。"

美人指着他的胸口处。

他这才意识到,自己一路都小心翼翼地用双手将挎包抓在胸前,活像是追上来归还失物的热心人。

"不,您误会了。请问您是水城家的夫人吧?"

"是啊,你是哪位?"

"我叫石动戏作,您也许听过这个名字……"

"哦,是名片上的大侦探啊。"

女子露出了嘲讽的微笑。

"是的,不过那张名片不是我寄给您丈夫的。"

石动的话听起来像在找借口,而对方索性无视了这一点,只管问他有何贵干。

于是,他老老实实地交代道:

"关于当年梵贝庄那桩案子,我有些事想向您请教……"

她盯着他看了一会儿,然后打开了后车门,说道:

"上来,去我家再聊吧。"

等石动按她的指示上了车,她也坐上了驾驶席,踩下油门,从停车场驶向了大路,朝香林坊的反方向开去。

很快,石动就看到眼前有一个绿树成荫的大园子。

那是金泽市的观光中心——兼六园。

车子从兼六园边上驶过,进入了一条小路,再转了两三个弯,在一个立着红绿灯的十字路口右转,开上了一条狭窄且平缓的上坡道。

石动透过挡风玻璃,望见了绿植繁茂的群山,再往前有一座铁制的拱桥。

陌生的景色令他越发不安。眼下,他正坐在一名素不相识的女性的车上,来到了一片初次踏足的土地,并且不知道接下来的目的地在哪。说实话,在屡次变向之后,他甚至已经分不清东西南北。

"请问,这里位于金泽市的哪一带啊?"

他终于出声询问。

"这条河叫浅野川,这片山叫卯辰山,这座桥叫天神桥。对了,您对近代文学有兴趣吗?"

美人说得极为流畅。

"凑合吧,我大学念的是国文专业。"

"卯辰山上有一块石碑,刻着泉镜花[①]的诗句。浅野川也不简单,沿河建了'泷之白线[②]'的纪念碑,还有供奉着德田秋声[③]家历代牌位的寺庙呢,叫作静明寺。"她轻笑了几声,又接着讲述道,"说起来,前阵子有年轻的游客来问我静明寺怎么走。哎呀,这年头居然有年轻人愿意参拜德田秋声的墓地,看来日本还有希望。"

听到金泽的"静明寺",石动就立刻联想到了镰仓的净明寺。而且通往净明寺的那条路恰好叫作"金泽街",即使这只是单纯的偶然,也着实称得上有趣了。

浅野川的河道很宽,两岸用混凝土筑起了高高的堤坝,一座白色的拱桥横跨其上,过了桥便是卯辰山。一条窄道铺设在山与河之间,道边成排地建了一些日式的宅邸。

[①] 泉镜花,日本小说家,师从尾崎红叶,以追求美的观念和浪漫主义丰富了日本文学。——译者注

[②] 泷之白线的纪念碑是为了纪念泉镜花名作《义血侠血》的女主人公——美丽的艺人"泷之白线(本名水岛友)"而建。——译者注

[③] 德田秋声,日本小说家,经儿时好友泉镜花介绍,同样拜入尾崎红叶门下。——译者注

车子驶经一个车站（站台上写了"天神桥"三个大字），沿河开了一会儿，又向左拐，上了一条细细的山道。

两排石墙建在山道两旁，充作护栏，石墙后边是苍郁的绿树。茂盛的枝叶伸出墙外，在柏油路面上投下了树影，蝉鸣声亦从四面八方传来。

一段直行过后，车子总算到了一户独栋建筑门前。美人在大门边停下车子，一边解开安全带，一边告诉石动这里就是她的家。

石动也从车上下来，踩在泊车位的砂石地上，抬头看向面前的水城府邸。

这是一栋大破风[①]风格的日式二层建筑，从正面看，横竖交错的木条在大破风的白墙上勾勒出了一个个方格子，窗户很有特色，叫作连子窗[②]，由一排细长的木框窗格所组成，美人在出门前就已经将窗外的竹帘都放了下来，用以防晒降温。

宅子的院门是木制的，上面挂了写有"水城"二字的门牌。美人打开大门，走了进去，石动也急忙跟上。

门后是一条用短石板铺成的石路，一直通往宅子的大门；和宅子

[①] 破风是日本人根据中国的"博风"演变出来的特有建筑形制，在入口的正上方设标示性的三角檐，本意是挡风防雪，但日式破风多为装饰用，并不会大幅度突出墙体以起到防风雪的作用。——译者注

[②] 连子窗是日式传统建筑中的一种窗户形式，由细细的木条或竹条做窗格，可以纵排、横排或者纵横相交，每扇窗之间保持一定的间隔，常见于寺院、神社、回廊或茶室。——译者注

几乎等高的松树紧挨着石板路，夏蝉牢牢扒在坚实的树干上，不断发出嘈杂的鸣声。

打开日式的格子门，便是宽敞的换鞋处，上方做了通高处理，没有楼梯板，一直通到二楼的房顶，两侧的白墙上虽沾着些许黑灰色的斑迹，但仍给人以巍然高耸之感。

换鞋处的尽头有一级台阶，踏上去便是一条长长的走廊。或许是由于屋主常年穿着袜子在室内行走，走廊上的木制地板被磨出了润泽的柔光，宛如琥珀一般。

美人脱下脚上的轻便运动鞋，没有穿拖鞋，套着袜子就直接踏上了走廊，随即伸出左手，准备拉开起居室的移门，动作十分流畅自然，却又突然停住了手。

石动正学着她的样子，准备脱鞋进屋，见状不禁问道："您怎么了？"

"……这间房间的榻榻米上还留着血迹呢，我们去靠里的房间吧。"

她面带忧愁地说着，同时往走廊深处走去。

一段直道之后，她带着石动往右拐，来到了宽阔的廊台[①]。后院中央的晾衣架上正晾着衣服，后院的树木也明显得到了精心养护。

后厦旁有一只菊形的水钵[②]，石动心生好奇，便往盆里看去，只

---

① 日式房屋的廊台是檐廊的一种，通常为木制或竹制。——译者注
② 一种盛有水的日式园林设施，可供人洗手、漱口。——译者注

见里面一滴水都没有，完全被金泽的酷暑给蒸干了。

"来这边。"

她拉开了廊台边上的纸拉门，招呼石动进屋。

那是一间大约八个榻榻米大小的日式房间，中间摆着一张漆面的大矮桌；细梁纵横交错，好似在天花板上画出了许多小方格。

她请石动坐在矮桌旁的坐垫上，接着离开了房间，没多久又端着冰麦茶回来了。

"好了，您说吧，我听着。"

张罗完茶水，她坐到了石动的正对面，开始进入正题。

"我在重新调查一桩十四年前的凶杀案。案发地点是镰仓市净明寺一带的梵贝庄。"

石动也坦率地说明了来意。

"我知道，是来查证'大侦探水城优臣'的推理的嘛。"

对方对这个话题似乎毫无兴趣。

"确实，不过我发现水城老师的推理存在纰漏。"

"纰漏？"

她挑起一条眉毛。

"嗯，而且是极为单纯的纰漏。我甚至无法理解，为什么像水城老师这么卓越的人物会看漏如此简单的问题。"他紧盯着美人的双眼，继续说了下去，"我再说得清楚一点吧，那就是——他为什么不怀疑古田川智子。"

即使听到"古田川智子"这个名字,对方依然不为所动,只是将手支在矮桌上,百无聊赖地托着腮,听石动唱独角戏。

"在二楼过夜的客人是水城优臣、鲇井郁介、古田川智子三人,其中两位男士合住在靠近楼梯口的藏书室,古田川女士则使用了靠里的藏书室。即是说,她明明独自睡在离案发现场最近的房间里,却没有遭到任何怀疑。这是怎么回事?"石动抱着胳膊,思考了一会,继续说道,"假设古田川女士才是真凶,那么案情就很简单了——当晚,野波先生有话要找古田川女士说,因此在深夜悄悄地上了二楼,可两人却起了争执,古田川女士一时冲动,杀死了野波先生。"

"古田川女士和野波先生又不认识,为什么要趁大半夜偷偷见面?"

美人轻轻地指摘道,语气带有几分漫不经心。

石动由此确信,她果然和梵贝庄的案子有关。

"既然田岛民辅先生和中谷浩彦先生都说,古田川女士曾经堕过胎。那么,这件事恐怕是真的。而中谷先生还把详情告诉了我——原来她当初是被年长的坏男人骗了,对方和她交往时,其实已有家室。

"好,我们来假设一下,如果这个'坏男人'正是野波先生呢?他在梵贝庄的来客之中,发现了自己玩弄过的年轻女性也在场,而且他曾导致对方怀孕。这可把他吓坏了。毕竟瑞门龙司郎老师是他重要的客户,水城老师则是他通过'阿修罗寺诡案'结交的朋友,他生怕自己的丑事暴露在他们面前,因此无论如何都要堵住古田川女士的嘴，便暗中摸进了她借宿的藏书室，给了她十五万日元的封口费。"

"嗯，逻辑确实是通顺的。"，她轻轻点了点头，接着又催促道，"往下说。"

"这套推理真的很简单、直白，我不认为水城老师那样的大侦探会想不到。但问题在于，他为什么要隐瞒实情，把罪责推在仓多先生头上？而《梵贝庄血案》的连载内容其实已经给了提示。"

石动一边说着，一边掰着手指，逐一细数缘由：

"首先，古田川女士在起居室里被河村先生搭讪时，没有向相熟的田岛先生和中谷先生求助，反而找了初次见面的水城老师；其次，在中庭开茶话会时，她也紧挨着水城老师入座；另外，在案发之后，田岛先生赶去她身边时，她更是几乎贴在水城老师身上了。"

这时，石动的右手已经竖起了三根手指。他大幅度地摆着手，进一步分析道：

"很明显，古田川女士对水城老师有好感，而水城老师也喜欢上了她，所以甚至撒谎说自己在触摸被害人的动脉时，发现遗体已经凉透了。这全都是为了袒护古田川女士。再加上仓多先生脾气古怪，又深深敬仰着阿圆夫人，于是水城老师便胸有成竹，认为一旦用那套'押韵'的推理去诱导他，他就会顺势认罪。"

"等一下，野波先生是被刺死的吧，这一点又怎么解释？"美人双眉微蹙，似乎想起了什么，反驳道，"确实，古田川女士有可能把野波先生从楼梯上推了下去，但再怎么说也不至于用匕首刺杀他呀。

带着刀具去和旧情人对话,可以算是防卫过当吧?"

听了这番话,石动暗自佩服她那清晰的思路。

其实他本不希望把秘密都说开,可既然对方问了,他也只好解释:

"您说得没错,古田川女士应该只是一时生气,推了野波先生。而水城老师听到惨叫声,从藏书室里冲了出来,发现她还站在原地,整个人都处于应激状态。沟通之后,他明白了事情的原委,安慰古田川女士,强调说自己绝对不会泄密。随后,在大家一起赶到天台时,他率先下楼……"

至此,石动顿住了,因为接下来的故事实在令他倍感痛心。不过他还是尽量保持着冷静,低着头,难过地说道,"……如果野波先生当场就摔死了,那么水城老师便打算把一切都归咎于意外。可事与愿违,于是他下了决心,在一片黑灯瞎火之中,拿出随身携带的匕首,刺入野波先生的后背,保护了古田川女士。反正当时唯一的手电筒在他手里,楼梯上一片漆黑,没人能看见他究竟做了什么。而最后他之所以隐退,当然是为了隐瞒罪行。毕竟犯罪者怎么能继续当侦探……"

他沉默了下来,胸中有一股热流正在上涌。

那名美人依然把脸颊支在手上,愣愣地看着他。

而他则硬生生地忍住了心中的震荡,继续着方才的话题:

"鲇井郁介先生应该也隐约察觉到了什么,产生了和我同样的想法。然而,他真的很尊敬水城老师,实在无法把这位侦探的过错写下来。因此在七年前，他直接封印了自己的小说——《梵贝庄血案》，始终不让它完结。想不到如今有一家出版社打算以'揭秘'为题材，推出一系列书籍，还委托我重新调查梵贝庄的案子。这让鲇井先生产生了危机感，跑到您家来，希望和隐退的水城老师见上一面，却有了两项意外的发现——"

他带着挑战者般的眼神，无畏地注视着眼前的美人，提出了自己的推断：

"其一，水城老师罹患了阿尔茨海默病。其二，他和古田川智子女士结婚了。"

美人接连眨了几次眼睛，没有出声。

"通过这两件事实，鲇井先生确定了古田川女士才是当年的真凶。再加上水城老师已经是一位病人，继续守护他的名誉也没有意义了，便考虑将真相公之于众。然而案件的追诉时效[①]还没过去，这对古田川女士而言无疑是极大的威胁。"

石动深深吸了一口气，调整了呼吸，发表了最终结论：

"当鲇井先生最后一次找上门来时，古田川女士回想起了丈夫当初所使用的方法——巧妙地诱导性情偏执的人，令对方认定自己杀了人。

"而这次，轮到她把这个方法用在丈夫身上了。效果当然是显

[①] 在日本，杀人罪的追诉时效是15年，2010年，日本政府对此制度进行了废除，改为无限期追诉。——译者注

著的。毕竟它对仓多先生都能奏效,更何况阿尔茨海默病的患者?再者,水城老师的病况已经发展到了精神失常的阶段,即使杀人也不会被问罪……

"总之,我想说的是,您就是古田川智子女士,亦是杀害了鲇井老师的真凶,没错吧?"

他言尽于此,转而静静地凝视着美人的双目。

他本以为对方会对他的推理一笑置之,或者勃然大怒,可对方的反应却是他始料未及的。

她居然听得眼睛发光,赞叹道:

"你的推理真有趣啊!见解非常独到,想象力也特别丰富!这是侦探不可或缺的能力!但你唯独少了一件'必需品'哦。"

她探出身子,扬起右手,将手背朝向石动,食指和中指微微颤动,像是在寻找香烟……

石动简直怀疑自己的眼睛。他曾把鲇井郁介的作品翻来覆去地阅读了无数次,还亲自模仿过这个姿势。

"那件'必需品'啊,就是'事实'。你还没和尾崎警官确认过我们夫妇俩的名字吧?'水城优臣'不是我丈夫,而是我。"

3

鲇井郁介的记录

在本格推理小说中，凶手经常会先留下记录，而后自杀。

我是本格推理小说家，不过这七年来，我没有出版过任何一本书，或许已经不能算是小说家了。

我的编辑将自己的切身经验告诉了我，说"小说家至少要一年写一本书，好让世人还记得你，不然可不行"，结果我并没有照做。因此，要是读者们不再对我抱有期待，认为我早就放弃了写作事业，也不能怪他们。

但我想我依然可以自称"本格推理小说家"，而且我常年记录着水城优臣的侦探故事，已经养成了习惯，所以还是留下了这份记录。

毕竟等整件事情结束之后，我应该也不在人世了。

*

我是在一九八五年和水城优姬相遇的。

当时我只有二十五岁，大学毕业后没有找到固定工作，一边靠打工养活自己，一边随性度日。那年头恰逢"自由职业者"这个词汇诞生，我大概称得上是第一代自由职业者。

现在回想，我深感自己在二十五岁时还非常幼稚，不知道自己以后该做什么、想做什么，空虚地度过每一天，心想着当下开心就好。可另一方面，我自认为是一个独当一面的成年人，我的生活方式走在了高度资本化的社会的最前沿。而说白了，我之所以有这个底气，是因为那时候已步入了泡沫经济时代，光是打工就可以活得相当轻松自在。

一九八五年冬天，我暂住在岐阜县，开始接触滑雪。优姬正巧和我住在同一家酒店。

我头一回见到她时，她正在酒店的餐厅里吃早饭。说来有些不好意思，我对她的初次印象仅仅停留在她美丽的外表上，完全没有意识到真正的她是一位极为聪慧、才华横溢的女性。

我双手端着餐盘，走向了她的桌旁，问能不能和她拼桌。

她飞快地瞥了我一眼，然后点了点头。

"您是来滑雪的吗？"

我又问了下一个问题。

"不然呢？"

她的态度很是生硬。

"说得也是。其实我是第一次来这个滑雪场，要是您知道哪个坡道滑着舒服，还请告诉我呀。"

我笑得有些谄媚。

优姬从放在桌边的烟盒中抽出一根烟，问都不问我一声，就抽了起来。

"我还真倒霉，昨天下了一整天雪，滑雪场根本没法用，今天一大早又被人搭讪。"

她呼出一口烟，又叹了一口气，接着问我，

"对了，你多少岁？"

"二十五岁。"

"我三十三了。"

听她自报年龄，我有些惊讶。

她看起来颇为年轻，打扮得又相当休闲，只穿了黑毛衣和牛仔裤，我心想她肯定和我差不多年纪，没料到居然年长我八岁之多。

"……而且吧，你完全不是我喜欢的类型。"

优姬调皮地一笑，把抽了一半的烟摁在烟灰缸上，起身离开了。

我见那烟头还在冒烟，便用杯子里的水把它浇灭了。

总之，她把我当成来搭讪的登徒子，毫不尊重（不过我承认，由于我不了解她的真实性格，或多或少存了别的心思），又在我吃饭时毫无顾忌地抽烟，确实让人有些不悦。

受到这种对待，我当然对她没什么好印象。我承认，她是个如假包换的美女，但八成为人强势、说话难听、性格恶劣，还是个年过三十的老女人，果然保持距离为好。

倘若没有发生之后的故事，我恐怕很快就会把她抛之脑后，也成不了本格推理作家。

那顿早饭后,包括我和优姬在内的几名滑雪客意外受到了日本画家——蛾岛圣云老师的招待,前往他的别墅——"红莲庄"。

红莲庄就建在飞驒山脉①中,整个外墙都被涂成大红色,就和它的名字一样。我们在漫天飞雪中乘着车,于山路上前行,突然看到大片的雪原中出现了一栋鲜红色的建筑,就宛如燃烧的火焰,真的大吃一惊……第二天早上,别墅周围满是积雪,连一个脚印都没有,圣云老师的遗体却赫然倒在雪地里,死状惨烈……(本案的详情请参照我的第一部小说——《红莲庄惨案》)

而最令我吃惊的是,优姬很快就干净利落地破解了这桩惨案,找出了凶手。

"以上就是我的推理,接下来,你必须赎罪才行。"

她发表了自己的推理之后,抬手将夹在指间的烟头指向了凶手(为了防止揭晓谜底,容我隐去凶手的姓名),而对方脸色惨白,浑身发抖,承认了自己的罪行。

她在讲述凶手作案的经过时,我目不转睛地紧盯着她的侧脸。映入我眼中的已不再是她那漂亮的脸蛋,而是耀眼的智慧。这才是她真正的美。

而我也被她的知性之美所深深吸引。

---

① 飞驒山脉横跨富山县、岐阜县、长野县与部分新潟县,也被称为北阿尔卑斯。——译者注

"水城小姐,您的推理实在是太精彩了!"

在回程的车上,我衷心地赞美了她。

"啊?这没什么了不起的吧?"

她好像觉得不值一提,只管在我边上抽着烟。

我却再也不介意这个坏习惯。

"这叫'没什么了不起'?"

"我才觉得纳闷儿呢,那么明摆着的事,怎么就没人注意到?"

她的回答让我更加激动。我确信了,她有着无与伦比的头脑与才华。我对她的尊敬几乎到达了崇拜的程度。

"请容我重新做自我介绍。我叫鲇井郁介。这是我的联络方式。"

我在便条纸上写下了自己的名字、地址和电话号码,递给了她。

"你还想着泡我啊?我都说了,对你这样的男人没兴趣……"

她已经开始嫌烦了,但我却摇了摇头,解释道:

"不是的,我感兴趣的不是美丽的水城小姐,而是聪明的大侦探水城老师。我无论如何都想知道,您在将来会如何发挥您绝顶的智慧和破案的本领。"

优姬凝视着我,似乎觉得我也是个怪人。随后,她露出了怜悯的表情,只不过我至今都不明白,她那一刻究竟在想些什么。好在她认可了我的诚意和热情,收下了我的便条纸。

打那时起,我就硬跟着她,成了"名侦探水城优姬"的助手兼事迹记录者。

*

至于她在日后的活跃表现，想必也不用我再来对读者们详述了。

"空穗邸"建在濑户内海的一座孤岛上，就像是一座欧洲中世纪的大城堡，户主是一对双胞胎，远离尘嚣，和家人们一起静静地生活在那里，怎料惨遭灭门！真是一桩残忍至极的案件。我至今还能清楚地想起优姬那微微皱眉、眺望着濑户内海的样子。

"树雨馆"伫立在长野县的一座高原之上，户主沉迷于栽培兰花，难以自拔，这才建了一间巨型的温室。在那里，兰花的香味浓得让人几乎窒息。优姬解开了被害人的死前留言，冲入温室，拨开一堆栽种着兰花的花盆，在地面上找到了通往地下的入口。

静冈县的豪华酒店"紫光楼"中，一对男女服毒自尽。警方判断两人是殉情而死，只有优姬坚持认为那是凶杀案。毕竟没人会仅凭电话里的只言片语就乖乖吞下毒药，更何况两人的遗体还被人搬动过。但平庸的警方哪看得出其中的蹊跷，结果还是得靠优姬识破凶手的诡计。

"阿修罗寺"位于纪州的山中，共有五人丧命，而且都是站着死去的。可实际上，前四名死者并非死于谋杀，背后涉及阿修罗寺代代流传的诡秘教义。

上述案件的详情已分别在拙作《空穗邸凶案》《树雨馆迷案》《紫光楼奇案》《阿修罗寺诡案》中得到了详述，敬请一阅。不过话说回来，在做好死亡的思想准备之后，我依然不忘宣传自己的作品，看来小说家的职业病已经深入骨髓了。

我见证了优姬侦破的所有案件，亲眼看见了那些凄惨的遗体，又沉醉于她那卓绝的推理之中。这些全都是我毕生难忘的体验。

然而，为了避免诸位误解，我还是得提前说明一句——

我和优姬不存在任何男女关系。别说肉体上的纠缠了，彼此间就连恋爱也没有谈过。我们两人的情谊早已超越了性别的界限，是真正意义上的"柏拉图"式的。

她不是女人，甚至不是人类，而是优秀的侦探。

我崇拜着她的智慧和才华，而非肉体和美貌。希望大家切勿弄错这一点。

我和优姬相处得也极为融洽，我作为她的助手兼记录者，衷心祈祷着可以永远守望着她的侦探工作。

但是，在一九八七年的七月，我那微小的心愿就如同泡沫一般永远地消散了。

一切都要归咎于那桩梵贝庄的案子，我光是回想就止不住地心生厌恶……

4

鲇井郁介的记录（续）

我们在和歌山的阿修罗寺一案中，结识了律师野波庆人。优姬读过法国文学学者——瑞门龙司郎的多本著作，自从知道野波律师和瑞门老师认识之后，表现出了极大的兴趣。当然，我并没有读过那位学者的书，连他的名字都没有听过。

在回程的列车上，优姬美慕地说：

"野波先生，你见过瑞门老师啊？真是太棒了……"

"我只是因为工作的关系跟他打过一次交道，对了，他好像每个月会挑一天办活动，叫'周二沙龙'来着……"

野波露出了一个看似和善的笑容，回答道。

"'周二沙龙'？和马拉美主办的沙龙同名，真不愧是瑞门老师！你能带我去参加一次吗？"

优姬对野波微微一笑，提出了请求。

"我自己都没去过呢……"

"但你能联系到瑞门老师吧？拜托了，求你带我去吧！"

野波虽然觉得不好办，可是优姬都这么求他了，他只好勉强答应下来。

其实，在听过优姬的精彩推理之后，野波也对她产生了崇拜之情，不过同时亦把她看作一位富有魅力的女性。这一点和我完全不同。所以在优姬凑近了拜托他时，他不由得有些飘飘然。

可他要是当场拒绝优姬该有多好。毕竟他本人就死在了那场沙龙活动里。哪怕只是顾虑到我们这两个陌生人登门会给主人家造成诸多不便，也应该拒绝才是……

结果，一九八七年七月七日那天，他带着我和优姬拜访了梵贝庄。不过优姬血压低，总爱赖床，于是那天便迟到了。

瑞门老师的秘书仓多先生带着我们进了起居室，客人们都已经到了，其中有些人还很年轻，看着像大学生，有些人则处在初老阶段，总之大家的年龄身材、着装风格都存在很大的差异。

优姬还是和平时一样随性不羁，让在场众人都颇为吃惊，尤其是柴沼修志。他自己也有烟瘾，却好像很反感女性烟民，脸上透出了不悦的神色。

看到柴沼这副态度，优姬估计也有些上火，很快就还以颜色。

机会来得正巧。她从烟袋里取出香烟，但火柴恰好用完了。柴沼向她递出一只廉价的塑料打火机，她却郑重地拒绝了，声称自己只用火柴点烟。

"打火机和火柴有什么不同吗？"

柴沼明显很不高兴。

"吸第一口的时候，味道不一样。因为打火机的火焰里水汽太重……没法子了，我只能忍一忍了。"

她一本正经地解释道。

可事实上，我经常看到她用打火机，知道她只是在胡扯，却把柴沼唬得一愣一愣的，所以憋笑憋得非常辛苦。

然而，有人还是把这个随口乱编的说辞当真了……

那个人就是瑞门龙司郎的次子——瑞门诚伸。

诚伸看起来有些懦弱，不像父亲龙司郎和哥哥笃典，倒是跟肖像画里的那位少女颇为相似。他从优姬坐到那张玻璃桌边开始，便不停地偷偷瞟她，就连我也觉得这不太寻常。

后来，我们参观了藏书室，前往中庭开始享用茶点。其间，诚伸兴冲冲地跑到优姬身边。

"水城老师，这个……请您用这个吧。"

他一边说着，一边递出了一盒纸杆火柴。

连优姬都没想到，居然有人会把她的瞎话认真听进去。

她接过火柴，在指尖把玩了好一会儿，接着突然问道：

"小兄弟，你抽烟吗？"

"不。"

诚伸低着头，整个人扭扭捏捏的，始终没有对上优姬的视线。

"我想也是。这盒纸杆火柴是全新的，而且你身上也没有尼古丁臭，不像我。不过，你为什么会有火柴呢？"

优姬温柔地注视着害羞不已的诚伸，提出了新的问题。

"我是拿来收藏的,因为它的包装设计很漂亮……"

诚伸的声音则小得几乎听不见。

我当时很惊讶,心想他明明是个大男人,却会把设计美观的纸杆火柴带回家作纪念,也太娘娘腔了。

"原来如此,谢谢啊,真是帮了我大忙了!"

优姬却没有嘲笑他,我甚至从未听过她那么温和地说话,这让我产生了一丝不安。包括她刚才亲切地叫他"小兄弟",也令我有些介怀。

晚餐时分,优姬依然对他非常和气,语气甚至比在中庭时更加亲近。

"你也精通法语吗?"

她问诚伸。

"不,我法语不太好。"

诚伸依然低着头,完全不敢抬头看她,连脸颊都泛红了。

而在案件即将破获之际,我的不安达到了最高潮。

优姬突然问诚伸能不能教她法语。

她的要求太过出人意料,诚伸听得不知所措。

"法语!你法语很好对吧?我只在大学里学过一点儿,后来一直不用,都忘光了。请你无论如何都要帮帮我。"

"……这和破案有关,是吗?"

诚伸向她确认道。

"或许有，或许没有。对了，诚伸先生，你有法语辞典吧？如果能借助于辞典就更好了。可以在你的房间里，一对一地辅导我吗？"

听了这样的对话，我感到事情麻烦了。

她为何会去拜托诚伸？给她打下手、提供支持是我身为助手的职责。我的确不懂法语，但在过去的多桩案件之中，即使我能力不足，也都好好地为她提供了帮助。所以她至少该问我一句吧？

尤其是她要求去诚伸的房间里接受一对一的辅导。这激起了我的反感之心。凭什么非要单独相处，不能让我这个助手加入呢？

结果，他们两人一派和谐地离开了。我不知道优姬和他在他的房间里聊了什么，也不想知道。

不过，我大概想象得出来。

诚伸肯定是在追求她。

他摆出一副内向老实的样子，实际上厚颜无耻地向水城大侦探求爱……就是这样没错！

而优姬也在他的攻势面前败下阵来。她的女性本能背叛了她的才智，她最终还是沦为了一个普通的女人。

*

梵贝庄一案圆满落幕之后，优姬和诚伸开始交往。从共游鹤岗八幡宫开始，他们约会了好几次，而优姬连一通电话都没有打给过我，

第三章　口述的真相

直到三个月后，我才收到了她的联络。

她在电话里干脆地说，要和诚伸结婚。

我惊慌失措，问她：

"结婚？您的侦探事业怎么办？"

"不干了呗，我看杀人已经看腻了，索性就趁着结婚退休啦！"电话里传来了她嗤嗤的笑声。

她或许只是开个玩笑，但我却笑不出来。

"等等，水城老师，您不是普通的女人，是绝顶的大侦探啊！您明明拥有非凡的智慧和才能，现在居然要嫁给那个柔柔弱弱的诚伸，每天为他洗衣做饭？！我绝对无法接受！求您了，重新考虑一下吧！！"

我拼命地表达着自己的感受，优姬默默地倾听着，过了片刻才开口道：

"鲇井，你今年多少岁了？"

"二十七了。"

"那么，你也该好好想想自己的未来了。在世人看来，'侦探的助手兼记录者'就是'无业游民'呢。你现在也在靠打工过活吧？"

她说得没错，侦探助手兼记录者并没有收入，除了和她一起外出探案的日子，我都在努力打工。

"鲇井，你就听我一句，多为自己打算一下吧。总之我准备和诚伸结婚，然后隐退，拜拜啦！"

她说完便挂了电话，徒留我手握话筒，愣在原地。

*

接着，这桩婚事又遇到了新的波折。

优姬是金泽一户世家的独生女，守旧的父亲要求诚伸入赘，但同样顽固又传统的龙司郎坚决反对儿子做别人家的上门女婿。

我听到这些传闻时，打心眼儿里祈祷婚事告吹。毕竟软弱的诚伸不可能违抗父命。而看到他那副没出息的样子，优姬自然会斩断情丝。

我等着盼着自己能心想事成。

可谁知道，诚伸不仅顶撞了父亲，还离家出走了。这实质上就等于和龙司郎断绝了父子关系。看他做到这一步，我不得不承认，他是真心爱着优姬的。

最终，他们还是结婚了。优姬也邀请了我参加婚礼，不过我撕碎了请柬，把它扔了。

之后的一段时间内，我失去了人生目标，自暴自弃，颓废度日。

但某一天，我突然意识到了一项全新的使命——

我必须把名侦探水城优姬的大名传颂出去，让它变得家喻户晓！

我以小说为载体，公开了优姬所破解的案件。在我的努力下，处女作《红莲庄惨案》总算得以出版，并有幸得到了广大读者的好评。

于是，我也再接再厉，将她的故事逐一发表。靠着版税，我的经济状况稳定了下来，不必继续打工。

其实，这些小说中也蕴藏了我的些许报复心理。

既然她叫水城优姬，我就舍去了"姬"的"女"字旁，为作品中的侦探取名"水城优臣"。理由很简单——她是女人，所以最终选择了隐退。那么，只要我把"女人"这一要素摘走，她便是个完美无缺的名侦探了。

就这样，水城优姬成了我笔下的大侦探——水城优臣，获得了新生。

（保险起见，多提一句，我在小说中保持了最低限度的公平原则，仅仅将优姬本人说话时的女性口吻改成了中性化的口吻，没有篡改其他内容，也从不用"他"来指代"水城优臣"。）

继《红莲庄惨案》之后，我依次写下了《空穗邸凶案》《树雨馆迷案》《紫光楼奇案》《阿修罗寺诡案》，最后只剩下梵贝庄的案子。

说句真心话，我并不想写《梵贝庄血案》。毕竟对我而言，它就是万恶之源，是优姬舍我而去的根本理由，我压根儿不愿回忆起它。

可是，"水城优臣系列"的成功也给我带来了巨大的压力。编辑一直在催促我赶紧写出下一部作品。我苦恼极了，最后对编辑预告了新作的书名——《梵贝庄血案》，并准备在杂志上连载。

当时，我一不留神，透露了那是"水城优臣的最后一案"，但那真是一个天大的错误。

连载期间，编辑给它加上了"最后一案"的副标题，内容也姑且写到了案件告破、真凶显形，可既然是"最后一案"，我就必须写出故事真正的结局。

真相确实称得上惊天动地。

原来，水城优臣是女人！

而且还因为和案件的相关人士结婚而隐退！

现在的她是一个家庭主妇，每天在家料理家务，等丈夫下班回家！

这对喜爱着水城大侦探的读者们而言，绝对不啻晴天霹雳。

更何况，这个结局只会给我带来痛苦。

连载告终之后，我把《梵贝庄血案》搁置了起来。编辑叫我趁热打铁，推出它的单行本，我也拒绝了。我希望将它永远封印起来。

但连载结束七年之后，事情彻底超出了我的预料。

5

鲇井郁介的记录（续）

今年六月，岩流出版社给我寄了一封信。

第三章 口述的真相

由于工作的原因，我不时会收到陌生出版社的来信，反正十有八九都是来约稿的。

因此，尽管我没有听说过岩流出版社的名字，不过估计他们找上门来也是基于同样的理由，便随手拆开了信封，取出信笺。

然而一读之下，我大惊失色。

寄信人是那家出版社的编辑，名叫殿田良武，他打算把梵贝庄的案子整理成册。

我当场就给他打了电话，约他上我家来谈谈。

谈话期间，我无法抑制自己的愤怒，直接提出了抗议：

"你到底想干什么？！《梵贝庄血案》是我的作品，你无权擅自把它做成单行本。"

但殿田只是嘿嘿地笑着，说：

"我不是要把鲇井老师您在杂志上连载的内容整合起来出版，而是计划重新调查十四年前的那桩案子，把调查结果做成书籍公开出来。"

"重新调查？名侦探水城优臣已经解决了那桩案子，没有给你做文章的余地了。"

"这个嘛，我们也得调查了才清楚吧？"

他的话听起来就像是在侮辱优姬。

"你的意思是，水城老师的推理是错的？"

我大声吼了出来，他却不为所动，依然讪笑着，我只得警告他：

"如果你准备出版那桩案子的相关内容，视具体情况，我也会动用法律的武器。"

他却抬头看着我，解释道：

"哎呀，老师您误会了。我既没打算剽窃您的大作，也不做非法引用，只是重新调查一桩旧案罢了，和著作权扯不上关系吧？您要告我的话，尽管去告，不过建议您先找律师咨询一下。"

我的忍耐到了极限，索性把他赶了出去。

可实际上，他说的是对的。律师告诉我，没有任何法律能够阻止别人调查曾经发生过的案子。

几天后，殿田就仿佛挑衅一般，给我寄来了采访的申请信，还随信附上了一张名片。看来名片上的这位"石动某某"就是此次调查的具体执行人了。好笑的是，他的大名边上还印着"名侦探"这个头衔。

其实，无论他们的用心有多么险恶，无论他们准备怎么挖掘梵贝庄的内幕，我都无所谓。反正优姬拥有天才般的头脑，根本不可能出现错误或者纰漏，调查的结果也是明摆着的，届时他们只能深刻地认识到优姬是多么了不起。

而话又说回来，她当年干脆利落地破了梵贝庄的案子，但现在有人质疑她的推理，雇了一个姓石动的侦探重新调查，而且那个石动还自称名侦探——要是她本人知道了这件事，会怎么想呢？

为了把那个蠢货编辑和三流侦探赶得远远的，水城大侦探说不定会重出江湖！

这份期待令我兴奋得坐立难安,便下了决心,去和阔别十几年的优姬见上一面。他们夫妇原本住在横滨市的公寓,但前几年一起回了优姬在金泽的老家。

事不宜迟,我很快便买了机票,动身前往金泽市卯辰镇。

*

那趟旅途至今仍深深烙印在我的脑中。

优姬的老家不愧是历史悠久的世家,宅邸是日式风格的豪宅,至少可以追溯到明治时代,甚至可能是江户时代就建成的。

我摁下门铃,听到有人赶来应门。

门一开,一名年近四十的男性就站在换鞋处。

他双颊凹陷,剃着寸头,穿着T恤和及膝的短裤,但片刻之后,我还是认出了他。

他是瑞门诚伸,现在改了姓,叫作水城诚伸。

我正准备向他打招呼,却突然觉得有点不对劲,便把话咽了下去。

他呆呆地注视着我,一言不发,眼中仿佛一无所见,又像是在望向远方。我低头看去,只见他赤着双脚就直接走到了换鞋处。

我对诚伸的异状感到不解,这时,一名陌生中年女性从走廊上追了过来,向我致歉:

"抱歉抱歉……哎呀，您先跟我回去……"

她从背后扶住了诚伸的双肩，把他拉回走廊上。

诚伸就这样被她拽走了，而我则越发纳闷儿。

等她赶回来，我便问道：

"请问，您是水城优姬女士的家人吗？"

她给出了否定的回答，说：

"现在主人都不在家呢，我只是个上门帮佣的……"

"方才那位不是这家的主人？"

"这个嘛……诚伸先生现在生病了。"

她并没有明说诚伸到底患了什么病。

"原来如此。不好意思，我叫鲇井郁介，是优姬女士的旧识。有件东西要麻烦您转交优姬女士，并告诉她是鲇井郁介送来的，之后我也会打电话给她。谢谢。"

说完，我拿出一个牛皮纸的信封，里面装着殿田的采访申请信和石动的名片。

留下信封之后，我离开了水城家。

*

我回到东京，去了石动的侦探事务所。

他本人就跟他的名片差不多，给人一种不太正经的感觉。对我的威吓毫无反应，只是装出一副傻样，随随便便地应付，把责任撇得一干二净，这种人居然胆敢自称名侦探，真是令我笑掉大牙。

不过他越是愚蠢，对优姬的回归就越有帮助。一旦听到这种蠢人打算推翻自己精妙超绝的推理，她八成会气疯了；而等她重启侦探事业，石动肯定会羞愧难当，关门逃跑。

我的期待之情日渐高涨，优姬也很快联系了我。

"鲇井，好久不见。之前你特地来我家，我却不在，抱歉啊。"

我隔了十多年，才再一次和她通了电话。她的声音一点儿都没有改变。

"你看过那封信了吗？"

"看过了，还有一张奇怪的名片。"

优姬笑了出来。

"关于这件事，我有话要告诉你。事关重大，能去你家见面详谈吗？"

"可以啊，但工作日不行，因为家里只有我和一个病人……"

她有些犹豫。

"病人是指诚伸先生？"

"是的，你上次看到他了？"

"嗯。"

"那么你应该大致都猜得到吧？没错，我平时要照顾他，所以希望你能挑周日。"

"七月十五日怎么样?"

"十五日?好,那就到时候见……"

经过了十多年,我终于能再次和她见面了。

挂断电话之后,我心中还是激动不已。

*

七月十五日那天,我又去了金泽,拜访水城宅。

摁响门铃后,优姬和她的父亲一起出来迎接了我。

优姬稍微长胖了一点,头发也染成了茶色,但美貌依旧,不减分毫。就连叉着腰、挺着背的姿势都和过去一模一样。可令我吃惊的是,她口中竟没有衔着香烟!后来我才听说,她在四十岁时戒了。

那也是我第一次见优姬的父亲。他的两道浓眉完全遗传给了女儿,一头白发剃得很短,下颚方方正正的,乍看就是一个乡下出身的顽固老人。

"不好意思,我又来叨扰了。"

我首先对他们打了招呼。

"麻烦你跑这么远,我们才过意不去呢。"

优姬客气得简直见外,和电话里以及过去那种随意的口吻不同,大概是父亲在场,她得尽量表现得稳重一些。

"话说，这宅子可真漂亮！"

我在换鞋处打量了一圈周围，发出了衷心的赞叹。而同时，我也瞥见了有人正窝在走廊深处，往我这边偷偷张望。

我本想向优姬确认那是不是诚伸，她却已经转身走到诚伸身边，柔声说道：

"好啦，先回房里去……"

随后，她便带着丈夫离开了。

我跟着优姬的父亲去了玄关边上的起居室，与他面对面坐下。那间房间大约十个榻榻米大小，墙上装饰着挂轴，金属花瓶里插着鲜花。

"你要找我谈什么？"

优姬也加入了，开口进入了正题。

于是，我从与殿田见面开始说起，一直说到前去石动的事务所的经历，并且强调了石动是个鲁钝不堪的俗物，只会给"名侦探"这三个字抹黑。

"这种专搞邪门歪道的小人，就因为一些阴险的理由，去挖掘十四年前的往事，试图把名侦探水城优臣早已解决的案件给重查一遍，实在是太狂妄了！但是……"

"容我打断一下，水城优臣是哪位？"

优姬一边喝着麦茶，一边淡淡地问道。

我以水城优臣为主人公，一连写了六本长篇小说，结果一时口误，被优姬这么嘲讽也是我自作自受。

"抱歉，水城优臣是……"

我正要解释那是我给她取的化名，她的父亲却突然大声叫了起来：

"你回房间去！！"

顺着他的视线看去，只见诚伸正站在纸拉门的阴影处。

之后，发生了一起小小的风波。由于这涉及水城家的隐私，我不便展开。总之，我能感觉到优姬的父亲将生病的诚伸视作家丑。

他就是这么一名古板又传统的老人家，也难怪当初会坚持要求女婿入赘。

此外，我还搞清了一件事，那就是诚伸的病情非常严重。

等他们处理完家务事之后，我总算能谈及此行的真正目的。

"方才我说的那件事，你有什么想法？"

"我能有什么想法？随便他们去呗。反正那种书就算出版了，也不会对我造成实质性的伤害，倒是可以给你的系列作品做一波宣传，提升销量。"

优姬根本不想管。

"真的吗？他们想让你这个名侦探声名扫地，你就无所谓吗？"

"无所谓。稍微有点名气的又不是我，而是你笔下的水城优臣哦。"她微微一笑，接着说道，"我说，鲇井你啊，再稍微自信一点，试着独立创作怎么样？'名侦探水城优臣'系列能出名，全都是你的功劳。你写出了优秀的作品，这才会受到读者们的喜爱。所以你没必要把《梵贝庄血案》作为全系列的收官之作，往后只需发挥自己的本领，把这个系列继续下去就好。你创造的那位名叫水城优臣的男士，和我一点关系都没有。"

"不可能的！我要把你的才能展示给世人！这是我写小说的唯一目的！"

我倾吐着心声，情真意切，优姬却叹了一口气，同样说出了真心话：

"你似乎搞错了，我并不是为了炫耀自己的本事才去破案的。我只是想让坏人都被绳之以法，偿还罪孽……所以，即使没有人知道我的名字，我也不会在乎。只要警方能逮捕犯罪者即可。"

"这……你也不会考虑重新出山了，是吗？"

"不会了。而且重新出山又是什么？我没靠破案赚过一分钱啊，换句话说，我从来就不是侦探，又哪来的重新出山一说？"

她的脸上刚出现了一丝笑意，她父亲就插嘴道：

"我不太了解你们在讨论的问题，不过我也坚决反对优姬再涉足杀人案。她结婚之后好不容易才安分了下来，平时也会待在家了，我不许她又像过去那样到处乱跑，疯疯癫癫的成何体统！"

"你看，我父亲都这么说了呢。我是个听话的乖女儿，当然得照做啦，真抱歉。"

优姬故意用温软乖巧的语气说道。

我拿她没办法，只得起身离席。

我们一起来到走廊上，在目送她父亲回屋之后，我小声地问她：

"能让我见见诚伸先生吗？"

"什么？"

优姬看起来非常惊讶。

"回去之前，我想探望他一下。"

"……好。"

她带着我去了诚伸的房间，拉开纸拉门，只见诚伸正仰面躺在榻榻米上，睡着了。

他闭着眼睛的样子就和一般人没有两样。

但他或许是察觉到有人来了，很快就睁开了眼睛，看向了我，眼神空洞。

"这位先生说想见见你。"

优姬柔声说道，诚伸露出了天真无邪的笑容，对我说：

"您好呀！"

他的语气完全就像个小孩子。

"有什么话要对他说吗？"

听优姬这么问，我却摇了摇头，答道：

"不，不必了……"

我们离开了诚伸的房间，关上了纸拉门，开始对话。

"诚伸先生到底得了什么病？"

率先提问的人是我。

"阿尔茨海默病，而且是早老性痴呆。"

"痴呆？他还不到四十岁啊……能治吗？"

"现在的医学水平好像治不了。"

优姬的语气极为冷静。

"那么，你准备一直照顾他吗？往后每天就从早到晚窝在这个家里，把一辈子都花在他身上？"

"你想说什么？"

她看向我，声音也冷了下来。

"像你这样有着惊世之才的人，却要为一个活死人浪费宝贵的人生，我实在无法忍受……"

"你再说一次试试？"

"你怎么……"

——啪！

"你再说一次试试啊？！谁是'活死人'啊？！你走！立刻就走！！"

优姬突然打了我一个耳光，冲我怒吼了起来。而我也看到了难以置信的一幕——

优姬居然在流泪。

上述内容都是我的真实经历,而我接下来要写的,是我准备去做的事。

自从被优姬彻底拒绝的那天起,一个灵感于我脑中浮现,并夜以继日地萦绕在我的心头。

那种设想确实匪夷所思,我曾尝试过将它从我的世界中驱逐出去,却怎么也做不到。

——"往后你只需发挥自己的本领,把'名侦探水城优臣'系列继续下去就好。"

优姬是这么对我说的。

没错,我听了她的建议,靠自己想出了可以用于新作的点子。

那就是——杀死水城优臣。

由我鲇井郁介来杀死水城优臣。

这既不是妄想,也不是魔怔,而纯粹就是适用于本格推理小说的构想罢了。试想,名侦探被杀害了,而凶手就是侦探助手,这种情节简直是空前绝后吧?或许,这才是最符合"系列最后一案"之名的结局。

我打算近期再拜访一次水城家,对着优姬本人,当面确认我想做的事。

毕竟，让"名侦探水城"的英名永垂不朽就是我唯一的愿望。而与此同时，若能通过一些方法，将担任助手的我——鲇井郁介的名字也附在水城老师的大名边上，那该有多么欢畅啊！

对了！水城家的宅子确实是一栋宏伟的日式建筑，指不定还拥有什么别称，简直太适合作为名侦探最后的舞台了，所以我希望那是一个有吸引力的好名字。

6

"那么，您家到底有'别称'吗？"

石动坐在车子的后座上问道。

"当然没有。"

优姬一边开车，一边果断地答道，脸上还带着苦笑。

两人第一次见面时，真是十分匆忙、混乱，因此几天之后，石动再次飞往金泽，且提前联系了优姬。而那天又恰好是诚伸出院的日子，于是他们约好了先汇合，再一起前往医院。

之前，警方在鲇井郁介的笔记本电脑中发现了他的个人记录，于是这一路上，石动和优姬便自然而然地聊起了记录的内容。

"鲇井搞错了一件事。"

或许是因为即将见到诚伸，优姬难掩兴奋之情，直接把油门猛踩到底，车也开得有些狂野，把信奉"安全驾驶"原则的石动吓得心惊胆战。

"搞错了什么?"

"诚伸那晚没有借机追求我,是我主动向他示好的。因为我觉得他很可爱。于是我教了他各种'坏事',总算是纠正了他的恋母情结。"

她似乎回想起了什么,掩盖不住笑意。

石动大吃一惊,旋即想到了达希尔·哈米特[1]对埃勒里·奎因[2]的著名一问:

——"奎因先生,能请您说明一下自己笔下的名侦探的性生活吗?"

"我现在已经知道水城老师您是女性了,而且我也明白您不怀疑古田川智子的理由了。案发当天晚上,您和古田川女士一起住在靠近露台的那间藏书室里,对吧?"

石动并不想了解名侦探的性生活,因此改变了话题。

"是的,当时整个梵贝庄里只有我和智子两名女性,当然会被分到同一屋。我总不见得和鲇井睡在一起。"

优姬透过后视镜看着石动,继续说道,"虽然他可能没有意识到,还说和我是真正意义上的'柏拉图'状态,只崇拜我的智慧和才

---

[1] 达希尔·哈米特,美国侦探小说家,硬汉派小说鼻祖,"黑色电影"的创始人,曾当过一段时间的侦探,为他以后的创作提供了素材来源。——译者注

[2] 埃勒里·奎因是美国一对表兄弟搭档组成的侦探小说家组合。——译者注

华,不过那种男人啊,一旦和我分在同一间房间,晚上肯定会来'袭击'我。"

"咦?"

"我当时好歹也是个三十多岁的女人,这点事还是看得出的。"

"这……我们还是说回正事吧。您和古田川女士整晚都待在一起,所以您本人就能证明她的清白。"

"嗯,我们一直在聊恋爱的话题。她说有两个男生喜欢她,她却不知道该选哪个。"

"您是怎么回答的?"

"我说那两个家伙都不怎么样,一个都别选。"

"啊哈……"

石动只得叹气。

——水城老师评价别人时措辞辛辣,听起来非常有趣,可她会如何看待我呢……

一想到这一点,他便开始不安,但也有自知之明,觉得评分八成不合格就是了,所以很快又释然了,不再纠结分数的高低。

于是他再一次转变了话题:

"难怪我在读《梵贝庄血案》时,一直觉得不对劲儿。田岛先生不满古田川女士和中谷先生坐得近,却对她和您的亲密毫不在意。你们二位那么快就凑在了一起,亲昵地交谈,他也没有吃醋。明明比起平平无奇的中谷先生,年长且魅力十足的男性才更具有竞争力……

鲇井先生故意透露了这些疑点，留待读者自行察觉真相，确实很公平。"

"他都擅自把我写成'水城优臣'了，还'公平'呢？"

优姬嘲讽地笑了。这时，车子也驶入了医院的停车场。

她下了车，叫石动在车里等着，随后便兴冲冲地奔向病房大楼。

等待期间，石动在脑中细细梳理起了近期的一系列状况。

鲇井郁介的记录已经曝光。即使其中写的都是他个人的妄想，对水城优姬抱有杀意一事却是不假。所以诚伸当初"想要保护阿优"的供述就有了一定的可信性，警方也总算是允许他出院了。此外，鉴于他处于精神失常的状态，再加上他的"暴行"在一定程度上属于正当防卫，基本上不会被问罪。

而与鲇井常年合作的出版社赶紧出版了《梵贝庄血案》的单行本。尽管他们本想将他的记录也一并加入，使得这本书更加完整，但他的遗属没有同意。只不过，由于作者遇害一事在社会上引起了轩然大波，即使本书的结尾并未揭晓那极为刺激的真相，其销量依然绝佳，直接登上了畅销榜单。

媒体也对鲇井的死大加报道。推理小说家被阿尔茨海默病患者所杀，实在是太有话题性了。考虑到隐私问题，他们小心地隐去了诚伸的名字，却连续多日在新闻节目中播出了水城家的宅邸。

然而，多亏了这一连串的骚乱，岩流出版社的算盘落空了。另一方面，石动在调查报告书中写明了水城优臣的推理没有出错，也多少打消了出版社继续推行计划的念头。最后，他算清了必要的调查经费，再象征性地收了一些劳务费，对此感到心满意足。

  优姬带着诚伸，回到了烈日当头的停车场，让他坐到副驾驶席上，摘下他的棒球帽，随后给他系好安全带。诚伸却始终迷惑不解地盯着坐在后座的石动。
  那双眼睛确实和咏子十分相似。虽然他双颊凹陷，眼神空洞，仿佛在做着一场白日梦，可石动能够理解优姬为什么说他"很可爱"。
  "这位是大侦探石动戏作先生哦，而且是真正的石动先生！"
  优姬介绍道，但诚伸似乎没有听进耳中。
  "你好，初次见面。"
  石动向他打了招呼。
  "您好。"
  他也小声回应，声音中透着纯真。
  优姬坐上了驾驶席，发动了车子，沿着小立野路北上，前方就是兼六园。
  到兼六坂上的十字路口往右拐，驶过兼六园的东侧和百万石路之后，优姬将车开入了一栋三层高的大型立体停车场。
  "去神社拜一拜再回去吧。"
  她提议道，诚伸则轻轻点了点头，口中发出"嗯嗯"声。
  "兼六园里也有神社？"

石动不禁好奇,优姬一边为丈夫重新戴上棒球帽,一边答道:

"有啊,就是金泽神社。在医院做完诊疗之后,我们经常会顺路去那里参拜一下。"

时值暑假,兼六园北侧的堀大路上游人如织。石墙上建了一排茶馆,大量游客坐在木制的长凳上,附近还停了好几辆大型观光巴士。

他们一行三人从立体停车场步行前往兼六园。棒球帽的帽檐压得很低,都快挡住诚伸的眼睛了。优姬撑着遮阳伞,牵着他的手,同时嘀嘀咕咕地对石动发着牢骚:

"自从我回到金泽,最惊讶的就是兼六园居然收入场费了!我小时候明明可以随意出入的,算了,反正园方也是为了增加维护费,只好掏钱啦。"

她把门票递给石动,从莲池门进入了兼六园。

一进门,她就带领着石动往右转,走过一座小桥。前方站着很多游客,纷纷看向右手边的大池塘。只见它周围栽满了大树和灌木,淡绿色的池塘有些浑浊,朦胧地映出了岸上的树影。

"这是瓢池,相传也是兼六园的发祥地。五代藩主纲纪[①]在这一带建了莲池殿,其庭院就被称为'莲池庭'。"

"所以方才的入口才叫作'莲池门'吗?"

"没错没错。后来,经过一代代藩主的扩建,终于成了如此广阔

[①] 五代藩主纲纪指日本加贺藩的第五代藩主前田纲纪,在开发和农业整备了新制度,也在领地内鼓励学问和文艺事业的发展。——译者注

的庭院呢！"

他们沿着瓢池前进，又走过一座宛如石板路的小桥，抵达了池塘中央的小岛。

小岛直径才不过几米，被低矮的竹墙所包围。

优姬不失时机地解说道：

"这座桥叫日暮桥，寓意是'此处美得令人流连忘返，甚至察觉不到已是日暮时分'。那片树荫下的石灯笼①叫作海石塔，据说是丰臣秀吉②送给前田利家③的礼物。对岸一角的那条小型瀑布则是翠泷，每当入秋后，它四周的枫叶红透了，景色便更加迷人。"

翠泷离岸口稍微有些距离，清澈的山泉从高处落入池中，轻轻的水声送来了淡淡的凉意，枫树的枝干伸展出来，错落地分布在翠泷两侧。石动可以想象，待到层林尽染时，此处将是何等美丽。

走过瓢池，一条缓和的上坡台阶出现在他们面前。四下都是需要抬头仰望的参天大树，遮蔽了火辣的阳光，让人有一种漫步于森林中的错觉。

---

① 石灯笼是一种庭院摆设，主要起到美化装饰作用，最早雏形是中国供佛时点的灯，后经朝鲜传入日本，表明"立式光明"的意思。——译者注
② 丰臣秀吉，日本战国时期著名政治家，统一日本后建立了新的封建体制，扶植城市的发展，实行兵农分离，保护佛教寺院，压制天主教的传布，开启了日后禁教锁国之先河。——译者注
③ 前田利家，是日本战国时期的大名，勇猛忠义，屡建战功，成为加贺藩之祖，丰臣秀吉的五位重臣之一。——译者注

走着走着，前路豁然开朗，左手边出现了另一方池塘，比刚才的瓢池更为宽阔壮观，高大的松树围池而栽。

"这是兼六园最出名的景点——霞池，也有说法认为它是模仿近江八景[①]而造的，如何？很漂亮吧？"

那片景色确实堪称绝美。松树高耸，枝繁叶茂，倒映在池中，居然平添了一份海市蜃楼般的虚幻之美。

诚伸站在池边，全神贯注地盯着松枝的倒影，石动下意识地看向他的侧脸。

"你也觉得诚伸是个'活死人'吗？"

优姬突然问道。

"不……"石动沉吟片刻，接着坦率地做了回答，"准确说来，我不知道。"

"鲇井在他的记录里写过，他崇拜着我的智慧和才华，而非肉体和美貌。总之，他只对我的头脑感兴趣。但是，这并不是人的全部。"

优姬先是伸出食指，点了点自己的太阳穴，又转而摊开手掌，从上到下拍着自己的胸口、腹部、小腹，说道，"这里，这里，还有这里，全都是人的组成部分。诚伸他还活着，他的手还是热的，这样就足够了。"

---

① 近江八景是日本近江国（现滋贺县）最为优美的八处风景，仿照中国洞庭湖"潇湘八景"而选定。——译者注

她温柔地握住了诚伸的手,诚伸也转过脸来,凝视着她。

两人手牵着手,一起走在霞池边的小径上。

石动默默地追了上去。

沿着这条镶满了小石子的小径笔直前行,尽头就是一扇红门,门头上方铺着瓦片,左右两边都是土墙。

"那就是金泽神社吗?"

石动刚发问,优姬就笑了:

"不,那是十三代藩主为母亲隐居养老而建的居所,叫作'成巽阁',金泽神社在右边。"

说完,她便向右拐,从随身坂门走出了兼六园。不过这里的门票是全天有效的,所以即使暂时离园去神社参拜,稍后也能凭票根再次入场。

金泽神社就坐落于随身坂门的边上,整栋建筑整洁又雅致,朱红色的大殿看起来一派崭新。

优姬将遮阳伞收起,夹在胳膊下,摇了摇铃绳,双手合十,闭上双眼,表情认真而虔诚,想必是在祈求诚伸能恢复健康。

石动全程从旁观察,等她祈祷完毕,回到石板路上时,他依然移不开眼睛。

"你在看什么?"

优姬似乎有些难为情,而石动压根儿没想到自己会说出这样的话:

"我在想,范·达因[1]曾提出过二十条'侦探小说准则',其中第三条是'不需要刻意加入恋爱情节,因为推理小说是由纯粹的理性所构成的,恋爱要素只会给它造成干扰'。"

　　优姬小声笑了,回应道:

　　"毕竟他是个教条主义者嘛,非常认真地制定了一系列规矩,希望作者在写作时务必遵守。而'诺克斯十戒[2]'就不一样了,诺克斯是在半开玩笑的心态之下列出了那十条准则。"

　　"嗯,事实上,含有大量恋爱剧情的本格推理小说还挺多的,别说登场人物之间的情情爱爱了,有时还涉及侦探本人,更有甚者,居然会描写侦探和犯罪嫌疑人之间的罗曼史……不过,我好像没见过侦探和侦探产生恋情的作品,不知道两个侦探交往起来是怎样……"

　　优姬紧紧盯着石动,最后开口道:

　　"你想追我?当着我丈夫的面?看不出啊,你可真有胆量。"

　　"不不,不是……"

　　石动诚惶诚恐地否认了,他自己也不知道怎么会如此失言。

　　"你多少岁了?"

---

[1] 范·达因是美国侦探小说家,创作了旨在规范推理小说写作的"范·达因二十则",对后世推理小说的创作影响颇大。——译者注

[2] 诺克斯十戒是资深编辑暨作家隆纳德·诺克斯于1928年定下的推理小说十项原则,内容主要环绕故事脉络的铺排、角色类型和性格,尽管其中有一些错误的认知,但在古典推理的黄金时期曾被推崇。不过随着推理小说写作方式与风格的演变,有作者会刻意违背这些原则。——译者注

优姬问道。

石动意识到了。每当她对男性表现出攻击性时，都会询问对方的年龄。

"三十四岁。"

"我明年就五十岁了，但古田川智子最多也就三十五岁吧？你上次肯定是看花眼了，才把我当成是她。"

"不，是因为您看起来真的很年轻。"

"看起来而已，可我的脖子上已经有皱纹了，还胖了很多，大手臂上都是赘肉，头发也开始白了。你看，我这头发就是染的。"

优姬撩起了一头茶色的秀发，把泛白的发根展示给他看。

"抱歉，我真的太失礼了。"

石动惶恐不已。

优姬抬起脸，笑嘻嘻地下了断言：

"算了，反正你也没怎么冒犯到我。其实我呢，确实不讨厌你这样的男人，但要跟你搞外遇还是算了。"

石动心想，如果一百分是满分的话，自己估计被她打了五十分。只是考虑到她那锋芒毕露的犀利劲儿，这个分数或许已经是莫大的荣誉了。

他指向金泽神社的正门，问道：

"从这里直走的话，能通向哪儿？"

"直走，下台阶，就是广坂了。"

"原来如此,那么,我先告辞了。"

"我开车送你。"

"不麻烦您,我住的酒店离这里挺近的,走路就能到。"

说完,石动抓住了挎包的背带,准备撤离,随即突然想起了什么似的,重新开了口:

"不好意思,我有件事想拜托您……"

"什么?"

优姬有些不解。

"请您给我签个名。"

石动突然递出了一张硬纸板,优姬先是一愣,很快又忍不住笑了出来,拔下了签字笔的笔帽。

"等等!非常不好意思!"石动满脸歉意,赶紧喊停,补充道,"您能签'水城优臣'的名字吗?"

优姬终于"扑哧"一声地笑了出来。

虽说她的笑容有几分古怪,又有几分苦涩,但还是在纸板上认认真真地写下了"水城优臣"四个大字。

�/桱

樒

Illicium religiosum

樒是一种木兰科的常绿小乔木，全株带有香气与毒性，其果实的毒性尤为强烈，其枝叶常被供奉于佛坛或坟墓前，其语源为"恶之果实"。

碑上名姓已腐朽，冢前榗花曾盛开

——山夕

"名侦探水城优臣"系列最新中篇作品发布！

  如各位所知，"名侦探水城优臣"系列的作者鲇井郁介老师已于平成十三年七月因意外而不幸身亡，由于事发突然，我们编辑部的全体同仁都十分惊愕，一时间无法用言语来表述心中的感受。想必各位读者也受到了很大的冲击，我们也收到了许多读者对鲇井老师致以哀思的悼信。

  而本期杂志刊出的中篇小说《天狗之斧》是鲇井老师的遗作。他将存有该稿件的软盘保存在书房中。从文档完成、修改的日期以及内容来看，它应该是老师于1990年或1991年写下的旧作。虽然不知它为何未被发表，不过作品本身已经完结，我们认为它完全具备问世的价值。

  尽管这或许有违鲇井先生的遗志，但为了表达我们的追悼之情，更为了喜爱"名侦探水城优臣"系列的读者们，我们决定将它作为献给老师与读者的最后一份礼物，在杂志上一次性将其刊出。身在天国的鲇井老师应该会原谅我们的任性。

  衷心希望鲇井老师能够安息。

本刊编辑部　敬上

天狗之斧

鲇井郁介

1 白　峰

这是一件发生在三四年前的往事。

"红莲庄惨案"落幕两个月之后，我曾和水城优臣一同前往香川县深山中的温泉乡旅行。

想到这里，我翻了翻桌上的便条本，只见上面写着"一九八六年二月"。

它只有手掌大小，每一页均已卷曲、泛黄，四角都开裂了，我曾用铅笔在上面写了一些潦草的文字，如今看来简直像是古文的选段。其实我的记忆相当模糊，总觉得那仅仅是一件多年前的旧事，却止不住陷入了回忆。

当时，邀请我们去温泉的是在红莲庄结识的滑雪客之一——女大学生高见绫子。

她长相可爱，富有魅力，两道浓眉令人印象深刻。她之前似乎从没滑过雪，记得在初识那会儿，她正战战兢兢地找了一座面向初学者的缓坡，半蹲着往下滑，还不时摔倒，五彩缤纷的新滑雪服都裹上了一层白雪。不过好在她生性活泼开朗，再加上这难得一见的雪景，即使一路跌跌撞撞,她也依然乐呵呵的。

"四国①可不会下这么大的雪!"

看着这天地一色的纯白美景,她瞪圆了护目镜下的那双大眼睛,发出了赞叹声。同时,我也得知了她来自四国地区。

经历了残忍的凶杀案,目睹了水城老师精彩至极的推理之后,绫子和我一样,醉心于这位大侦探的才华与人品。待红莲庄一案告破,我们回到酒店,正准备踏上归途的当口,她轮番盯着水城老师和我,开口提议道:

"我家在香川县经营一家温泉旅馆,虽然是乡下地方,可既舒适又自在,是个好去处。要是有机会,请两位务必来玩儿!"

我原以为那只是客套话,然而绫子好像是认真的,后来还给我们写了信。

我现在仍保管着那封信,它就在我的文字处理机②旁,和那本泛黄的便条纸叠在一起。信封是浅蓝色的,四角印有花纹,邮票上是一只小狗图案,笔触圆润,十分讨人喜欢,似乎属于纪念邮票。如此清雅可爱的来信,不愧是年轻女孩的手笔。只不过信封上的钢笔字迹相当老练,而非圆乎乎的少女字体。可惜若干年后,"鲇井郁介收"这

---

① 四国是居于日本国土西部偏中处的一个地区。——译者注
② 文字处理机是一种办公自动化设备,具有文字输入、输出、存储和编辑等基本功能,以提高文本生成效率为目的,在高性能的电脑普及之前,是作家及文字工作者的常用物品。——译者注

几个大字还是淡淡地洇开了，每一道笔画上都析出了一根根绒毛似的墨痕。

"我真心欢迎二位来我们这儿的温泉看看，住宿也是免费的，还请务必考虑一下！"

薄薄的信笺上带着花朵图案的水印，一手好字如行云流水，还附上了旅馆的地址和电话号码。遗憾的是，这份信笺后来也从中间的折痕处裂开了，一分为二。

便条本上没有记录我收信的具体日期，但应该是在一九八五年的岁末时分。我很清楚地记得，在大致看了信件内容之后，就立刻给水城老师打了电话。

"您收到绫子的信了吗？"

我在电话里问道，水城老师也给出了肯定的回答。于是我又接着问要不要应邀前往，听筒里却传来了一阵轻笑声，嘲讽之情一如既往：

"人家一片好意，等明年就去一次吧，我也想上香川县看看。反正又不需要自己出住宿费。"

"那么，等您确定好出发的日期之后，还请告知我一声。"

"你又要跟来？！"

水城老师明显地表现出了困扰之情。因为老师生性好静，根本不打算和我两个人一起旅行，然而我肩负着记录"名侦探水城优臣的伟业"的使命，自然要紧随在侧。

"绫子同学寄来的信里也提到了——'请你们二位一起赏光'。"

我底气十足地坚持着，水城老师无奈地叹了口气，只能勉强同意了我的要求。

然而，那时候的我，空有一腔热忱，能力上却不够成熟，没有意识到必须在便条上记下正确的日期，所以只能告诉大家，我和水城老师是在一九八六年二月中旬抵达高松机场[①]的。

那天，高松晴空万里（尽管我不记得自己看到了蓝天白云，但我的便条本上写着"大晴天"三个字），机场巴士驰骋在这片如洗的碧空之下，载着我们开往市内。

水城老师把出发日期告诉了我，却没提及任何行程安排上的事宜。但我们毕竟是承绫子的好意而来白吃白住的，所以估计待一晚就会走，于是我也就没有多带行李，只提了一只波士顿包，里面塞了我的替换衣物。可是，水城老师拖着一只看起来就很重的大行李箱，仿佛打算尽可能留得久一些，在乡野之间洗净俗世的铅华。

大约四十分钟之后，巴士到达了国家铁道的高松站。那是一栋高五层的建筑，灰色的混凝土墙体透着一股古朴的气息。其实我们接下来要换乘私营铁路，行经赞岐山脉的山中岔路，才能抵达绫子家所在的饭七温泉。然而水城老师一下巴士就直接走入了高松站，将自己的大行李箱寄放在了投币式储物柜里。

看着那副轻松自若的神态，我不禁询问了理由。老师回答说：

---

① 高松机场位于日本香川县高松市。——译者注

"去温泉之前，我想顺道去一趟坂出市①，参拜崇德院②的陵墓。"说完便迅速走向售票机，我也急忙寄存了我的波士顿包，追了上去。

读者们应该都知道，崇德院是一位凄惨的天皇，生卒于十二世纪，一辈子不过短短四十五年，而他死后的"英名"却远胜于生前。

每当人们听到他的名号，就会露出惊恐的表情，把他当作整个日本最强大的魔障、最可怕的怨灵，而这样的状况一直持续了八百年。

崇德院乳名"显仁"，出生于元永二年（即一一一九年），是鸟羽天皇和待贤门院璋子的长子，而自打出生时起，他的人生中便始终伴随着阴影。人们都在半公开地讨论说，他不是鸟羽天皇的亲骨肉，而是天皇的祖父——白河法皇和孙媳璋子乱伦私通的"产物"。就连鸟羽天皇自己都信了这个说法，私下里将崇德院称为"叔子"，毕竟这位名义上的"儿子"实质上是自己的"叔叔"。而后，或许是因为白河法皇的强行授意，崇德院在年仅四岁时便继位成为天皇，鸟羽天皇则让位，任鸟羽上皇，不过实权依然掌握在白河法皇的手里。就如同《平家物语》③中的那句著名台词所说，"除了贺茂川④的河水、

---

① 坂出市位于日本香川县中央。——译者注

② 崇德院是日本第75代天皇崇德天皇出家后的法名。其遗骨葬于白峰陵。——译者注

③ 《平家物语》是日本的一部古典长篇小说，作者相传为信浓前司行长，成书于13世纪初，主要讲以平清盛为首的平氏家族的故事。——译者注

④ 贺茂川是流经平安京（今日本京都）东门外的一条河流，经常发生威胁整个京城的水患。——译者注

骰子的点数以及比叡山延历寺①的僧兵们，普天之下就没有白河法皇掌控不了的人、事、物。"

大治四年（一一二九年），随着白河法皇驾崩，鸟羽上皇对亦叔亦子的崇德院表现出了露骨的反感与憎恶。首先，他为了让自己和美福门院德子生下的儿子体仁亲王继位，强迫崇德院退位。到了永治元年（一一四一年），时年两岁的体仁亲王成了近卫天皇，二十二岁的崇德院"荣升"为崇德上皇，三十八岁的鸟羽上皇出家为鸟羽法皇。在复仇之心的趋势下，皇家的历史重演，这次轮到鸟羽法皇手握实权，将崇德上皇逐出了权力的核心圈层。

久寿二年（一一五五年），年少的近卫天皇病逝，享年十六岁，崇德上皇计划让儿子重仁亲王继位，可是他的希望落空了，下一任天皇是崇德上皇的弟弟——雅仁亲王（即后白河天皇）。

就这样，崇德上皇被冷落、打压了十多年，最后终于采取了行动。

那是在鸟羽法皇驾崩的保元元年（即一一五六年），皇室血脉手足相残，争斗不断。崇德上皇那一派的藤原赖长、源为义、源为朝支持他恢复天皇的地位，招兵买马准备开战。而与此同时，后白河天皇命平清盛、源义朝带兵袭击崇德上皇所在的白河殿。这便是史上有名的"保元之乱"，即天皇家与源氏、平家之间的错综复杂的权力斗争

---

① 比叡山延历寺是位于日本滋贺县比叡山的一座寺院，也是天台宗的总寺院，控制了大量土地，并拥有大量僧兵，成立了一支强悍善战的私属军队。——译者注

及武装政变。那场战役只持续了几个小时，后白河天皇阵营取得了胜利，藤原赖长重伤战死，源为义惨遭亲生儿子义朝处刑斩杀，崇德上皇则被流放到了赞岐国[①]……

当时，我对这些史实一无所知，就连"崇德院"的名号都没有听说过。于是我一口气买了几本资料集，还把图书馆收集的大部分相关书籍都浏览了一遍，抓耳挠腮地梳理那些难记的称呼变化以及杂乱的人物关系，花了整整三天，才提炼出了上文的历史背景简介。但说句实话，我对千年之前的天皇家务事没有丁点儿兴趣。

长时间盯着文字处理机的屏幕让我深感疲劳，我稍作休息，用力伸展脊背，扭转腰部，随后看向钢制书架上的那一排书脊，上面分别写着《保元物语》《源平盛衰记》《平家物语》《雨月物语》等书名。要是我的老朋友们知道我的房间里摆着书，肯定会很惊讶，说我居然会看书。可其实这一大堆书更适合摆在水城家的书架上。没错，我必须要写出来的，既不是崇德院的传记，也不是我的故事，而是水城优臣的伟大事迹。

我们乘上予赞主道的橙色普快列车，三十分钟后抵达了坂出站，又坐上了在车站前等客的黄色出租车，前往白峰。司机长着一张长长的马脸，相貌敦厚，非常健谈，一路上不停地向我们搭话，说着各种稀松平常的琐事。比如，他曾在禁止超车的路上被人强行超了，气愤不已，然而那是一辆黑色的奔驰车，车主非富即贵，他只得忍气吞

[①] 赞岐国，日本古代的令制国之一，大致位于现在的日本香川县。——译者注

声。水城老师也热情地回应着他。

穿过满是田地的郊外，车子拐了个弯，开上了一条山道，过了二十分钟左右，便到达我们的目的地了。司机把车驶入了只有几个停车位的小型停车场，水城老师支付了车钱。下车前，司机和善地笑道：

"我还没把计价器翻上去，您需要我在这里等您下山吗？"

水城老师一边把找零放进钱包，一边回答说：

"没事，我打算走着下山。"

闻言，司机露出了意外的表情，随后在仪表盘附近摸索了一会儿，找出了一张薄薄的纸片。

那是一张空白的收据，上面印有出租车公司的地址和电话号码。

"我们公司就在山下，只要您打个电话，很快就能叫到车。"

他细心地解释道。

"谢谢。"

水城老师面带微笑，接过了收据。

车子调头往回开去，水城老师先去了停车场边上的寺庙。如今我才知道它叫作"顿证寺"，当时却以为那只是一所普通的深山老庙。

我们穿过大门，经过红色的竖旗和净手处，再往前走一点，又一道大门出现在面前，门梁上贴有无数张千社札[①]，还挂着一面印满了菊形纹章的幕帘。门后是一条笔直的石板路，一直通往正殿的正门。

---

① 千社札是在日本神社和寺院参拜时，贴在天花板、门梁和墙壁上的姓名贴纸，形状狭长，偶尔也会有木制和金属制的。——译者注

水城老师慢悠悠地朝前走去，在距离正殿咫尺之遥的时候停下了脚步，双手合十，开始参拜，我却没有学着照做，只管呆呆地望着那扇紧闭的大门。

"这座寺庙供奉着天狗①。"

老师突然开了口，仿佛是在自言自语一般。我闻声看去，却见其正抬头注视着正殿的横额，上面写有"崇德天皇"四个大字。

"住在这座山里的天狗名叫'白峰相模坊'，相传他一直侍奉着崇德院的灵魂。"

其实赞岐国有三只著名的天狗，分别是金比罗金光坊、八栗中将坊以及白峰相模坊。民歌《松山天狗》里细细地咏唱了相模坊和崇德院之间的关系。而我的文字处理机旁正放着一本大开本的《民歌全集》，用金属制的夹子夹住书页，把《松山天狗》那一页固定住了，内容如下：

伴唱：看呀看呀，那就是白峰！看呀看呀，那就是白峰！山岚呼呼，闪电频频，暴雨哗哗，满天的乌云间，天狗展翅现身了！

后场配角：我乃常年住在白峰的天狗相模坊，新院意外死在这座松山之中，我常领着小天狗，来拜谒他的御灵，聊以安慰。

伴唱：天狗羽翼，层层相叠，来此松山，奉诏领命，杀尽逆臣，一雪前耻，以慰上皇。

---

① 日本传说中的一种红脸长鼻子的生物。——译者注

想必上田秋成[1]是知道《松山天狗》这首歌的，所以才会理所当然地安排相模坊在他的小说《白峰》中登场。

写到这里，我起身走向背后的架子，从一排书中抽出了一本《雨月物语》，翻阅了起来。按书中的描写，崇德院抬头大叫"相模——"，只听空中传来一声"在——"，随即便有一只形似老鹰、半人半鸟的怪鸟飞来，伏在他的脚下，等待他的命令。而崇德院则质问道："你为何不尽早取了重盛性命，让雅仁和清盛生不如死？"

怪鸟答道："白河上皇福寿未尽，重盛、忠信他们又很难接近。您且待干支再过一轮，重盛的阳寿就到头了，而他死后，他那一族也自会灭亡。"

崇德院听了，不禁拍手称快：

"朕总算可以将仇人都葬在这片茫茫大海之中了！"

他的声音异常洪亮，响彻整个山谷，却又透着说不出的诡异可怖……

"……不过也有说法认为，崇德院因为怨恨而生生化身成了天狗，因此这里其实供奉着两只天狗。"

水城老师说着，歪了歪嘴角，露出了那标志性的冷笑。

回想到这里，我也再度起身，把《保元物语》拿到了桌前，翻到了写有相关内容的书页：

---

[1] 上田秋成，是日本江户时代后期的读本作者、和歌作者、俳句作者、国学者。——译者注

崇德院对天发下毒誓："朕愿背弃五部大乘经之大善根，将之抛诸三恶道，成为日本国的大恶魔！"并当即咬舌，以舌尖鲜血在经书上写下这番诅咒。

之后，崇德院便不再理发，亦不再修剪指甲，活活地变成了天狗的样子……

一路参观完崇德院的歌碑①以及西行法师②的雕像之后，水城老师离开了顿证寺，沿着岔路往更深处走。那是一条平缓的坡道，嵌满了圆石子，两片高大的杉树林紧靠着两侧的路沿，挡住了日光，即使在白天，路上也略显幽暗，炫目的日光斜斜地穿过枝叶的间隙，将点点光斑洒在了路上。

下了坡道，前方有一条铺着小石块的大道，右边是精心打理过的绿植和树木，左边却只是密密的一大丛芒草，散发出一股荒凉的感觉。路过时，芒草中突然传出了尖锐刺耳的啼声，原来是一只受惊的小鸟，如出膛的子弹般窜了出来。

宫内厅③统一下发的立板上写有参拜时的注意事项，水城老师走到看板旁，向右转，来到一块设计成四角形的绿植带，旁边有一条通道，通向一条既长且陡的石阶，笔直地向上延伸着。水城老师走在我

---

① 歌碑是刻着和歌的石碑。和歌是日本的一种诗歌形式。——译者注
② 西行法师，平安时代末、镰仓时代初期的著名和歌作者。——译者注
③ 日本宫内厅是协助皇室的机关。——译者注

的前边，我一边看着那飒爽的步态，一边尽力爬了近百级台阶。等来到最上层，水城老师已经抱着胳膊，注视着崇德院的陵墓。

白色的石柱和铁栅栏圈出了一块地皮，地上铺着纯白色的小石块，打扫得干干净净，石灯笼和两棵参天大树立于其上。想必这就是古人为了化解崇德院的怨气而修建的石园。狭窄的庭院前方是一座石质的底座，略略高出地面，上面用古旧的石栏围着一座鸟居和低矮的石台。长宽二年（即一一六四年）九月十八日那天，崇德院的遗骸被火葬，其骨灰就在此处沉眠，至今已经历了近千年的岁月。

水城老师并没有双掌合十祭拜崇德院，只是全神贯注地凝视着那座陵墓，过了一会儿，一边逐级而下，一边对我讲述起了崇德院热爱和歌的轶事，我也急忙跟了上去。

老师似乎不打算回顿证寺去，而是往芒草草丛和树木之间的那条小道上走去，越行越深。前方又有另一条笔直下行的石阶，有五百多级台阶，上面还掉着许多落叶和小树枝，相当难走。两侧的林子长势良好，枝繁叶茂，把石阶夹得更紧了。我亦步亦趋地跟着老师，每一步都踩得小心翼翼，生怕踩空滚下楼去。

走完石阶，我们踏上了一条向下的土路，好在它走势较为平缓。穿过两座鸟居，路面上总算出现了人工铺设的痕迹。由于一路不停，此刻我已经有些喘了，很想休息一下，水城老师却不发一言，自顾自继续走下去，甚至都没有回头看我一眼。要是被独自留在这种深山里，我可受不了，无奈之下只好扯着步子，勉强跟上。

走着走着，我觉得眼前的景色有几分眼熟，双脚之下好像就是之前坐车上山时的那条坡道，弯势相当缓和。

我们将沿途的树木尽数抛在身后，视野越发开阔。山下成排地建着一栋栋家宅，看起来都只有火柴盒那么点大，再往后则是另一面由群山组成的屏障。越往下走，映入眼帘的事物便越多：田地挨着田地，连成一大片平原；边上是城镇，道路与道路的间距非常近，颇有几分拥挤感；联合厂房的烟囱管刷着红白相间的涂料，高高地耸立着，还能远远地望见濑户内海——几根巨大的柱子仿佛从海中冒出来一般，矗立在海上，周围有好几艘起重机船……

说实话，我当时觉得，建设中的濑户大桥远比古寺和陵墓更值得一看。

经过满是蜜柑田的半山腰，我们总算是下山了，路边也出现了住宅。水城老师依然脚下不停，一直走到了一座小小的神社，才暂且驻足，随后又走上了石灯笼之间的石阶，前去参拜。我觉得爬楼梯实在太麻烦了，便在净手处前小坐一会儿，等老师回来。

相传，在长宽二年九月十七日那天，崇德院的灵柩被运往白峰。途经此地时，狂风大作，大雨倾盆，送葬队无法继续前行，只得姑且将灵柩放在石台上。怎料灵柩的底部直接流出了鲜血，把石台都染红了……后来，那座染血的石台就由这座神社所供奉，世人也将这里称为"血之宫"。

"你这就累了？看来平时缺乏运动啊。"

拜完血之宫，水城老师自石阶上方俯视着我，略带调侃地笑了。

我已经没有体力了，便问道：

"您还要继续走吗？"

"到八十场①还得再走一个小时呢。不过跟巡礼者比起来，这点路程简直不算什么。"

老师十分淡定，说完就直接往鸟居走去，大概是不满于我死乞白赖地跟着同行，所以故意这么对我。然而老师全程都走得游刃有余，我总不能示弱，于是只得摩挲着隐隐作痛的大腿，咬牙站了起来。

水城老师似乎提前查过路线，毫不迟疑地找出了通往白峰山脚下的道路。身处郊外，四周一片荒凉，茶褐色的地面穿插在冬日的田地之间，其中还零星建着几栋宅子，宽阔的车道上几乎没有车子来往。突然回头看去，包括白峰在内的群山巍然屹立，遮蔽了视野。一想到我居然靠双脚从那样伟岸的山巅走了下来，就不由觉得心里发怵。

走了大约半小时后，水城老师从水泥道上走入了一块被树篱包围的地皮，前方有一扇铁制的大门，门上刻有菊形的纹理，周围可以说空无一物，只有一座石制的底座孤零零地占据了一角，上面种有一些棕榈树。靠近一看，粗糙的树干背后立着一块石碑，碑上密密麻麻地刻着一排排汉字。

崇德院被流放到赞岐国后，先在绫川某位官员的府上住了三年。寂寥的乡野生活让他对繁华的京都思念不已，于是写下了一段和歌：

---

① 八十场是日本的地名，位于香川县。——译者注

"天空如井，集云于此。不识此空，委身月影。"

因此，此处也被叫作"云井御所"，但它的府邸如今已不复存在，只剩下一块后来由高松藩主立下的石碑。

离开云井御所的遗迹，我们继续上路，手边就是一条宽阔的大河。事实正如水城老师所言，步行一小时后，眼前终于出现了稍微像样的街道，我也松了一口气。由于走了太久山路，我的脚已经又肿又胀，脚指甲也开始隐隐作痛。

然而，这位热衷于参拜之旅的侦探在穿过道口后，却仍往前走，毫无停下歇脚或者叫车来接的意思。看到前方再次出现了红色的鸟居，我心中不禁涌出了怨气，想着怎么还有神社！真是没完没了！（当然，这种想法实属大不敬。）

老师沿着一条石砌的参道，一路走到尽头，在神社正殿前摇了摇铃绳，合掌参拜，随即又前往神社背后，走上一条小路，拐向了一汪小小的圆池子。

池边围了一圈爬满青苔的石头，水草恰好把水面盖住一半，估计是另半边的池底有清凉的地下活水涌出，冲散了水草。

长宽二年八月二十六日那天，崇德院以戴罪流放之身死在了赞岐国，享年四十五岁。使者前往皇宫报告崇德院的死讯，往返共需二十一天，耗时漫长，加之恰逢酷暑，赞岐国便暂且把崇德院的灵柩沉入了八十场的泉底。那里有地下泉眼，水流冰冷，可以减缓遗体的腐败速度。日后，那里建起了高照院白峰宫，用以祭祀崇德院的亡灵。

"……真的能将尸体在水里泡上三个星期吗?"

水城老师对着池子喃喃自语。

突然听到"尸体"一词,把我吓了一大跳,然而现在我才算是明白了那句话的意思。老师好奇的是,崇德院的遗体会不会被清凉的地下水泡得煞白,又或者,变得青黑肿胀……

为了想象出那副可怖的惨相,我又一次从我的书架上取出一本资料书。它的卷首插画临摹自京都白峰神宫的崇德天皇像,是一名微胖的男性,头戴乌帽子[①],手中握着笏板[②],长着一双小眼睛,眼角微微上提,下巴圆润,看起来并不是明敏之人,反倒透着几分鲁钝。

他在死前,曾吐出了无比凄厉的诅咒:

"你有所不知,近来天下之乱事皆为朕所为!朕在生时已堕入魔道,掀起'平治之乱[③]',死后也要让皇家不得安宁!你就看着吧,再过不久,天下定将大乱!"

---

① 乌帽子是日本公家平安时代流传下来的一种黑色礼帽,属于正装的一部分。——译者注
② 笏板是古时臣下上殿面君时的工具,用以记录君命、圣旨,或提前写上要对君王上奏的话,以防止遗忘。而由于笏板也是道教常用的宗教器物之一,因此在日本,即使是天皇也会拿着笏板。——译者注
③ 平治之乱发生于1159年,保元之乱中为后白河天皇立了大功的源氏家族首领源义朝,因为不满自己的封位比平氏家族首领平清盛低,乘平氏家族离开京城参拜神社之机发动叛乱,却被平清盛剿灭。平氏由此彻底专揽了朝政。——译者注

然而光看画像上的那副尊容，可完全想象不到他是个如此凶恶的魔头。

告别八十场的泉水，我们重新回到了高松市。八十场站上空无一人，水城老师趁着等车的空档抽起了烟，之后我们搭乘予赞主干道的普快列车，到高松站的投币式储物柜里取出行李，再往私营铁路的站台上进发。其间，老师始终不发一言，只是微微眯着那双俊秀的眼眸，陷入了沉思。

实际上，我并不知道老师在揣摩着什么，不过我身为作者，发挥了"合理想象"的特权，就当这是在围绕着崇德院的亡灵，展开了一系列畅想吧。

各位读者也不妨在心间如此描绘当时的情景：大侦探水城老师就站在列车的窗边，轻轻扶着行李箱，全神凝视着窗外的风景，想象着那个被流放并死在了异乡僻壤的天皇，于脑海中勾勒着他的形象……

那辆两节编组的列车驶离了高松市的城区，穿过一派悠然和谐的田园，往山间驶去。当时恰逢冬春交替之际，沿途两侧的群山还呈灰绿色，植被不比春天那般的青翠厚实，不时能望见山上的梯田。它们仿佛将山表层层削去，为这里带来了一丝人烟，但此时正好无人耕作，所以四下荒凉依旧。

穿过一条短短的隧道，列车又经过了几个站台。尽管没有任何乘客上下车，它却依然不厌其烦地每站必停，也不知道有什么意义。最后我们总算抵达了目的地——饭七站。

整个车站是一栋古朴的木质建筑，站台上空无一人，只有写着"欢迎来到饭七温泉"的布帘在随风飘扬。站员身着制服，一头蓬乱的白发压在了帽子之下。我们将车票交给他，走入站内，来到一间狭窄的候车室。木制的长椅上只有一位老妇，身材瘦小，穿着一件半缠①棉袄，手边停着一辆婴儿车。她不像是在等车，也不看墙上的挂钟，大概是单纯在这里消磨时间罢了。

这里似乎真的鲜少有人前来，更何况我们还带着行李，于是老妇的眼神充满了好奇，而她背后的木墙上满是节疤，贴了介绍饭七温泉的海报，都不知是多少年前的印刷品了，图中的山间红叶和黄昏落日都已褪色，活像是冬天荒凉的雪山，破损的一角上贴着玻璃胶，权当是修补。

"……这里可真是个放松的'好去处'啊。"

水城老师扯着嘴角笑了一下，大概是在自嘲，居然会带着这么多行李来这种偏僻的山里，又不是出国旅游。在看到冷清的饭七站的瞬间，长留一阵子的打算也好，直接去温泉旅馆享受的期待也罢，都已经烟消云散。

"去绫子家的旅馆之前，我们先休息一下吧，我看你也走累了。"

走出车站，水城老师突然建议道。

站前是一条与铁道平行的水泥路，左手边就是一座混凝土桥，扶着栏杆向下看去，只见河水颇深，大大小小的石头错落地沉在水底；

---

① 半缠是一种日式的短上衣，一般套在和服外面用作挡风防寒。——译者注

而上游是一片岩石带，可以远远地望见垂钓客们小小的身影，握着又长又直的钓竿，等待鱼儿上钩。细长的河谷平原向上继续延伸，尽头即是被杉树密林所覆盖的群山，晚霞笼罩着山顶，连杉树那尖锐而高耸的树顶都被它所吞噬，变得模糊了起来。

按照绫子随信寄来的地图，还得沿河再走一会儿才能抵达高见旅馆。尽管那不是一条人迹罕至的山路，河流的另一侧也是建着宅邸的水泥道，但本质上却是分成一段一段的上坡路。我因长途跋涉而深受折磨，真的不想再继续爬坡了。眼下难得水城老师已经失去干劲儿，同意休息，我不由得深感庆幸，开始物色歇脚的场所。

为了方便当地的居民，车站前开设了一条小商业街，其中甚至还有一家咖啡店。

当然，那也是唯一的一家咖啡店。

我推开白色的木门，走了进去，只觉店内透着几分昏暗。

店主是一名中年人，最靠里的位置已经被两名二十岁上下的年轻人占了，水城老师便挑了自己手边的座位坐下，一脸不甘。而这时，那两名年轻人的对话隐约传了过来——

"我听说，宫司[1]大人昨晚目击到天狗了！"

闻言，我们俩都是一惊，不由得转头看向他们。

---

[1] 宫司是神社的最高负责人。——译者注

2　饭七温泉

在写下这个故事的期间，我深陷于一种几近于困惑的奇妙感觉之中，不明白自己为什么要把这些都记录下来。从与水城老师相遇一直到分别，我从未想过写作，更没考虑过当小说家，结果却成天把自己关在家里，对着文字处理机，不停地参考着笔记、资料集以及地图，不停地敲击键盘输入文字。明明在五年之前，我还对这种工作感到厌烦，而且我更喜欢出门走走玩玩，平日里打工挣钱，每逢夏天就去海边度假，冬天去滑雪。我的朋友里没人读小说，说得再极端一些——要是有朋友对我坦白自己正在写小说，我肯定会产生轻蔑之情，觉得对方是个阴郁的人。

可这样的我，如今却拼命写着小说。幸好我原本就没有立志成为小说家的想法，不然肯定会因为自己毫无才能而气愤、绝望，早就把文字处理机给砸了；但实际上，我也绝不允许自己感到绝望，因为水城老师的幻影迫使着我动笔。

我就像是被水城老师的灵魂附身了……不，也不能这么说，老师本人还健在，而且肯定还在某处精力充沛地生活着。尽管我已无从知晓，却衷心希望老师能够幸福。

然而，水城老师离我而去是不争的事实，这确实给我造成了很大的痛苦，我的内心仿佛生生缺了一块，而这也正是"附"在我身上的东西。

我想要把水城老师的侦探伟业写成小说的初衷，是为了填补自己心中的空洞。可是我越写，这个洞就越深，甚至开始让我感到空虚。崇德院被流放到赞岐国后，每当思念皇都而吟起和歌的时候，萦绕在心间的乡愁想必也令他痛苦无比……在此，我想要引用他的一段和歌（摘自《保元物语》）：

吾之笔墨，可达皇都；

吾之肉身，囿于松山；

思乡哀啼，声似海鸟。

当年，在饭七站的咖啡店里，我和水城老师听到两名青年的对话，他们说有人目击到了天狗。老师似乎提起了兴趣，虽然没有继续回头盯着他们，但也没有碰店主亲自端来的咖啡，只是抱着胳膊，全神贯注地偷听着他们的对话。我则偶尔瞄他们一眼，同时竖起耳朵，全力捕捉着断断续续的说话声。

"这倒挺有意思的，次郎啊，你仔细跟我说说嘛！"

穿着高领黑毛衣、戴着黑框眼镜的青年露出了愉快的笑容，追问着自己的朋友。

"我说，阿春，这可不是什么笑话啊！"那位"次郎"一脸严肃地答道，"昨晚，宫司大人从神社回家，发现林子里好像有人。他觉得可疑，就凑近了去看看，想不到有个人影站在天狗冢顶上欤！他大声质问对方是谁，但人影立刻就消失了。"

"站在天狗冢上的就一定是天狗了？官司大人的想象力也太丰盛了吧。"

看来那位"阿春"完全不信有天狗，笑嘻嘻地不以为意，然而次郎却认真地继续说道：

"不只是这样。那个人影的鼻子特别长，官司大人看到了对方的轮廓，那只鼻子从脸上凸出来一大截咧！"

阿春先是瞪圆了眼睛，下一秒则放声大笑起来：

"这还真不得了，不好意思，我不该怀疑官司大人的。既然那家伙长了一个长鼻子，那就肯定是天狗了。我绝对要亲眼看看！"

次郎却忧心忡忡地凝视着捧腹大笑的阿春。过了一会儿，阿春可算是笑够了，便催促道：

"……好了好了，差不多该回去了。"

次郎也点点头，跟着阿春起身，去收银台各自付了钱，离开了咖啡店。

这时，水城老师突然对我说：

"我们也去！不好意思，你先帮我付一下，之后再算！"

说完就拖着行李箱，小跑着冲向店门口，咖啡也原封不动地摆在桌上。

我向店主付了钱，开门走了出去，发现水城老师正站在路上，左右张望着。原来那两名年轻人不同路,阿春双手插在牛仔裤的口袋里,沿着铁路向西走,次郎微微弓着背,沿着河边的坡道朝南走——高见旅馆也在那个方向。

水城老师决定跟着次郎走,于是对着缓慢爬坡的次郎大喊道:

"不好意思,请您留步!"

次郎停下脚步,回过头来。被陌生人突然从背后搭话,他也满脸不解。

水城老师把行李箱留在原地,跑到次郎身旁,摆出一副困惑的表情,问道:

"我们要去高见旅馆,能请您给指个路吗?"

次郎细细打量着那只大行李箱,接着似乎理解了眼前的情况,频频点头,回答说:

"您是观光客吧?正好我也要回高见旅馆,不介意的话,我来给您带路。"

"您也住高见旅馆吗?"

"不,我在那里打工。"

他简单地做了自我介绍,原来他的全名叫作平山次郎。

次郎衣着朴素,身穿一件深蓝色的厚运动服,颜色有些泛灰,下搭一条牛仔裤,下颚骨宽阔,嘴唇略厚,给人一种为人憨厚的感觉。而且他也确实人如其貌,主动帮着身为客人的水城老师拖行李箱。

脚下的上坡道略为弯曲,左手边是一道长长的白色护栏,潺潺的流水声仿佛近在耳畔，而水流拍在岩石上发出的浊浪声也格外明显。

右手边是一排紧紧相邻的木制房屋，每一栋的门面都很窄，门前都挂着暖帘①，帘上是经过拔染②处理的店号，无疑是面向"温泉客"们的土产店与餐馆，但路边的行人都只是本地居民，打扮得十分普通，没有穿着浴衣的游客。看来，这里的氛围虽然相当传统、朴素，与乡下的温泉小镇十分契合，可仍有一点"美中不足"——即缺少最重要的客人。

次郎性格内向，沉默寡言，不过在爬坡期间，靠着水城老师那如簧的巧舌，他还是渐渐说起了自己的情况。原来他今年二十岁了，在当地的大学念书，平时一个人住在大学附近的公寓里，这次趁着回父母家，便抽空去高见旅馆给熟人帮忙。

问出这些情报后，水城老师当即切入了正题：

"我刚刚在咖啡店听到你和朋友聊天，当然，我不是有意偷听的，只是不小心听到了。我觉得你们的话题很有意思。那位官司大人真的看到天狗了吗？"

次郎明显犹豫了，支支吾吾地说着"没那回事，八成是官司大人看错了"，云云。而之后，无论水城老师再问什么，他都一言不发，一时间，只能听到行李箱的轮子在地上滚动时发出的"咕噜"声，过

---

① 暖帘是挂在店门前的布帘，起到挡风、展示店名的作用。——译者注
② 拔染是一种染色方法，用稀硫酸在靛蓝布上作画写字，随后洗去稀硫酸，形成清一色的蓝底加白色的文字图样的效果。——译者注

了好半天，他才再次开口：

"我们到了。"

此时，天色已晚，黄昏低垂，夕阳剧烈地燃烧着，逐渐沉向西方的山头。落日的余晖穿过树木的间隙，打在了高见旅馆上，为整栋建筑裹上了一层深橘色的外衣。

由于"高见旅馆"这个名字颇有古韵，我下意识认为那是一栋纯粹的日式建筑，可事实却相反，眼前出现了一栋木制的二层洋房，宽阔的大门大敞着，不愧是开门迎客的旅馆，门上挂着一块匾额，从右至左写有"高见旅馆"四个大字；不过房顶上垒着的不是瓦片，而是石棉瓦，玻璃窗是用灰泥固定的，铁制的窗框目测颇为厚重。这与其说是温泉旅馆，倒更接近于世人印象中的小型西式酒店，大概兴建于明治或大正时代，白色的外墙上都布满了黑斑。

"来客人了！"

次郎一边把水城老师的行李箱提到玄关上，一边向前台喊道。

穿着白色女式衬衫和格子半身裙的绫子探出身子来，整个人看起来都清清爽爽的，应该是提前和水城老师通过电话，正等着这位贵客大驾光临。

她急匆匆地走到大门前，满面笑容地深深一鞠躬，说道：

"欢迎您来我们家的旅馆，等您很久了！"

随后，她笑眯眯地向杵在换鞋处的次郎问道：

"次郎，是你为老师带路的？"

"嗯，这位客人正好在车站前找我问路……是小绫的朋友？"

他飞快地瞥了水城老师一眼。

"嗯，我是去年去滑雪的时候认识水城老师的……我没告诉你吗？水城老师特别特别了不起……"

她就站在次郎面前，直视着他，而次郎却有些忸怩，总是避开她的视线。

"我得去帮叔叔他们了。"

他主动结束了对话，往外走去。

绫子一脸莫名地看着他的背影，但很快又笑着看向我们，用小老板娘一般的口气招呼道：

"我先把客房钥匙给二位，然后带您二位去房间哦，这边请！"

我和水城老师换了拖鞋，走进室内，跟着绫子往前厅走。

厚重的木制柜台上，每一条木纹都透着琥珀色的光泽，柜台的面板上摊着登记住客信息的文件。水城老师开始填写入住资料，而我则看着那些被堆在墙边的家具，觉得它们很不可思议。

柜台的一端放有许多人偶，其中有身着华服的花魁、留着齐肩长发的大头童子、系着红围裙的婴孩、耸起双肩做着定格动作的浓眉歌舞伎、将双手放在膝上正坐的招福男子，还有一派古旧、从远处看就是两块黑石的惠比须和大黑天，眼口鼻都被削去的石头不倒翁，后腿站立、向天远吠的白狐，背影呈柔美的弧线的睡猫……

市松人偶①、土人偶、陶器、木雕、石雕等,各种品种应有尽有,高低大小不一,全都贴墙摆着,一双双毫无生气的眼睛直直地看向我们。

我抬起头,发现人偶们的上方挂着好几只面具。除了能面②和伎乐面③,还有龇牙咧嘴的长鼻天狗面具!我不知为何,心中有些慌乱。

"请问……给您二位安排一间房可以吗?"

绫子走到柜台后方,略带迟疑地征询着我们的意见。

"我们分开住。"

水城老师干脆地答道。这当然也正合我意,我压根儿没想过要和老师同屋。

"好的,明白了。"

绫子小声答道,随后背过身去,从一排排小抽屉中取出两把钥匙。

"这是中药柜吧?居然用它来分类收纳钥匙,真是个有趣的想

---

① 市松人偶是一种日本传统人偶,身穿和服,头部特征为齐刘海、直顺平齐的长发或中长发,面孔圆润精致,五官小巧,据传源自江户幕府德川吉宗时代活跃的歌舞伎演员佐野川市松,最初是孩童的玩具,后渐渐演变为一种具有艺术与收藏价值的工艺品。——译者注

② 能面是日本传统高雅艺术"能乐"中所使用的面具,由桧木雕刻而成,表面涂有颜料,其表情被称为"中间表现",不能用具体的喜怒哀乐来形容。——译者注

③ 伎乐面是日本传统艺术"伎乐"中所使用的面具,有许多取自中亚或印度的人物形象。——译者注

法啊！"

水城老师接过钥匙，指着那只斗柜问道。

绫子则苦笑着朝那些人偶瞥了一眼，解释说：

"因为我去世的爷爷喜欢古董，生前收集了很多古旧的东西，这个中药柜就是他收来的。他还热衷于花钱建房子呢，客房里也装饰了好些藏品，如果您感兴趣，请随便看。"

"这我可真是太期待了！"

水城老师的爱好十分"反潮流"，听了绫子的话，自然很是高兴。而这时，有两名男子从左边的走廊深处走了出来。

其中一名四十不到的高瘦男子突然加快脚步，走向柜台，差点把水城老师挤开，直接发问道：

"喂！昨晚有人来找过我吗？"

他那银边眼镜后的双目气势汹汹地上扬着，薄薄的嘴唇不住颤抖，相当神经质，那副样子不仅使人联想到脾气暴躁的小孩子。或许是由于他的态度和谈吐很是幼稚，那套量身定做的灰色西装在他身上显得并不妥帖。

"昨晚没有人找过客人您呢。"

绫子微笑着答道，只不过那是服务业从业者的职业微笑；而面对水城老师时，她露出的才是发自内心的真诚笑容。

"你没看到可疑人员吗？"

高瘦男子似乎不信，用尖锐的口吻追问不休，好像觉得绫子在蓄意隐瞒似的。

即使是绫子这么专业的接待人员，此时也不由得微微皱眉，有些冷淡地答道：

"请问，到底发生什么事了？我确实没见过可疑人员……"

这下，对方反倒像个受惊的小动物一般，四下张望了好一阵子，这才撂下一句"那没事了"，随即迅速回到了走廊上。

而与他同行的另一名男性则忧心忡忡地看着他离开的背影，过了一会儿，慢慢走到了柜台前，朝着绫子鞠躬致歉：

"非常抱歉，我们社长好像有点激动了。"

既然他称呼高瘦男子为"社长"，那么他无疑就是部下，但是他看起来比较年长，都接近六十岁了，一头稀疏的白发整整齐齐地往后梳着，眼角带着皱纹，目光虽然柔和，方正的下巴却又彰显着他性格中刚强、坚毅的一面。

"没事，请您别介意……不过，是出什么问题了吗？"

绫子问道，白发男子则视线低垂，不安地说：

"……今早，社长的房门下被人塞了一封奇怪的信……他不肯告诉我信上写了什么，可是他看完信后就一直很烦躁……唉，但愿不是什么大事……"

他说得很是迟疑，内容也没头没尾的，但听他的语气，感觉他们之间的情谊已经超出了工作关系，会真心替对方着想。

绫子一开始还有些疑惑，但为了让白发男子放下心来，很快就调

整了状态,换上了一张微笑,安抚道:

"我们晚上都锁着门,可疑分子是进不来的。当然,我明白您的担忧,今晚我们也一定会多加注意,确认门户上锁,并多多留心有没有什么怪人在附近转悠。"

"您也不必这么费神,说不定只是一场恶作剧……"

"不,如果有人擅自接近客人的房间,我们开店做生意的也会很头疼的。"

"原来如此,那就麻烦您了,不好意思啊!"

白发男子再次鞠了一躬,便转身离去了。

"那两位是什么人?"

水城老师望着走廊上的背影,向绫子打听道。

"是爱宕丰彦先生和桥仓浩一先生。他们在东京经营着一家不动产公司,分别是社长和专务[1]。"

"年轻的那位是爱宕先生吧?看着和我差不多年纪,居然已经是不动产公司的社长了。"

听到水城老师这么说,绫子从柜台后走了出来,嗤嗤地偷笑着吐露了心里话:

"可说句失礼的话,他们刚来的时候,我还想当然地以为桥仓先生才是社长呢。毕竟爱宕先生没有身为一社之长的威严感嘛。听说这

---

[1] 专务是日本企业中的高级管理岗位,通常负责辅助社长进行公司业务的全盘管理。——译者注

个位置也是从他父亲手里继承下来的。"

"原来是个大少爷，嗯，确实娇生惯养的。我刚刚已经体会到了。"

"他好像把实际性的工作都扔给了桥仓先生。桥仓先生也不容易呢，论年纪都可以当爱宕先生的爸爸了，却要反过来看他脸色。"

"有种少主与重臣的感觉呢。"

水城老师辛辣地直言道，同时把视线从走廊上收了回来，转向绫子，继续发表着观点：

"话说，两个大男人，又是有头有脸的社长和专务，单独跑到温泉乡来旅行，还是有点儿古怪。"

"应该是来工作的吧。他们计划在天狗冢一带选一座后山，兴建高尔夫球场，所以提前来考察一下。"

听到"天狗冢"这个词的瞬间，水城老师的眼神就变得锐利了起来，然而绫子好像没有注意到，还在随意地说着闲话：

"他们昨天已经登山去看天狗冢了，听说接下来还要和镇长一起开个长会。因为那项开发计划能帮着镇子发展，镇长特别起劲儿。要是建起了高尔夫球场，我们家的生意也会旺一点儿吧！"

她开朗地笑了，接着又收敛了表情，伸手指向爱宕他们方才走过的走廊，表示要带我们去客房。

走过短短的走廊，尽头有一间小小的休闲室，此刻正敞开着。地上铺着木质地板，还摆了几张黑色的皮沙发，布局颇为紧凑；低低的天花板上到处都垂着吊灯，马口铁制的灯罩下装有葫芦形的灯泡，内壁早已被熏黑了，不过它们大概都只是绫子爷爷的收藏，仅仅作为装饰品使用，实际上还是靠荧光灯照明，灯管正散发出毫无温度的白光。

一名青年坐在角落的沙发上看书，看起来和我年龄相仿（即三十不到）。他身材微胖，长着一张圆圆的娃娃脸，却蓄着小胡子，和长相着实格格不入。

他似乎沉浸在阅读的快乐之中，我们这么几个大活人从门口经过时，他连眼睛都没有抬一下，只知道紧盯着手中的精装书籍。

随后我们右拐，来到了客房所在的走廊上。此处的照明同样采取了荧光灯，一侧的墙上有一排厚重的木门，分别通向一间间客房，每扇门旁都镶着一扇毛玻璃的小窗，用以采光；而另一侧的墙上是一整排玻璃窗，直接面向庭院。而且窗框是铁制的，质地非常坚硬，安装也牢固，确实如绫子所言，高见旅馆的安全措施是可靠的。

"现在有多少客人住在这里？"

水城老师突然出声提问，绫子站住了，仿佛不太理解对方提问的用意，于是老师解释道：

"刚才你说，这里'晚上都锁着门，可疑分子是进不来的'，那么把信放到爱宕先生房里的人，肯定就在住客和工作人员之中了。"

"哎呀，您还担心我家的生意呢？不愧是大侦探！但接下来的事我也推理得出来哦！如果给爱宕先生写信的人是我们家的住客，那么肯定就是现在正在休闲室里看书的大野原先生。毕竟，除了爱宕先生和桥仓先生,就剩下他一个住客!"

"也就是说,目前总共只有三位住客?"

水城老师惊讶地问道,绫子笑着说:

"是呀,您二位来了,就变成五位了。希望您能保密啊,不然会影响我们家生意的。"

她边说边竖起食指,放在嘴边,做了一个"嘘"的动作,双眼中闪耀着小顽童般的神采。当然了,"影响生意"只是个玩笑,可仅有五位住客也是不争的事实。她的表情中透着几分寂寥,注视着那排面向庭院的窗户,喃喃道:

"这家旅馆大概会结束在我爸爸手里吧。每年都入不敷出,我也不想继承,谁要做这种乡下旅馆的老板娘啊……"

"要是能建起高尔夫球场,这里说不定就会变得兴盛起来。"

水城老师难得这么安慰人,称得上是一反常态,但绫子还是轻声自语着:

"可是,真的能这么顺利吗……"

说完,她便继续盯着那几扇窗户,再也没有回头。

窗外是夜幕下的日式庭院,松树都化作了一枚枚黑色的剪影,宛如高耸着双肩的巨人;从旅馆的主楼延伸出去的石板路旁竖着好几盏照明灯,再往前有一栋与主楼相比堪称崭新的正方形小楼以及一块高大的板壁,灯光把它们照得清清楚楚。

群山延绵,相连的山峰组成了一条柔滑流畅的波浪线,山脚下的平原几乎都要与庭院连成一片，西边那墨蓝色的夜空中镶嵌着一颗猫眼似的圆月，珍珠白的月光如水一般倾泻下来，杉树林完全浸润在清一色的浓绿之中。在我眼里，群山就仿佛沉眠的巨兽的脊背，而山上的棵棵杉树即是根根坚硬的兽毛。

"天狗冢就在那些大山上吗？"

水城老师走到绫子身旁，轻轻向她确认道。

"嗯，稍微爬上去一点儿就到了。"绫子指向那片黑乎乎的山脚说，"不过，从这里看不清呢，因为隔着林子。您在泡露天温泉的时候，倒可以看得更真切些。"

说完，她又将细长的食指指向庭院里的照明灯，看来那栋四角形的小楼是更衣室，板壁后就是露天温泉池。

水城老师眯起了眼睛，凝视着幽暗的山脉，评价道：

"'天狗冢'这名字可真有趣呢。"

"因为我们这里有个传说，说很久以前，那座山上住着天狗，'天狗冢'就是它的墓地啦……扑哧！老师您就是喜欢这种话题呢。"

绫子一时没能忍住，笑得像个孩子。

"嗯，我很感兴趣，绝对要去看看。"

水城老师对绫子报以一个温和的微笑，随后重新将视线投向了远处的黑暗之中。

此处，请容我再次使用作者的特权——我觉得，老师当时无疑回想起了白天在白峰上参观的崇德院陵墓。

"对了,您不妨顺道去一趟天狗冢附近的雷斧神社,好好跟官司大人商量商量,要是他心情好,就会给您看'天狗之斧'哦!"

"天狗之斧?"

见水城老师不解,绫子便从雷斧神社的大名开始说起:

"雷斧神社供奉的本尊就是天狗之斧。据说天狗大人从山上飞来时,不小心掉落了系在腰间的斧子,真是粗心。那柄斧子恰巧被一个樵夫拾去了,于是把它送去神社,供奉了起来。总之就是这么一个民间的传说啦,官司大人倒是很信这套……"

水城老师趁机问起了那位官司大人目击天狗的事情,绫子并不知道有这回事,但仍笑着说道:

"官司大人呀,什么都有可能看得到哦!"

她带着水城老师与我来到走廊尽头,将两间相邻的房间安排给了我们。水城老师只是把行李箱拖进室内,接着扔下一句要去洗澡,便和绫子一起火速回到了走廊上。

我不太好意思直接跟着,就打算留在房间里,一边消磨时间,一边等着老师回来。

我打开门,发现里面是一间小小的西式单人间,地上铺着木地板,面向庭院的那面墙上开着一扇大玻璃窗,某种人工的光线(而非月光)从窗帘的缝隙射了进来,在地面上投下一根光条。

我打开灯,朝窗边踏出一步,脚下立刻传来了旧地板所特有的轧轧作响声。原来,这家旅馆不仅放满了绫子爷爷收藏的古董,连它本身也和古董差不多了。

我拉开窗帘,发现来时爬过的那条上坡道就在窗前,而照射进来的人工光线其实是街边的路灯。现在天刚黑,路上就已经没人了,难怪这里年年入不敷出。

想到这里,我又拉上了窗帘,打量了一下房间。墙角处有一张胡桃木材质的床,靠走廊的那面墙边摆了一只橱柜,打开抽屉,发现里面放着叠好的浴衣①。

柜上还井然有序地摆着好些小玩意儿,想必就是绫子提过的"装饰在客房里的古董藏品"。其中,我最先注意到的是三只并排的烟草盆②,它们大小、形状都各异,分别采用了莳绘③、桐④、螺钿⑤三种

---

① 浴衣是一种日本传统服饰,原本是贵族浴后穿着的轻薄型简易和服,在江户时代于民间开始流行,成为夏日庙会活动或者温泉洗浴中心常见的着装。——译者注
② 烟草盆是日本传统的一整套抽烟用具,同时它也是一种艺术品,通过各种工艺,为它增添花草鸟兽等图案。——译者注
③ 莳绘是一种漆工艺技法,产生于奈良时代,以金、银屑加入漆液中,干后做推光处理,在漆器上作画,令图案和花纹呈现出金银色泽,极尽华贵。——译者注
④ 桐是一种木工技法,活用了桐木柔软、轻便、透气性佳的特征制成小家具,在上面雕刻象征吉祥的图案,并在图案中嵌入漂亮的日式布料。——译者注
⑤ 螺钿是一种工艺技法,由中国传入日本,是把富有光泽的螺壳或贝壳片镶嵌在漆器、硬木家具或雕镂器物的表面,做成有天然彩色光泽的花纹、图形。——译者注

工艺，尤其是那只莳绘的，经过匠人巧手绘制，黑色的漆器上出现了优美的松枝和海边的波浪，连外行人都看得出它有多么精致绝妙。而烟草盆边上还有两只扁平的木箱，箱底铺了红色的天鹅绒，里面放着不同尺寸的烟丝盒与根付[①]。

我虽对古董一窍不通，但也知道有些根付的价格十分高昂，小如指尖的材料被精雕细琢，完全升华成了艺术品。听说不仅在日本，连海外也有许多收藏家。目前在客房中展示的或许只是一些做工粗糙、相对廉价的藏品，不过先不论木雕的根付，至少象牙雕的与银象嵌[②]的制品本身就不便宜，而且体积很小，可以直接藏在手心里。绫子家如此大方地把它们摆出来，就一点儿都不担心遭窃吗？毕竟没法保证每一位住客都是品行端正的……

想着想着，我顺手拿起一只小巧的根付，结果大为震惊。它的材质是象牙的，被切成了球形，上面雕着一只头戴六角形小冠帽、嘴部如鸟喙般突出的乌天狗！它右手握着一柄羽毛做的团扇，白浊的双眼仿佛在死死地盯着我。

[①] 根付是日式传统的小挂饰，饰物有各种材质，通过一些雕刻等技法制成，高级品具有艺术价值，通常挂在和服腰带、烟杆等地方用以装饰。——译者注

[②] 象嵌是一种传统工艺技法，在铁制的物品上刻上纹理，再沿着纹理镶嵌金银。银象嵌就是用了银来做镶嵌。——译者注

3　天狗冢

我今天去参加了一场派对，现在刚到家，可依然没搞清那场派对到底在庆祝什么。只是由于出版社的编辑强烈建议我去露个脸，表示和各位老师们交流一下可以得到不少经验，还直接把我拖到了会场，我这才勉强出席了。

主办方包下了某家酒店的大堂，把活动办得非常盛大，圆桌上铺着纯白的桌布，盛满了小食的餐盘成排摆放着，戴着蝶形领结的侍者们穿行于谈笑风生的小说家、评论家和编辑之间，为大家提供饮品。然而，我总觉得这和我曾经参加过的派对不一样，也不同于婚礼。因为出席者们的穿着风格都迥然相异，其中有些年轻人甚至穿着平日里的便装就来了，让人不禁怀疑他们是不是搞错了场合；此外，这里极少有人碰酒，亦不会借着酒劲欢闹，所以不像是朋友之间的私人聚会，但相对地，抽烟的人数庞大，会场烟雾缭绕，简直让人担心会不会把绚烂豪华的水晶灯都给熏黄了。

眼看着众人指尖冒出的烟雾缓缓地升腾到天花板，缠在水晶灯旁边，我的思绪突然不受控制，回想起了那位烟不离手的大侦探。

在我的记忆中，水城老师无时无刻不在抽烟，我很难想象出老师嘴里没烟的模样。

老师喜欢细长的薄荷烟，包中常备数盒；抽烟时，总是用拇指和食指捏住滤嘴，也偶尔会在叼着烟、发出干笑声时，被咽气呛得咳个不停……

刹那间，我仿佛看到水城老师就站在那弥漫于全场的烟雾之中，长发飞扬……

我问侍者要了一杯白葡萄酒，刚喝一口，还没来得及咽下，我的编辑就带着三名年轻男子，急匆匆地走了过来，接着开开心心地把这三人介绍给了我，说他们特别想和我聊聊。从他的措辞中，我了解到那三位都是和我年龄相仿的新锐推理作家，颇得世人好评，前途备受期待。

其中一名蓄长发的娃娃脸男子说：

"鲇井老师，我拜读了您的《红莲庄惨案》，真是有趣极了。您如此有志于创作本格推理小说，也为我们带来了强大的动力，只是，有一点让我很在意，我个人觉得在叙述上可能有失公平……"

这时，另一名下垂眼的长脸男子插话道：

"不，我认为鲇井老师是充分考量过才这样写的。我作为读者，从作品中感受到老师头脑聪明、思路清晰，所以你说的问题，肯定是老师故意为之的。"

最后那名戴着银框眼镜、眼神不善的男子笑着接过了话头：

"我其实有些担心您的创作风格是否古典味过浓。那位水城侦探实在是帅气过头了，您往后还会继续按这个方向创作下去吗？以及，老师您读过哪些本格推理作品呢？"

我一一解答了三人的提问，说：

"抱歉，我没有读过任何本格推理小说，而且听了各位的见解，才第一次知道推理小说还有本格等分类。我不太清楚'有失公平的叙述'具体是指哪一段内容，但这是一桩实际发生过的案件，而且全程都是我亲眼所见、亲耳所闻、亲身体验的，最终我也只能那样写。我曾经在红莲庄住了一晚上，看到蛾岛圣云老师的遗体俯卧在积雪中，谜团堆积如山，搅得人一头雾水，最后水城老师给出了漂亮的推理，我也深深陶醉在老师的智慧之中。于是我无法对事实作出改动，而我的下一部作品应该同样会从头开始描写一个真实的故事。"

三人你看看我，我看看你，脸上都露出了微妙的表情，仿佛不知道该不该把我的话当成玩笑，大笑几声来捧个场。终于，他们表示很期待我的新作，随后便离开了，看来是把我当成一个怪人了。

我靠在墙上，一口气喝干了杯中的白葡萄酒。它原本是冰镇的，此时却已经与室温无异，不再清爽甘洌，一股让人不快的甜味残留在我的口中，然后沉甸甸地淤积在我的胃底。其他来客们的说话声分外刺耳，我拿着空杯，闭上双眼，怀念着水城老师。刚才那三位年轻的推理作家，一位自信满满，一位才华横溢，一位野心勃勃，这些都是我不具备的要素。我所拥有的，只有和水城老师一起度过的时光。然而，这些记忆也日渐稀薄。我仿佛看到老师口中吐出的烟雾正慢慢扩大，慢慢覆盖了面容……

我衷心希望水城老师此刻就站在这里。因为这个聪明绝顶的天才绝对不会埋没在这群浮躁的人才之中，反而会越发熠熠生辉，一边夹着香烟吞云吐雾，一边侃侃而谈，君临全场，对值得一聊的对象抛出广泛的话题，玩笑不断，放声大笑，又不时被烟呛得咳嗽；而一旦认定对方没有交谈的价值，则将露出天真的微笑，默默地由着对方口沫横飞，笑看对方上蹿下跳，洋相百出。我似乎能听到老师带着一丝坏心眼，在我耳边含笑低语："那家伙是个货真价实的蠢材啊……"

要是见到那三名新锐推理作家，水城老师究竟会说些什么呢？大概会谈到和歌吧——"崇德院的和歌水平其实不怎么样。"

这句话是水城老师当年在白峰的崇德院陵墓前念叨过的，接着还展开了一连串的评论：

"崇德院的和歌，该说是平凡、平庸，还是如正冈子规[①]所言，毫无新意呢？他最好的一作，也就是被后世收录在《百人一首》[②]里的那几句了吧——'急流遇石，水分两支；终将再汇，吾愿如是。'

"不过啊，这段只有着眼点比较巧妙，成品却实在一般，总之他写的和歌都特别普通，既没有独创性，又不新颖，和同时代的西行法师相比，简直天差地别。但这也没什么问题，歌者完全可以在传统的框架内享受歌咏的乐趣，并不是非得发挥创意不可的。不然的话，光是一次歌会就要创作一百首歌谣，哪来这么多的新点子呢？反正和歌

[①] 正冈子规，日本明治时代著名诗人、散文家。——译者注
[②] 《百人一首》是日本最广为流传的和歌集，汇集了100首优秀的和歌。——译者注

本就兼备了艺术性和游戏性，两者都是它的创作目的。"

说完，老师沉默了一会，视线低垂，接着又补充道：

"事实上，和歌还有另一项目的。"

"是什么？"

我好奇了起来，而老师又定睛望向面前的陵墓，回答说：

"安魂。西行法师也是因此才会在这座陵墓前咏歌的——'金屋玉楼，已成往日；既已西去，勿恋尘世。'"

在入住高见旅馆的次日清早，水城老师和我去饭厅吃早饭，途中突然问我：

"你房间里有什么？"

我猜这是在问我的房间里摆着哪些古董，便答道：

"有很多烟草盆和根付。"

"哈，那你可真是被安排在了一间'吸烟室'啊，比我的好多了。我那间是'马厩'。"

老师脸上带着苦笑，而口中正衔着一根点燃的卷烟。

"马厩？"

"嗯，房间里装饰了很多马具，像是马嚼子、马镫、马鞍、马鞭、马蹄铁等。我还以为自己要睡在干草垛上了呢。"

说着说着，我们进入了饭厅。饭厅沿袭了整栋建筑的西式风格，里面摆着古朴的木制餐桌和木椅，但它们颜色、规格都很统一，不像是绫子爷爷的收藏品,倒像是早年买下的寻常家具,而且假以时日,总有一天也会成为古董。刷着灰泥的墙上吊着很多竹篓,它们形状各异,没有重复的款式,肯定是真正的古董藏品。每只篓子里各插了一枝鲜花。

按绫子的说法,昨天在休闲室看书的那名男青年姓大野原。此刻他正坐在饭厅的一角,把空的茶碗和碗碟都推到一边,在桌面上摊着一本薄薄的小册子,读得津津有味,看来已经吃完早饭了。爱宕社长和桥仓专务不知是已经离开了饭厅,还是尚未起床,反正两人都不在场。

水城老师饶有兴趣地打量着专心阅读的大野原,随后无视了一大堆空位,特地挑了他旁边的一桌坐下,开朗地向他打招呼。而他好像这时才注意到有人来了,便抬起头,小声地回了一句"早上好"。

"我们昨天去了白峰,参观了供奉着相模坊的顿证寺。"

水城老师将烟蒂摁熄在烟灰缸中,随意地与他闲聊着,然而对方看上去却有些不解,鹦鹉学舌似的嘟哝着:

"香、磨、坊?"

他似乎真的听不懂水城老师在说什么。

"白峰相模坊,是住在白峰上的天狗,你不知道吗?"

"不好意思,我真不知道。"

"抱歉,是我唐突了,因为我看你好像很热衷于钻研天狗的传说故事……"

老师一边说着,一边指向大野原手边的小册子。那是饭七温泉的观光导览手册,而且正好翻开在"天狗冢传说"的介绍页,上面画着一张高鼻红脸、身穿深山修行服的传统天狗像(但画技相当差)。

"哦,您说这个呀。"他低头看向小册子,苦笑着说,"我对天狗冢确实感兴趣,但并不了解天狗。"

"你已经去过天狗冢了?"

"是的。"

"也看到天狗之斧了吗?"

"嗯,蒙官司大人的好意,让我有幸一睹。"

说到这里,大野原的双眼莫名亮了起来,用力点了好几下头。

"对了,官司大人好像目击到了天狗,据说天狗冢上站着一个鼻子很长的人……"

水城老师突然压低了声音,就像是在向对方告密似的。

"如果是那位官司大人看到的话,并不奇怪。"大野原露出了不快的表情,五官仿佛都皱成了一团,解释道,"因为他是个怪人,有点装神弄鬼的,还说天狗之斧是不能展示给人看的秘宝,碰都不让我碰一下……"

话音未落,一名身穿和服的中年女性端着漆面的日式托盘,将早餐送到了我们桌上。绫子的面容和她有几分相似,所以她应该是绫子的母亲,这里的老板娘。

这果然是一顿典型的日式旅馆早餐,只不过平时常见的烤鲑鱼被换成了当地时鲜的烤河鱼。

大概是被素不相识的人缠着聊个没完,大野原已经不想再多说,留下一句"我先告辞",便起身离开了。水城老师看着他的背影,片刻之后,伸手拿起筷子,突然宣布道:

"我们吃完后就去天狗冢。昨晚我在露天温泉观望过了,山上的确有一块地方没长什么树,但天实在太暗了,我看不清。"

"您深夜去泡了露天温泉?"

我惊讶极了,连声音都打着战,水城老师却微微一笑,说:

"独占一整个用岩石铺成的大浴场,尽情伸展手脚的感觉真的太舒畅了。遗憾的是,浴场分成了男客区和女客区,没有混浴呢。"

用完早餐,我们迅速动身去参观天狗冢,先到前厅向绫子请教路线,接着离开旅馆,顺着坡道朝车站的反方向走去。

走着走着,右手边已经没有人家了,我们来到了一片满是乱石与杂草的荒地,间或还长有几棵光秃秃的枫树,护栏外的河流也变得湍急了起来,奔流的河水发出阵阵轰鸣声,十分吵闹。

我们很快就看到了绫子先前所说的"右拐的上坡岔道",虽然路面铺了水泥,可是坡度远比沿河的道路陡峭,弯度也很大,直通向山腰的树林中。水城老师潇洒地大步前进,我则拖着磨出了水泡的双脚,紧跟其后,走在这细细的山路上。

一钻入茂密的林子,周围就立刻暗了下来,左右都是挺拔的杉树,树皮表面干燥而粗糙,布满了纵纹,茶褐色的枯叶交叠在一起,树下长了许多不知名的杂草，四下一片寂静，只能断断续续地听到来自远方的鸟鸣声。

我们在这条斜穿过陡坡的狭窄山路上走了一阵子，左手边出现了一大块平地，像是把长在原地的树木移走后开辟出来的，上面建了一座小小的石雕鸟居，额束[①]缺损得厉害，就连"雷斧神社"几个大字都模糊得难以辨认。神社正殿就在鸟居后方，比昨天参拜的顿证寺和白峰宫小多了，平日里似乎也没有勤加维护，板墙上爬满了青苔。

我们决定稍后再来参观雷斧神社，眼下还是以天狗冢为先，于是继续沿着山道攀行，不久后便走到了尽头，眼前出现了一块没有杉树生长的地皮，其纵深足以容纳一栋屋子，泥土直接裸露了出来，齐踝高的野草丛生，尖锐的草尖已因季节而转为了枯茶色，仿佛一把把刀尖生锈的匕首。

天狗冢就在这片空地的正中央，是一个大约一人高的赤茶色土包。与地面不同，冢上没有一根杂草，唯有一棵扭曲的小乔木倚靠着天狗冢，黑乎乎的树根被深深地压在冢下，枝上的叶片依然青翠茂盛，层层叠叠，仿佛无惧寒冬。

"这是榼树。"

水城老师轻声说着。随即一边用脚尖拨开枯萎的杂草，一边缓缓地走近天狗冢，先绕冢转了一圈，确认了它是正圆形的，接着指出：

"我不知道这到底是不是天狗大人的墓地，但至少它肯定不是自

[①] 额束是鸟居的组成部分之一，相当于牌匾。——译者注

然形成的。而且这里也没有介绍由来的指示牌，看来详情只能去问官司大人了。"

语毕，老师又四下环顾了一圈，然后指着山脚的方向，高声说道：

"我现在已经把位置关系摸清了，看，高见旅馆就在那里！"

我顺着手指的方向一看，只见山脚那一带的杉树林缺了一块，透过它能看到沿河的街道，小小的瓦屋顶连成一片，其中有一栋L字形的平顶洋房分外醒目。

"好了，我们这就去看天狗之斧吧！"

水城老师露出了自信的微笑，回到了山路上。

穿过鸟居，我们来到了雷斧神社门前。从近处看，它的破败便更为明显。两座狛犬石像相向而立，面貌滑稽，活像是没了鼻子的狆犬。参拜时用的铃绳破破烂烂的，我都怕用力一扯就会把它扯断了，好在水城老师貌似对这种拜了也没好处的神社兴趣不大，不再继续往正殿走，转而向正殿边上的小楼（大概是神社的办公处）迈开了步子。

"请问有人在吗？"

老师出声向板房般寒酸的办公处内打听道。大门开了，一名小个子男性探出头来。

他穿着名为"袴[①]"的白衣白裤，无疑就是那名目击到天狗的官司，但由于他十分矮小，整个人都毫无威严可言，像是小孩子在模仿

---

① 袴是一种和服，现代多用于成人礼、婚礼、葬礼等场合，也是神职人员的工作服。——译者注

大人；鼻梁也又低又平，好似一摊没有植入骨架的黏土。而他本人想必很清楚自己在外貌上的不足，因此特地蓄了一小块海苔般的胡子，想要尽可能增加几分庄重感，以符合"神谕的传播者"的身份地位，怎奈这实在不适合他那张头发稀疏、颧骨突出的寒酸长相。

"您就是这座神社的宫司大人吗？"

"正是老夫！"

见水城老师的礼仪端正，宫司也挺胸昂首，台词夸张得像是在演古装剧。

"我们方才参观了天狗冢，想向您请教天狗冢的由来，而且我们特别希望亲眼拜见一下天狗之斧，拜托您了。"

"看来老夫这雷斧神社也出名喽，前几天已经来过两批游客了，您二位是第三批。来，请来正殿，咱们细细说。"

宫司高兴地搓着手，把我们引向了神社正殿，连脚步中都透着喜悦。

我们进入正殿，发现内部颇为狭窄，地上铺着地板，还积满了灰尘，但宫司毫不在意，背对着内阵[①]，就地盘腿而坐，并示意我们也不用拘礼，赶紧坐下。水城老师皱了皱鼻子，最终默默照做了，我也在旁坐了下来。

"先从来历说起吧……"

[①] 神社、庙堂等的正殿之中，分外阵和内阵，内阵是安放供奉对象的中间部分，外阵是供打坐、参拜的位置。——译者注

接着，他热情充沛地逐一介绍起了天狗冢的相关信息，说了足足二十来分钟，请容我不再一一转述，以免各位读来无聊。当然，我自己也忘了一大半。总之，他口沫横飞，说得没完没了，但内容却和绫子概括过的民间传说差不多。

此外，他似乎对细节也不甚了解。比如水城老师问起天狗的姓名时，他坦然自若地说："天狗大人就是天狗大人。"而当水城老师问到是谁兴建了天狗冢时，他又认真地说："是天狗大人的同伴们。"……最后，水城老师也放弃了提问，一边留意牛仔裤上沾了多少灰尘，一边把这位宫司的解说当成耳旁风。

在他的演说暂告一段落时，水城老师抓紧时机，立刻问道：

"宫司大人，听说您目击到天狗了？"

闻言，他大幅度地点了好几次头，照例用那副古人般的口气说：

"是的，老夫亲眼所见！"

"当时是怎么个情况呢？"

"前天晚上，我有些事要急着处理，所以忙到很晚。离开办公处的时候，天都蒙蒙亮了。但不知为什么，我走着走着，总感到心头有些烦躁……还有啊，我当时明明不觉得特别冷，身子却莫名地颤抖了起来，结果突然发现天狗冢那边好像有人。我一下子有种不妙的预感，就往山上去了，打算仔细看看。没想到真的有个人影站在冢上！还长了一根长鼻子！我很害怕，差点晕倒，最后拼上了所有的勇气，质问道，'你是什么人？'可下一秒，那个长鼻子人影就像一阵风似的消失了。"

"原来如此。"

水城老师闭目沉思片刻，很快又睁开眼睛，对着宫司微微一笑：

"对了，您能让我们拜见一下天狗之斧吗？"

宫司则探出身子，凑了过来，同样笑着答道：

"这就看您有多少诚意了……"

他或许是想要展现一个意味深长的笑容，只不过那副表情中夹杂着些许狡猾，完全暴露了他的真实意图。水城老师抬起头来，飞快地朝天花板上的蜘蛛网瞥了一眼，看起来已经失去耐心了，但又迅速调整了状态，从裤兜里掏出钱包，递给宫司一千日元。

"前两天来的社长可是给了五千日元呢……"

他似乎略带不满，水城老师却不失时机地向他确认：

"社长先生是指爱宕先生吧？他也看过天狗之斧？"

"我不知道他叫什么，反正那两位游客是公司的社长和专务。"

"您可别把对不动产公司社长的收费标准套用在我身上啊……话说，大野原先生给了您多少？"

水城老师先是苦笑着发出感慨，接着又若无其事地趁机追问。

"大野原？"

宫司愣住了，老师见状，便解释道：

"一位微胖的男青年，他说您给他看了天狗之斧……"

"原来是那家伙！"

他总算恍然大悟,愤然地抱怨道:

"那家伙只掏了五百日元!还想触摸宝贵的天狗之斧!我当场就怒喝了一声,他这才算住了手。真是胡来!"

"触摸需要五千日元是吧……算了,我们不碰也行,请您高抬贵手,给我们看看吧。"

水城老师宽慰道,宫司大概也想开了,将千元纸币揣入怀中,然后缓缓起身,向内阵走去。

那里放着一只存放宝物的双开门式小柜子,木制的表面很是粗糙,似乎原本就没有镀金或上漆,而且损伤严重,看起来就像是一件废弃的旧橱。宫司郑重地对着它鞠了一躬,然后打开了柜门。

"啊!"

他突然大声惨叫了起来。

水城老师和我急忙站起来,赶了过去,越过他的肩膀朝柜中看去,只见其中空空如也,根本没有天狗之斧的踪影。

"……没了!天狗之斧没了!!"

宫司一下子回头看向我们,脸色惨白,不停地喊道,"天狗之斧没了啊!!!肯定是被偷了!!!"

4 武器库

小说家也许不该透露这种想法,但我其实不太明白,人们为什么会去读这种通篇虚构的故事。一切都是作者在脑海中编织出来的谎言，纯粹就是骗人的。然而评论家却对人物的刻画水准评头论足，狂热的读者们还会移情于那些人物，甚至爱上他们。然而，小说里到底哪来的"人"？它们本质上只是被排列并印刷出来的文字，是可以轻易转化成数据的字符串，是白纸上的黑墨而已。为什么要为它们而心跳不已，要对着它们产生思慕与爱恋之情呢？我真的没法理解。

但人们会创作小说、诗文、和歌、俳句①。水城老师说过，和歌的目的在于"艺术、游戏、安魂"。而我之所以写小说，背后的动机应该和"安魂"最为接近吧。抱着"游戏"的心态而写作，实在非常痛苦。再者，我也很清楚自己的作品和"艺术"没有任何关系。那些具备天赋的作家总是灵感汹涌、构思精密、词汇丰富、文采巧妙，能够随心所欲地驾驭语言文字，因此把"通过创作来实现艺术性"的重大任务交给他们即可。而我可不会像古代的诗人那般，在作品的开头部分便祈求艺术女神的垂青；对我而言，能带来灵感的神明就只有已经离去的水城老师一位。所以我如今所做的一切，只不过是一边感受着用指甲直接抠挖岩石、完成雕塑的苦痛，一边拼命地将自己与老师共同度过的时光化作文章。

如果水城老师就站在我的身旁，想必会带着不知是怜悯还是嘲笑的表情，低头俯视着为写作而冥思苦想的我，如此说道：

"你大概不知道吧，在古希腊神话中，诗之神缪斯的母亲是记忆

---

① 俳句是日本的一种古典短诗，从中国古代的绝句诗发展而来。——译者注

女神谟涅摩叙涅……"

让我们继续回到当年。

雷斧神社的办公处似乎没有装电话,宫司焦急万分地套上皮鞋,顾不上关好柜子与正殿的大门,就慌忙冲了出去,一路跑到山脚下去报警了。我下意识地伸手打算去关柜门,水城老师却机敏地制止了我,说道:

"我建议你别碰它,一个不巧留下指纹就麻烦了,说不定会被当成偷走天狗之斧的嫌疑人。唉,贵重的天狗之斧就放在这里,门上却不装锁,连小学生都能轻易把东西偷走。"

接着,老师拍了两次牛仔裤的裤脚,把灰尘拍掉,然后走进了正殿的大门,在注意不触碰到任何地方的前提下开始细细观察,最后穿上了自己的运动鞋,放轻脚步,踏出了正殿。

当我们快要走到山脚时,看见宫司拉着一名年轻的驻地警,正往山上跑。当然了,只有宫司在拼命赶路,而警员则不情不愿地跟在他身后。

趁着他们经过我们身边的当口,水城老师开口了:

"宫司大人,我们就先告辞了。我们目前住在高见旅馆,如果警方需要我们配合调查,请您随时与旅馆联络。"

然而,对方心急火燎,似乎顾不上看我们一眼,只是含糊地应了一句,便如离弦的箭一般又跑出去老远,最后我们仅能听到警员的抱怨声，说胳膊快被他拽断了……

眼下，我们此行的目的也算告一段落，水城老师索性提议道：

"难得来香川，午饭就去吃赞岐乌冬面①吧。"

于是，我们途经高见旅馆，来到了温泉街，在一家生意冷清的乌冬店前站定。

那间店非常狭窄，只有柜台边的几个座位可供堂食。店里也正好没有客人。

它怎么看都不像是一家名店，但水城老师还是大口吃着柔韧弹牙的粗乌冬面，感觉相当满足。

回到高见旅馆后，老师说接下来想去大浴场泡一泡，就拿上毛巾和替换衣物，离开了房间。明明刚到达饭七站的时候还忿忿不平，现在却已经在享受温泉、自得其乐了，真是个随时调整认知标准的现实主义者。

而我房间里的根付实在太多了，久留会让我觉得有些压抑，于是去了休闲室等水城老师回来。手不释卷的大野原不知上哪儿去了，休闲室里空无一人。我深深地窝在了沙发里，双手交叉，枕在脑后，开始思考。水城老师说得对，神社正殿没有锁，行窃简直易如反掌。可话又说回来，神社的管理人员也是料定了没人会来偷天狗之斧，这才如此松懈的吧。所以到底是谁出于何种目的而跑到乡下的神社来，偷取一个不值钱的供奉对象？

---

① 日本的赞岐市是乌冬面的名产地。——译者注

其实反复思考、推理并不符合我的性格，就在我胡思乱想之际，前厅传来了脚步声。

来者是爱宕社长和桥仓专务。这位年轻的社长依然眉头紧锁，满脸不悦，白发的专务提着一只大皮包，紧跟他在后，还不停地瞥向他，似乎满腹忧心。两人全程一言不发，直接路过休闲室，走入了客房区。

约一小时后，水城老师回来了。继昨天深夜的露天温泉之后，这位度假的侦探又在大浴场好好享受了一番，湿漉漉的长发束在脑后，表情也是神清气爽，笑嘻嘻地对我说道：

"你不去泡个温泉？这里没有硫黄的怪味，水温也正合适，最主要的是，一个人泡一整个池子实在太享受了，我还稍微游了几下呢。"

接着，老师回房间去了，我则听取了建议，前往大浴场。

粗糙的四方形石块将浴池围在中间，我整个人都浸入了温泉水之中。据说这一池子水是从温泉中直接涌出来的，未经过人工加热，对我来说还不够烫。而且我既没有学着水城老师那样悄悄游泳，也不打算悠然自得地泡上一个小时，毕竟我习惯了东京那种分秒必争的浮躁生活，一时之间还没法放慢节奏，安安心心地在乡间的温泉里消磨时间。说真的，独自一人泡在这么大的浴池里，甚至会让我略感不安。

等我也泡完澡，我们一起去饭厅吃了晚饭，之后又一起回客房。途中，水城老师突然开口道：

"明天早上我们就回去了，你记得提前收好行李。"

"明天就回去了？"

我很意外。毕竟老师看起来很是享受这趟长途温泉之旅，想必会多待两三天。

"如果是生意兴隆的大旅馆，我们再白吃白住一阵子也不碍事，但对这里而言，负担就太大了。"

这位洒脱的大侦探叼着烟，难得露出了苦笑。接着又补充了一句：

"对了，我是打算付住宿费的，你也记得把自己的那份出了哦。"

晚上九点左右，我和水城老师前往前厅，跟绫子说我们明天回东京，她果然露出了真心遗憾的表情。

而当水城老师问她这两天的住宿费时，她坚决不肯收下，说：

"这次是我请您二位过来玩儿的，您千万别放在心上！"

"但我们玩得很开心，所以这钱怎么也得付哦。"

水城老师也不打算退让，最终，绫子不再坚持，取出了对账本。

恰在这时，休闲室中传出了混乱嘈杂的脚步声，回头一看，却发现桥仓专务面色煞白，直冲了过来，一见到绫子便上前问道：

"您能把管理人员的通用钥匙借给我吗？"

"……请问，出什么事了？"

也难怪绫子一脸不解，以问代答。只见桥仓专务的眼中布满血丝，外加从客房一口气跑过来，气喘吁吁的，着实有些吓人。然而，他能急成这样，怎么想都不可能仅仅是因为忘了带钥匙。

"我去社长的房间找他，敲了好多次门，他也没有回应我。但他应该就在房里啊，门还上着锁呢，我怕有个万一……"

这番话让人觉得事态并不简单。绫子简短地应了一声好，便从中药柜中拿出通用钥匙，匆匆踏上了走廊，水城老师和我交换了一下眼神，也跟了上去。

爱宕社长住在客房区二楼的靠里处，恰好就在我房间的正上方。绫子蹲下身子，将通用钥匙插入锁眼，往右边拧动。

锁开了。

她抓住门把手，转动了几次，房门却始终紧闭。

她小声地嘟哝着：

"莫非插着插销吗？"

水城老师冷静地推测道：

"插着插销的话，说明爱宕先生就在房间里吧？"

但桥仓专务好像忍不下去了，整个人几乎贴在门板上，抡起拳头，用尽全力，猛地捶起了门，边捶边叫：

"社长！社长！您在吧？请开门！！"

或许是这场骚乱惊扰到了住在对门的大野原，只见他打开房门，探出头来，一看究竟。

水城老师简单地解释说，是因为爱宕先生迟迟没有回音，桥仓先生才会弄出这么大的动静。

这下，大野原索性也凑到了我们身边。他身穿浴衣，脚上趿着拖鞋，看来原本正在房内休息。

他一边挠着头,一边随意地说道:

"你们要找的人说不定只是外出了呢?"

桥仓闻言,飞快地瞪了他一眼,接着更加用力地捶门,高喊道:

"社长!社长!!"

绫子走到门边,开始观察那扇采光的小窗。

"要是能把小窗打开,就可以伸手进去拉开插销了……哎呀,不行,小窗也上锁了。"

她回头看向我们,说了一句"我再去叫些人过来,请各位稍等一下",便匆匆地沿着走廊跑了回去。

可是桥仓专务无论如何都等不下去,已经将浑身的力气都集中在肩膀上,开始撞门。大门发出了可怕的声响,连墙壁都在震动。

"别这样!门会坏掉的!"

走廊里传来了叫停的声音,原来是次郎赶来了。他从背后伸手架住了桥仓的两腋,阻止他继续撞门。

"您别拦我!我们社长在里面呢……"

桥仓专务不断挣扎,但看不出次郎的力气那么大,依然稳稳地架着他,任由他白费力气。

绫子也追上来了,开口劝道:

"次郎,放开桥仓先生吧,虽然我也不清楚具体发生了什么,但他这么惊慌,肯定是出大事了。我们旅馆又破又旧的,撞坏一两扇门也不打紧。你还是先帮帮他吧。"

"鲇井，麻烦你也去搭个手。"

水城老师看向我，说道。

于是，我和桥仓专务、次郎三人合力撞向房门，一次、两次、三次，门板终于开始歪斜，到第四次时，我们听到了闷闷的"嘭"声，插销被撞飞了，门也随之被撞开。

我们涌入漆黑的房间，打开灯。

如果说我的房间是"吸烟室"、水城老师的房间是"马厩"，那么爱宕社长的房间就称得上是"武器库"了。靠墙的橱柜上并排放着三只日本古时候的头盔，是铁制的，纺锤形的表面朴实无华，散发出黝黑的光泽，也没有那种华丽醒目又尖锐的燕尾形装饰，很可能是日本战国时代的防具。而橱柜上方的墙面上装饰有很多武器，包括槊、钢叉、十手[①]、长枪、铁扇等。或许是出于安全考虑，长枪的枪头被卸掉了，只展示了枪柄部分（长约六尺），而开刃的刀剑类武器更是不在此列。所有武器都用坚硬的金属材料牢牢地固定在墙上，目测无法取下带走。

人类为了杀伤他人，集结了所有的创造力，最终制造出了各种道具，被统称为"武器"。而在这间满是武器的客房中，唯独有一件既原始又拙劣。

那是一柄石斧，未经加工的木杆微微扭曲，一块尖锐的黑色石刃被一根破破烂烂的绳子系在木杆前端，绳结也打得非常粗糙、笨拙，

---

① 十手是一种带钩的短棒。——译者注

而且跟杆长相比,石刃明显过大,显得头重脚轻,整个武器的平衡性无疑极差。墙上的指叉和长枪显然由能工巧匠所打造,若他们看到这柄石斧,肯定会哑然失笑,说这种东西哪能算武器。可另一方面,尽管做工差劲,但它很明显具有强大的杀伤力。

此刻,爱宕社长正侧躺在床上,石斧深深地嵌在了他的太阳穴里。

"这……这是天狗之斧!"

大野原惊讶得喘不过气来,声音都颤抖不已。

"社长!丰彦少爷!"

桥仓专务发出了悲痛的喊声,冲向床边,号啕大哭起来:

"为什么……到底是谁这么残忍!"

爱宕社长的双眼还闭着,似乎是在睡梦中毙命的。鲜血从太阳穴上的伤口中流了出来,把床单都染红了。不过他的表情平静得不可思议,毫无痛苦之色,和这副惨烈的死状形成了鲜明的对比。

"快去叫警察和救护车!"

水城老师头都不回地说道,绫子脸色惨白,点了点头,跑了出去,次郎放心不下便追在了后面。

接下来,水城老师又转向了大野原,问道:

"大野原先生,这是天狗之斧没错吧?"

突然被点名,大野原整个人颤抖了一下,回答说:

"没错,但它怎么会在这里……"

他的视线完全没法从沾血的石斧上挪开,看都没看水城老师一眼。

桥仓专务紧挨着爱宕社长的遗体,大哭不止。水城老师则闭上眼睛,沉思片刻,之后开始四处调查,先是走近了朝向街道的窗户,用食指轻轻挑开了紧闭的窗帘。

"这里也上了锁。"

进入侦探状态的水城老师小声自言自语着,继而走向书桌。

桌上放着一只小药瓶和一封被胡乱撕开的信封,一张信笺直接摊在桌上,背面朝上。

老师查看了药瓶上的标签,点了点头,说道:"爱宕先生大概是吃了安眠药才睡的,所以现场没有任何反抗的痕迹。"然后又隔着手帕,捡起桌上的圆珠笔,再用笔尖一挑,将信封翻了过来,嘟哝着:"信封上没写收件人,这就是他之前收到的'奇怪的信'吧?"

接着,水城老师用同样的方式查看了信笺正面所书写的内容。我也凑过去,探头看向纸面,只见字迹杂乱不堪,简直像是用左手写的。内容如下:

"凡对天狗冢出手之人,必将受到诅咒,立刻离开!"

5　休闲室

我一边细细回忆着,一边开始思考这些事情是否真实存在,抑或只是我梦中的情景。如果之前在派对上聊过的三名青年推理作家的怀疑是合情合理的，那么我现在写的故事也许都源于我的幻想，不包含任何真实要素……

而将我从几近狂乱的旋涡中解救出来的，果然只有残留在我脑海中的水城老师的面容。虽然轮廓已经逐渐模糊，可是当我拼命将自己的记忆拽回来时，那令人怀念的冷笑又重新浮现了出来，在一瞬间绽放出光芒。

没错，真的是短短的一瞬间……

我可能只是做了一个长长的梦，我追逐至今的可能只是一缕幻影，可我一点儿都不在乎。我必须把水城优臣的故事写下去。这样一来，我的梦就永远不会结束，我就永远不会醒来。

正如崇德院所咏：

"秋风乍起，扰吾假寐。然忧不止，长梦不醒。"

由于发生了那桩奇案，我们被警方叫去问话，并一直待到了深夜，而且需要暂时留在当地，于是无法按计划启程回东京。

次日，我们吃完午饭，一起去了谈话室。水城老师舒舒服服地坐到了沙发上，一边吸烟，一边思考问题。大野原依然捧着书，不过心思似乎并不在铅字上，只是摆出了读书的样子而已。桥仓专务则去警署了。

绫子来到谈话室，强忍着不安，摆出明快的表情，说道：

"我给大家上茶来了。"

与此同时，门外传来了停车声。绫子一回头，就见四个男人出现在谈话室，包括两名身穿制服的警员、一脸僵硬的桥仓专务以及一名身着西装的警部①。

那名警部身材消瘦，昨晚才细细地问了我们各种问题。

警部先扫视了聚集在谈话室里的众人，接着慢慢走到大野原面前，问道：

"您是大野原先生吧？"

"是……是的。"

大野原慌忙合上书本，抬头看向警部，而对方却用锐利得堪称冷酷的眼神望向他，说道：

"关于本案，我们有事想请教您，麻烦您跟我们去署里走一趟。"

"这……莫非您在怀疑我？"

大野原的脸上明显失去了血色。

警部飞快地瞥了一眼桥仓专务，只见他正死死盯着大野原，眼睛里几乎就要喷出火来。警部及时解释说：

"我们方才已经听桥仓先生说过了，您前两天和爱宕先生谈过，您希望他别建高尔夫球场。"

"是的，我确实和爱宕先生说过话。"

大野原承认了。旋即他露出烦躁的表情，回瞪了桥仓专务，说道：

"但我不记得自己叫他放弃什么高尔夫球场的项目，只是拜托他

---

① 警部为日本警察的官阶之一。——译者注

能不能稍微延期。桥仓先生想必是误会了。"

"可是爱宕先生没有接受您的请求，于是您给他写了威胁信，不是吗？要是他继续不当回事……"

警部微微一笑，话里有话。

"您的意思是我杀了他？胡说！"

大野原愤怒极了，差点儿要从座位上跳起来，警部却摆了摆双手，开口安抚：

"我可没说到这份儿上，只不过想问问您具体情况。我建议还是去署里慢慢谈……"

"威胁信上有大野原先生的指纹吗？您查过了吗？"

水城老师坐在沙发上，离他们稍有一些距离，看事态进展到这一步，终于发话了。

被外人插嘴，警部看起来很是不快。当然，措辞还是相当客气：

"上面只有爱宕先生和桥仓先生的指纹。写信人很可能戴了手套。"

"也是呢。"

水城老师淡淡地笑了，伸手抽出一根烟点上，享受了起来。

这语气听来就像是在小看警方，警部板起了脸，而那位"惹事的人"则好像浑然不觉，美滋滋地吐出一口烟，继续道：

"威胁信不是大野原先生写的，爱宕先生也不是他杀的。"

"您怎么知道的？"

警部终于动怒了，水城老师则无视了这个问题，转而看向桥仓专务，眼神沉静，开口道：

"桥仓先生，我和鲇井昨天去参观了天狗冢。那座山相当陡峭，走起来很累，我们恨不得手脚并用爬上去。那种地理条件真的能建高尔夫球场吗？的确，动用几十台起重机的话，说不定能办到，我也不好把话说死了。不过，再容我讲句不中听的，这里地处偏僻，交通不便，贵公司既然打算开发这一带，真的有利可图？"

桥仓专务微微低头，双眼直勾勾地看着指尖，不发一言。

水城老师见状，又开始发表自己的见解：

"说实话，借高尔夫球场开发计划迅速筹措到一笔资金，才是贵公司真正的目的吧？而开发后能不能盈利，乡下小镇会不会陷入困境，就不关你们的事了。不，根据实际情况，在中途停止计划，放弃开发，对你们而言也无所谓。"

遭人当面揭穿之后，桥仓专务重重地叹了一口气，坦白道：

"……我们丰彦少爷没有商业才能。我是从他父亲那代开始的老员工，看着他长大，很清楚他就是个标准的小少爷……

最近地价高涨，他被冲昏了头脑，开始疯狂地涉足其他各种产业，公司的业绩明显出现了退步。结果正如您所说，我们现在资金吃紧，丰彦社长也因为事业发展不顺心，变得相当神经质……"

"所以贵公司就打出了高尔夫球场这张牌？您其实很反感这项计划吧？"

水城老师接过了话头，而他也深深地点了点头，坦白了心声：

"我是个传统的人，不喜欢现在这种转卖土地、牟取暴利的风潮。做不动产生意就应该更加朴素、踏实，浮躁绝对不是长久之计……想要重振公司，最好的办法就是深耕本业，勤奋工作。但丰彦社长只想靠耍嘴皮子来赚大钱，这种性子我欣赏不来。"

"所以您为了制止这种近乎诈骗的计划，给他写了威胁信，对吗？"

水城老师盯着这位白发的老专务，高声质问道。包括我在内，整间休闲室里的人都不禁惊叫了出来，凝神屏息地等待着眼前的侦探吸完这一口烟，细细地说出自己的推理：

"前天晚上，绫子小姐说过，但凡给爱宕先生写信的人是这里的住客，那么肯定就是大野原先生。毕竟他是除您二位之外的唯一一个住客。然而，这个结论过于草率了。有可能是爱宕先生自导自演，也可能是桥仓先生您干的。"

老师暂停了一下，轻轻一笑，把话继续了下去：

"刚才，这位警部也说了，威胁信上只有爱宕先生和仓桥先生您的指纹。可是，您在前天晚上告诉我们，爱宕先生没有给您看那封信。那么，上面为什么还会沾有您的指纹呢？"

听完这席话，仓桥专务沉默了一会，好不容易才开口了：

"没错，威胁信是我写的。丰彦少爷根本不听劝。我们去神社和那个奇怪的宫司谈过之后，我就想到了可以写那样一封信。回头看来，我可真是干了一件傻事啊……"

他用力地绷紧了嘴唇,继续道:

"不过,这个姓大野原的确实和丰彦少爷发生过争执,人肯定就是他动手杀的……"

"爱宕先生是从公司经营状况恶化时开始服用安眠药的吗?"

水城老师问道,声音很是沉静,仿佛是为了安抚桥仓专务。

"是的,他说晚上睡不着……"

"那么,我就能理解您昨晚为什么那么慌张了。您担心他会自杀,对吧?"

桥仓专务沉默了一会儿,终于还是缓缓地点了点头,承认道:

"是,我觉得他可能会做傻事……但他明显不是自杀,是他杀!"

"嗯,人没法用斧子劈自己的太阳穴。而且根据司法解剖的结果,爱宕先生的胃里含有安眠药成分,这说明他死时正在沉睡。"

警部像是在笑话水城老师似的补充着证据,可老师却毫不介意,看向大野原,说道:

"原来如此,嗯,接下来我想请问大野原先生——我之前真的很纳闷儿您为什么这么关心天狗冢,因为您对天狗的传说一点儿都不感兴趣,连'白峰相模坊'这个名字都不知道,那名迷信的官司也让您感到无语,所以您并不相信这世上真的有天狗。既然如此,为何还执着于天狗冢呢?甚至为了它去请求爱宕先生推迟计划。而昨晚看到天狗之斧之后,我总算是了解了。"

说到这里，水城老师略一停顿，将点燃的烟头对准了大野原，问道：

"那是石器吧？而且天狗冢是绳纹时代[①]或者弥生时代[②]的遗迹吧？"

"大概是绳纹时代的。我稍微调查了一下周边地带，尽管还不能下结论，但天狗之斧明显是绳纹石器。"

大野原用食指轻轻敲着手里的书本封面，解说道，"我在大学里专攻考古学，一眼就知道天狗之斧是绳纹时代早期或中期的磨制石斧。我很想深入地挖掘和调查天狗冢，于是去找了爱宕先生商量。只不过目前还不确定那是不是真正的绳纹遗迹，因此没法对他细说……"

"您没法跟他细说，可是您强调了天狗之斧是很贵重的东西，搞不好会是学界的重大发现，对吗？"

水城老师如此推测道，而大野原先生点了点头，表示肯定。老师见状，便继续说了下去：

"对爱宕先生而言，贵重就等于高价。再加上他住在这间满是古董的旅馆里，潜移默化之下，就想到了天狗之斧应该可以卖个好

[①] 绳纹时代是日本石器时代后期，始于公元前12000年，于公元前300年正式结束，日本由旧石器时代进入新石器时代。——译者注

[②] 弥生时代上承绳文时代，下启古坟时代，始于公元前300，于公元250年结束，其间普遍出现了以种植水稻为主的农业、青铜器和铁器工具。——译者注

价钱，最终动了心思，趁着深夜，悄悄潜入雷斧神社，偷走了天狗之斧。"

所有人都默不作声地倾听着，就连那位警部也没有插嘴，只是露出了饶有兴趣的表情。

"到这一步为止，还算好办。但接下来，要把天狗之斧藏在哪里呢？放在包里是不行的。桥仓先生会帮他拿包，届时恐怕会发现重量不对并盘问他。而且仓桥先生也会去他的房间谈事情，所以不能随便一藏了事。这下子，他便想起了一句老话——'藏木于林'。他的房间里正好有很多武器，只要把天狗之斧混在里面即可。事实上，他也的确这么做了。当然了，我不清楚他是将斧子靠在墙上，还是挂在那些金属的固定架上。"

话到这里，水城老师又发出了一声叹息，摁熄了烟头，再重新点上一根。

"昨晚，爱宕先生忘了和桥仓先生有约，直接吃了安眠药睡觉，再加上收到了威胁信，他还特别谨慎地锁上了窗户、插上了插销。等桥仓先生来了之后，发现爱宕先生没来应门，一下子慌了神，拼命敲门，最后更是三个人一起撞门，用力过猛，震到了墙壁。也就在那一瞬间，石斧被震落了下来，直接劈进了爱宕先生的太阳穴。"

说完，水城老师面带微笑，逐一看向每一个人，最后将目光停留在了警部身上，强调道：

"好了，我这充其量也不过是推理，但应该很容易查证就是了。

请警方去雷斧神社调查存放天狗之斧的柜子，柜门上八成留有爱宕先生的指纹。而且最好是今天就去查，因为我们差不多该回东京了。若能尽早查明真相，放我们走，那可真是感激不尽。"

6　高松港

崇德院是个什么样的人呢？他的家庭环境很是复杂，自幼时起就是个可怜的孩子；同时，他亦是一名文艺爱好者，创作了许多极为普通的和歌；再者，他最多还能算是某场武装政变的领袖，而且最终也以失败收场了；至于肖像画中的他，更是样貌平平，根本看不出一生过得如此坎坷。那么，他死后为何会被世人看作全日本最凶残的恶鬼，并被惧怕了将近八百年之久呢？而他的牌位也是在日本即将进入明治时代时，才迟迟从白峰运到了京都的白峰神社进行供奉……

关于这些问题，我逐渐找到了答案。

崇德院之所以受到世人的惧怕，就是因为他死了。

即使他在世时十分平凡，死后却可以化身为完全未知的存在。

我指的并非"灵魂"。毕竟死亡会终结一切，诅咒、愤怒、憎恶全都随之消失。世上也没有什么"灵魂""作祟"，死者就是完美的虚无。然而，生者害怕的正是这一点。人可以和有形的对象战斗，却无法与"虚无"抗衡。

水城老师说过，人们创作和歌是为了"艺术、游戏、安魂"，而我研究了相关资料后,发现其实还有一项理由,并且那大概才是古人热爱和歌的主要缘由,我不知道这位博学的天才为什么唯独对它闭口不谈。

是的,那项理由就是"恋爱"。

"浮世若梦,情谊不朽。往生之前,盼再相见。①"

案件水落石出的次日清早,我们两人前往饭七站。途中,我问道:

"那个官司看到的天狗,实际上是爱宕先生?他碰巧目击了去神社偷斧子的爱宕先生?"

"偷斧子的话,潜入神社就行了,为什么非得站在天狗冢上?"

水城老师一边慢悠悠地走着,一边摆手否认了我的猜测。

我们离开高见旅馆时,次郎揽下了运送行李的任务,此刻正拖着老师那只沉重的行李箱,跟在我们后方稍远处。

"那么,'天狗'其实是大野原先生?他是去调查天狗冢的吧?"

"半夜里一片漆黑,如何调查遗迹?况且官司看到的天狗长着一只长鼻子,你准备怎么解释这一点?"

"呃……到底是谁啊?难道您认为那是真正的天狗?"

我大感不解,水城老师却笑着回头看向次郎,说道:

"鲇井啊,这你就要你问问次郎了。"

---

① 这是崇德院写给友人藤原俊成的遗歌。——译者注

听到有人突然提起自己，次郎下意识地站住不动了，而水城老师则慢慢走到他身边。

"我听了绫子同学的建议，泡在露天温泉里眺望天狗冢，发现山上的确有一块地方光秃秃的，没有长杉树。

尽管距离很远，但既然从露天温泉可以很清楚地看到天狗冢，那么在天狗冢时，同样能看到旅馆的露天温泉才是。"

水城老师一边说着，一边用双掌圈出一个圆形，放在眼前。

"要是再用上望远镜，露天温泉可真是一览无余啰。官司大人目击到的人影，其实正举着单筒望远镜，而他把望远镜错认成了天狗的长鼻子吧。"

闻言，次郎低下头，小声地回答说：

"这不是我想出来的主意，是阿春。我告诉他说，可以从露天温泉看到天狗冢，他就说，反过来应该也一样……那小子，只会动这种歪脑筋。佢每天都去天狗冢上偷看温泉，还说是为了放松心情，准备考试。"

"你一次都没有干过吗？"

次郎微微涨红了脸，老实交代道：

"只有一次。"

"莫非，是绫子小姐去泡露台温泉的时候？"

水城老师问完，还不等他回答，又突然换上了一副认真的表情，叮嘱道，"别担心，我不会告诉她的。但是别再做这种事了。希望你也把这番话转告给你的朋友阿春。"

不久后，我们抵达了饭七站，和羞惭不已的次郎道了别。

上次见到的那位老婆婆照例坐在候车室里打盹，过了一会儿，车来了，我们也总算离开了这个小镇。

从高松市的私营铁路站出来，水城老师瞥了我一眼，说道：

"回去之前，我打算先坐船去一趟冈山。因为我实在太想跨越一次濑户内海试试了。你要是坐飞机，那我们就在这里告别啦。"

"不，我陪您一起，因为不知道接下来还会遇到什么……"

"哪有这么巧，会接二连三地被扯到杀人案里去啊？"

水城老师叼着烟，扬起嘴角笑了。

高松港离国铁高松站很近，乘船码头旁有个小小的候船室，我们走了进去，发现里面只有四名客人，其中两名是坐在轮椅上的小个子老人，一名中年男子和一名年轻女性分别在他们身后。

那两名老人家均已届高龄，头上一根头发也没有，大量的皱纹几乎把五官都吞噬了，根本看不出两人有什么区别。他们整个背部全靠在椅背上，似乎连坐着都很吃力，唯独双眼中还闪耀着生机。

中年男子站在左边的轮椅背后，年纪目测在四十五岁上下，戴着圆形的墨镜，头发整齐地梳向脑后，一身黑西装，尖尖的下巴让人联想到一些猛禽。

而年轻女性站在右边的轮椅背后，手扶轮椅的推手。她只有二十岁左右，那双微微迷离的双眼极富魅力，容貌也非常端正、美丽。她一直凝视着室外，想必是在等人。

"那真的是我们的孙子吗？"

右边的老人突然有些不安地嘟哝道，左边的老人也用差不多的声音回话说：

"那孩子的腰上有一颗痣呀。"

"只要有心，这点特征很容易伪造的。"

"我觉得他应该是真正的昌太郎。"

"凉子小姐，你看，很有趣吧？我们是双胞胎，但思考方式完全不一样呢。"

右边的老人艰难地往后方转头，努力想要做出表情，那张布满皱纹的脸都扭曲了起来，但应该是在微笑。

这位芳名"凉子"的年轻女性没有答话，只是露出了复杂的神色。

这时，候船室的门开了，一名二十五岁左右的男子跑了进来。他身穿深蓝色的毛衣，提着一只大号的波士顿包，散发出一种淳朴的气质。

"抱歉，我一时没找到路，来迟了！"

他向两位老人鞠躬致歉，而那位尖下巴的中年男子对他淡淡一笑，代老人们答道：

"没事，时间还很充裕。我们先去码头吧。"

说着，他便打开了朝向码头的那扇门，一行五人一起走上了浮栈桥。

水城老师目送着他们离去的背影,接着快步走向售票窗,说道:

"请给我两张去宇野的船票。"

"您搞错码头了,这里是去荆棘岛的。"

那名初入老龄的售票员隔着玻璃看着水城老师,指出了问题。我们定睛一瞧,窗口上端果然贴有"高速游艇,往荆棘岛"的字样。

"方才那几位客人也是去荆棘岛吗?"

"哦,那是空穗家的人,就住在荆棘岛上,所以他们这是回家去呢。二十年前,他们和孙子昌太郎先生分开了,现在终于找到了他,想把他接到岛上去一起生活。不过我听说,他们家的宅子很奇怪……"

"那么,您就给我两张去荆棘岛的票吧!"

水城老师随意地说道,售票员却迟疑了,确认道:

"您确定吗?每天只有一趟往返的渡船,您要是去了,今天之内也许就回不来了。"

"嗯,反正我也没有特定的计划,只是想四处走走,去到哪是哪。"

结果,我和水城老师拿着船票,也走向了浮栈桥。头上晴空朗朗,万里无云,濑户内海一片碧波闪耀,就宛如祖母绿宝石一般。远处浮现出几座岛屿,让我们切实体会到了濑户内海的确是"多岛海"。

一片屋檐在浮栈桥的中间位置投下了一块阴影，空穗家的一行人就聚集在阴影处。一艘高速艇正从海平线的彼方驶来。

我们眼看着如指尖般大小的船影渐渐变大，不一会儿就靠到了浮栈桥边上，船尾的出入口恰好对准了空穗家的人们，一名船员走下船来，用粗绳把船拴在系船柱上，接着另一名船员也跟了出来，两人一起把一道倾斜的台面安在了出入口上。

那名中年男子率先沿着斜面推着轮椅，进入了船舱，接着年轻女子也同样将老人推上了船，穿毛衣的年轻男子跟在最后。

见他们都上船了，船员准备将斜面收好，水城老师赶紧挥手表示自己也是乘客，接着快步跑了过去。

自此，我们正式踏上了这条通往荆棘岛的旅途，只为一探"空穗邸"——一座环绕着险峻的多石之山而建的奇妙建筑……

当然，在那里发生的一切都属于另一个故事，而且是一个更为漫长的故事……

榁

Juniperus rigida

"榁"是"杜松"在古时的名称。

"杜松"是一种柏科的常绿小乔木，树叶呈针状，三叶轮生，果实为球状，紫黑色，可产油、制造利尿剂等。由于古人常拿着杜松枝，用它尖锐的针叶去驱赶耗子，它在日本又称"刺耗子"。

"我本以为那是樫木,但走近之后才意识到,只有傻瓜才会那么认为。柳树和北美短叶松也是如此。其实植物的种类很好判断,因为在天空的衬托下,光看外形轮廓就明白了。不过我却被杜松骗了……它果真是植物界的郊狼[1]、诈骗犯。"

——凯特·威廉[2]《杜松之时》

---

[1] 郊狼是犬科犬属的一种,与灰狼是近亲,包括有19个亚种之多,所以体型差异很大。生性狡猾,在北美地区常被形容为"骗子"。——译者注
[2] 凯特·威廉,美国现代作家,作品涵盖了科幻、推理、奇幻、讽刺、悬疑、滑稽等多种题材。——译者注

1

石动戏作正站在饭七站的站台上，抬头看向从天花板上垂下的大展示板，心中不解。

那块崭新的塑料展示板上，有两行圆乎乎的字体，内容如下：

天狗猿人之乡　饭七镇欢迎您！

接着他又低下头，只见车站楼是用钢筋混凝土建成的，看样子刚竣工不久，墙壁白得甚至有些刺眼，金属制的闸机口闪闪发光，年轻的女站务们身穿淡粉色的制服，亭亭而立，脸上带着喜迎客来的笑容，从陆续出站的旅客们手中接过车票。

——这里真的是饭七站？

石动心中不安，保险起见，他还确认了一下站台的名称，可指示牌上确实明明白白地写着"饭七站"。

而转念一想，自己已经阔别这里十六年之久，其间发生了变化亦不足为奇。但让他始料未及的是，居然有那么多旅客提着大行李箱，从高松乘坐私营铁路电车远道而来。毕竟以前极少有人会在饭七站下车，而那个"天狗猿人"又到底是什么？

石动揣着一肚子疑惑，将车票交给了女站务员，走进了车站楼。

闸机口前方是一间宽敞的旅客大厅，四壁都被粉刷成了乳白色，营造出了一种沉静的氛围；十几名旅客在厅内闲晃，一些旅馆员工站在出口附近，举着小旗子，发出热情的招呼声，迎接预约入住的旅游团。当然，石动同样没有料到，此处的出入口竟安装了自动门！

他瞪大了眼睛，四下环顾，不禁默默感慨，当年这里仅有一间狭小的木制候车室，如今却大变样了！

十六年前，候车室的墙上只挂着一只老旧的大挂钟，钟摆经常停着不动，指针也指向错误的时间。然而，似乎没有人察觉到这些问题。

此刻出现在石动眼前的，则是墙面上的液晶电子时钟，就连秒数都准确无误。附近有一家子结伴而来的旅客，似乎即将踏上归程，正看向那只电子钟确认时间，神情中满是信任。

十六年前，候车室的墙上只贴着一张破破烂烂的观光宣传海报，海报上的照片印得模模糊糊，还在破损处贴了好几层透明胶带，勉强修补。

此刻出现在石动眼前的，则是好几张全新的海报，材质是铜版纸，印刷清晰，色彩鲜艳，内容字体也设计得时髦漂亮，还采用了天狗冢的风景照，那番景色令石动颇感怀念。当然了，照片上的"天狗冢遗迹"五个大字，对他而言却是一个谜。

十六年前，候车室的长椅上总是坐着一个瘦小的老妇人，她就住在车站附近，不过跟儿媳妇水火不容，在家待得很不自在，所以等儿子出门上班，她就立刻跑来车站，在候车室里打发时间。石动每次看到这位靠在墙上打盹的老妇人时，都会觉得她已经是这个车站的一部分了……想到此处，他不禁莞尔。

此刻，石动眼前却不再有她的身影。不知是因为长年的婆媳矛盾已经和解，她不必继续"避难"，还是坐惯了长板凳后，她无法适应那些椅面微凹、符合人体构造的新式塑料椅，便放弃了此处……不过，考虑到她早就上了年纪，现在说不定已经去世了。

越过成群的游客，可以看到一只和真人一般大的男性原始人像，头发乱蓬蓬的，下巴宽阔，长相就像一只大猩猩，肩上披着人工皮毛质地的粗糙服装，右臂紧贴面部高举着，右手中握着一把极为粗劣的石斧。

它的底座上镶着一块铭牌，上面标注道：天狗猿人想象图。

看来，这个人像就是所谓的"天狗猿人"了，只是石动依然摸不着头脑，不明白为什么要把它展示在饭七站。

不过，时间可不理会他的困惑。根据墙上的电子时钟显示，此时已经三点零五分又十四秒了，而他和人约了三点碰面。这下子，他赶紧将心头的疑问搁置起来，重新提了提肩上的挎包，急匆匆地往站外赶。

对方已经站在车站前等候了。那副宽阔的下颚骨和偏厚的嘴唇一如往昔，显得为人和善敦厚。只不过那头乱发里夹杂了相当数量的银丝。

那人正是平山次郎。

——不，不对。石动立刻在脑海中纠正了自己的第一反应。次郎和青梅竹马的高见绫子结了婚，并当了入赘女婿，现在已经改姓高见了。

高见次郎身穿一件半缠，蓝色的布料上印有白色的"高见旅馆"四个字，感觉非常合身。看到石动后，他笑着挥了挥手，招呼道：

"好久不见，你总算到啦。"

"次郎，你怎么多了这么些白头发呀。"

睽违十六年再次相见，石动不由自主地脱口而出。

"阿春你才是，胖了好多。"

次郎也毫不客气地指出了石动的现状。

闻言，石动低头看了看自己的腰身。自己确实比十几岁的时候胖了，这令他对一味依赖外食的生活习惯进行了些许反思。

"阿春"取自石动的俳号[①]——"春泥"。十六年前，时年十七岁的石动即将迎来高考，但完全不好好学习，只知道玩耍，终于惹恼了父亲，硬是把这个不肖子送到了香川的亲戚家，心想他没处可玩，总该认真学习了。换言之，石动可以算是被"流放"了。

而当时他就是住在平山家，次郎是家里的次子，只比他大两岁，两人相处得非常融洽，很快就以昵称相称了。然而，次郎说"阿戏"太拗口了，他便想起了自己的俳号，让次郎叫自己"阿春"。其实他在上高中那阵子根本还没写过俳句，只是得意扬扬地提前给自己取好

---

① 俳号是俳句诗人作诗时使用的笔名。——译者注

了俳号。

"我也和你一样，长了年纪啦。"

石动耸耸肩，次郎露出了开朗的笑容，答道：

"也是啊，哈哈……好了，我们先出发吧。"

说完，两人便悠然地并肩走在了沿河的坡道上。

前方不远处有一支十人左右的队伍，领头人穿着和次郎相同的半缠，看来这是一支旅行团，目的地同样是高见旅馆。而除了他们之外，还有其他许多前来观光的旅客。

石动眺望着右手边的一户户人家，发现昔日那些门户狭窄的木质建筑少了好几家，就像是一排整齐的牙齿被拔掉了好几颗，取而代之的是挂着缤纷招牌的可丽饼店、在门外搭了一大片露天咖啡桌的白墙咖啡店以及新开的连锁快餐店。

曾经门可罗雀的土特产店如今正顾客盈门，店门口都立着写有"天狗猿人馒头""天狗猿人三角旗"等文字的竖旗。石动下意识地怀疑自己的眼睛。

"次郎，这个'天狗猿人'到底是什么啊？"

石动惴惴不安地问道，次郎却惊讶地看向他，反问道：

"你不知道吗？对了，你记得我们以前经常去耍的天狗冢吧？它其实是绳纹时代的遗迹咧。咱屋头那旅馆以前有个住客，叫大野原孙太郎，天狗冢的历史价值就是被他发掘出来的，他还发现，雷斧神社供奉的天狗之斧实际上是绳纹石器咧！这下子，饭七镇就成了绳文人生活过的历史古城了。至于天狗猿人嘛……"

如此亲切的赞岐口音，石动已经有十六年不曾听到。尽管他生在东京、长在东京，祖辈父辈却并不是地地道道的东京人。因此他也不懂东京的"老话"，只会说"普通话"，十分羡慕拥有自己乡音的次郎。

有一些小说家虽以地方为舞台开展故事，可所有人物说的都是"普通话"。作者这么做的初衷或许是断定"方言会破坏作品的精妙感"，然而石动觉得这种想法简直愚蠢透顶。其实不仅赞岐方言，关西一带有许多方言的语调都非常丰富，听来令人倍感舒适。他甚至无法想象次郎字正腔圆地对他说"我也正好要回高见旅馆去了"。

他还沉浸在遐思之中，次郎则操着一口赞岐话，用如歌声般抑扬起伏的音韵说道：

"难得有个文化人找到了古老的遗迹，咱镇子就决定活用这一点，在全镇范围内推行一个大项目，把'天狗猿人'推到世人面前。"

"结果这项振兴计划大获成功，旅馆的生意也红火了起来，对吧？"

石动一边说着，一边看向前方的旅行团。

"是咧是咧，托福啊！对了，其实我本来想给你住新建的分楼，但你也看到了，咱这旅行团的客人太多啦，只能委屈你在旧的主楼里将就了。"

"还有分楼了？"

石动打心眼儿里吃惊。那个生意萧条的破旧旅馆居然建起了分楼。他简直不敢相信。

"是啊，前年建的。"

"真了不起啊！"

石动发出了感慨声，随即突然想起了什么似的问道：

"咦？也就是说，你不能去天狗冢了？"

次郎皱起了眉头，微微瞪了他一眼，责备道：

"你得嘞，我都这个年纪了，哪还有心思偷看呀，别再笑话我咧……不过我确实去不成天狗冢啦。它周围圈了一道绳子，客人们都只好远远地看看。雷斧神社也彻底改建了，宫司大人现在精通绳纹时代的知识，每天都给游客们做讲解，以前对天狗大人的故事都没摸得这么清楚咧。"

"我可不记得自己偷看过什么。反正每次去天狗冢时，高见旅馆里都没人在露天温泉里泡澡，所以我只是观察和研究那个温泉而已。"

石动滔滔不绝地诡辩着的同时，突然回想起了一件事，便补充道：

"不对，我还真看到过一次，就那么一次！深夜里有个美如天仙的大姐一个人去泡露天温泉了。可她实在太漂亮了，结果我没觉得自己运气好，饱了眼福，反而感到很惭愧、很丢人。而且不知道为什么，那个大姐好像一直盯着我这边看……"

"嗨呀，你运气怎么不好了？你当时直接回东京了，没摊上事，我后来可是被那个漂亮大姐好一顿训……"

次郎哭丧着脸，倒起了苦水。

石动先是一愣，接着便忍不住开始捧腹大笑：

"原来露馅儿啦？幸好我第二天就溜回东京了！哈哈哈哈哈！"

不过，他很快就意识到，尽管他们叙旧叙得不亦乐乎，但他对次郎的现状却一无所知，于是问道：

"次郎，你现在是高见旅馆的经营人？"

"嗯，算是吧。叔叔已经退休隐居了，我接替他，当上了社长。"

"恭喜啊！你心里本来就只有那个可爱的阿绫姐，后来跟她结了婚，成了温泉旅馆的老板，现在更是扩建了分楼，生意兴隆，日子过得真幸福！我都羡慕你了呢！"

"我过得幸福……"

不知为何，次郎有些不悦，突然停住了脚步。

其实现在还远不到黄昏时分，太阳却已来到了西山头上，发出耀眼的光芒。余晖斜斜照下，只见高见旅馆古朴依旧。

木制的洋房对面有一栋钢筋混凝土制的建筑，想来便是次郎口中的分楼。它足足有五层之高，看起来完全就是一座酒店大楼，规模远远大于主楼，也在楼里单独设了前厅。旅行团的客人们都径直走过石动熟悉的高见旅馆主楼，直奔着分楼而去。

"把包给我吧。"

次郎回头看向石动,并对他伸出了右手。

"包?"

"你的挎包啊,要是让客人自己提行李,我又得挨家里那位的骂了。"

随后,他接过石动的挎包,匆匆走入旅馆主楼的大门,向里喊道:

"来客人啦!"

很快,一名身穿和服的女性就从前厅迎了出来,双手放在膝头,恭恭敬敬地问候道:

"欢迎光临。"

说完,她看向次郎,问道:

"这位就是你的朋友?"

"嗯,他就是阿春……不对,石动先生。"

"您好,初次见面,我是次郎的妻子。"

绫子重新向石动打了招呼,石动却有些不解,说道:

"夫人您好,其实我们以前应该见过一次……"

"是吗?"

这下轮到绫子纳闷儿了,小声地嘀咕了一句。

如今的绫子已经是高见旅馆的老板娘了,穿起和服来十分合适,而十六年前,在次郎的介绍下,她曾和石动有过一面之缘,不过时过境迁,她不记得也很正常。而另一方面,石动记忆中的绫子同样和眼前这名老板娘区别甚大,这让他感到混乱。

他记得，阿绫是次郎暗恋了好久的青梅竹马，当时正在念大学，长着两道浓眉，魅力四射，但同时又保留着少女的清纯可爱。

可是，老板娘高见绫子则是一位成熟而妖艳的女性，身材丰满，眉毛精心修整过，像两条细细的弯月，头发染成茶色，盘在脑后，合身的和服上绘有飞鹤的图案，看起来价格高昂，总之完全就是一位干练的旅馆老板娘，姿态和表情无一不流露着风情与性感。

她殷勤地对石动说：

"如您所见，现在正好赶上旅行团来住店，人手吃紧，对您照顾不周，还望多多包涵，客房也总算是为您准备好了，请您千万不要拘谨，在这里一切随意呀。"

一番话着实客客气气，但在石动听来，"总算是"这三个字似乎是绵里藏针，换句话说，也就是在表达——"你是我丈夫的朋友，所以我才硬是给你收拾了一间房出来，你可得好好感谢我"。

次郎似乎也察觉到了妻子的嘲讽之意，为了袒护石动，便解释道：

"好了好了，人家隔了十六年才好不容易从东京来一次，绫子你也别这么说嘛。"

绫子却举起右手，止住了次郎的话头，不快地提醒道：

"不是跟你说过，在工作时要叫我'老板娘'吗？"

"……知道了，老板娘。"

次郎小声地纠正道。

"我要去跟住在分楼的旅行团打招呼了，麻烦你办理你朋友的入住手续哦。"

"好的，老板娘。"

"家长会的事也没忘吧？"

"嗯，我记得呢，是大后天，老板娘。"

"好，那个古怪的男人说不定还会闯到大野原先生的房间里去，要是闹得太凶了，赶紧报警。"

"遵命，老板娘。"

"那么，这边就拜托你了。"

绫子挺着背脊，冲着次郎说完后，便转向石动，说道：

"抱歉，我得先去忙别的了，请您见谅。"

语毕，她便再次鞠了一躬，回到前厅去了。次郎轻轻叹了一口气，把挎包还给了石动。

石动总算是明白了次郎的白发都是从何而来。

他一边趴在柜台上，往表格里填写入住信息，一边发问道：

"夫人口中的'大野原先生'，就是你刚才说过的绳纹遗迹的发现者吧？他现在也住在这里吗？"

次郎走到柜台后方，回答说：

"是啊，其实发掘调查工作早就做完了，但他说还要做补充调查，就再次光临了，还带着大学研究室的学生，大概来这一趟也是为了培养弟子吧。"

"那么，那个'怪男人'又是谁？"

"好像是个业余的考古学家,不知和大野原先生发生过什么,反正就追到这里来了,说大野原先生在撒谎,只是为了在考古学界出名,所以捏造了天狗冢遗迹……"

这时,次郎突然压低了声音,继续道:

"但说真的,我其实也很担心咧……之前不是有个地方出了石器造假的事,闹得很大吗?万一天狗冢遗迹也是假的,那该怎么办哦……连绫子都被这个搞得紧张兮兮的,毕竟这娘们儿是咱镇子上的'旅游业发展促进协会'的成员嘛……"

丈夫当着她的面称她为"老板娘",背地里却叫她"这娘们儿",一想到这里,石动就暗自觉得好笑。

"……这阵子,他们在讨论明年召开'天狗猿人庙会'的议题,要是现在有人来嚷嚷这段历史是假的,麻烦就大了。"

"'天狗猿人庙会'?"

石动脑海中浮现出了次郎身穿皮草、手拿石斧跳舞的样子,大吃一惊,无意中大声喊了出来。

"唉,镇子上好不容易来了那么多游客……"次郎忧心忡忡地念叨着,接过石动手中的入住信息表,语带歉意地说道,"不好意思啊,还问你收全款。你难得来一次,我想给你打折,但绫子怎么着都不肯点头……"

"该付多少当然就要付多少啊,客人那么多,你们都想办法腾房间给我了,我哪能白住。"

石动嘴上逞强，心里却有些失望，想不到居然连折扣都没有。

次郎收好信息表，转身背对着他，从柜中取出客房钥匙。

"这个是中药柜吧？居然用它来分类收纳钥匙，真是个有趣的想法啊！"

石动指着那只放钥匙的柜子，柜上有一排排小抽屉，钥匙就分别存放在那些抽屉中。

次郎却苦笑着说：

"看起来也许挺有趣，但这些抽屉太小了，找钥匙的时候还真难分清哪一把放在哪一格里啊。不过这是绫子爷爷的兴趣，他老人家收集了很多古董，你看，那排小玩意儿就是藏品的一部分。"

他指向柜台的一头，石动顺着他的手指看去，只见那里靠墙摆放着许多人偶，有花魁、童子、婴孩、歌舞伎、招福男子、不倒翁、惠比须、大黑天、白狐、猫咪等，材质和题材五花八门。只不过，稍微整理一下的话，观感按说会更好。

他又抬起头，发现人偶们的上方挂着好些面具，包括能面、伎乐面、天狗面具……当然了，它们也被混在一起随意摆放着，没有依序分类。

绫子的爷爷想必已经去世了，但他老人家要是看到自己的藏品被摆放成这个样子，说不定会直接气昏过去。因为在次郎和绫子眼里，这些东西就是单纯的人偶和面具，其中的个体差别根本无关紧要。这就是人们常说的"收藏癖，不传代"。

"你们不如报名参加鉴宝类的电视节目,请他们派专家来看看呗?"

石动半开玩笑地说道,次郎却相当认真地告诉他:

"绫子好像已经报名了,说上电视对咱家旅馆来说,是很好的宣传……唉,我还是先带你去房间看看吧。来,这边请。"

2

次郎带着石动离开前厅,左转,走过一条短短的走廊,前方正好有一间小房间,可以用于休闲。房内铺了木地板,黑沙发上坐满了年轻男女,爽朗地谈笑风生,还有一名身穿浴衣的中年男子悠闲地抽着烟。

这间休闲室的层高很低,许多形似手提油灯的古怪灯具从天花板上垂下。见石动抬眼打量着它们,次郎便解释道:

"那些吊灯都是从明治、大正时代传下来的。那时候还没通电,人们就用它们来照明——往里头倒上油,再点火就行。全是绫子爷爷的收藏品呢。"

接着,他们往右转,来到了客房区。走廊左墙上有一排木门,右墙上装了一溜旧式的上下推拉型窗户,铁制的黑色窗框泛着金属光泽,相当粗重,开关窗时肯定颇费力气,而窗外就是庭院。石棉瓦的屋顶也好,这种复古的玻璃窗也好,都让人觉得仿佛误入了英国侦探小说的舞台。石动不禁心想，既然此处散发着如此神秘的氛围，搞不好真的会发生密室杀人案……

"其实，整栋楼都是绫子的爷爷凭兴趣建造的。听说他老人家的作风特别洋派。前年建分楼的时候，因为这栋主楼已经很旧了，我问绫子要不要顺便翻新一下，她却说，有些客人就是想住这种老房子。嗯，这倒是事实。主楼的预约还挺多哟。大野原先生也是，特地指名要住在主楼，说很怀念这里……"

次郎走在走廊上，就像个导游似的为石动解说着高见旅馆的过往与现状。

主楼看起来的确大受欢迎。在前往客房的途中，石动已经和好几位住客擦肩而过；再看向窗外，只见日式的庭院也相当热闹。有人在枝繁叶茂的松林间散步，有人走在一条条从主楼与分楼延伸出来的石板小路上，前往庭院深处的露天温泉浴池。

其中有几名身穿浴衣的年轻女性（看着像是大学生或者白领人士）正愉快地说说笑笑，走向露天浴池。石动见状，不由同情起了十六年前的自己。

其实，他在来路上对次郎说起的往事是真实的，而非诡辩或借口；当年的他，无论多少次举着望远镜从天狗冢上眺望，高见旅馆的露天温泉浴池总是处在闲置状态。那位美丽的大姐是唯一一次例外。要是他在十七岁时，这里已是如此繁盛，女客不断，他绝对会每晚都陷入狂喜之中。不过也可能会因为热衷于偷窥而考不上大学……

次郎把石动带到了客房门前，说道：

"就是这间。我接下来还有好多工作要忙，就不陪你了。等吃过晚饭之后，我应该能闲下来，到时候咱哥俩再慢慢唠啊。"

说完，他便快步离开了。

石动打开门锁，走了进去。

里面是一间单人卧室，门对面的墙上有一扇大大的窗户，脚下是木地板，床架也是木制的。他此行的目的就是泡泡温泉，好好放松一下，于是提前对次郎说过，希望晚上能穿着浴衣，在榻榻米地上铺着被褥睡觉。然而此情此景再次令他略感失望。那些铺了榻榻米的日式客房大概都在分楼里吧，只是轮不到他来住罢了。

他把挎包放在床上，脱下上衣，挂在衣架上并收进衣橱，随后四下扫视了一圈，拉开窗帘，发现客房里的窗户果然也是上下推拉式的，窗框同样是沉重的铁制品。透过窗玻璃，可以看到"温泉一条街"。天还没黑，却已经有大量游客顺着坡道赶了过来，等真到了晚上，恐怕会有一大堆身穿浴衣的醉汉挤在街上。

回头看去，一只橱柜贴墙而立，和门外的走廊仅一墙之隔。他拉开抽屉，看到其中放着叠好的浴衣（上面还印有"高见旅馆"的店名），顿时喜出望外。他立刻脱下身上的毛衣和长裤，胡乱往床上一扔了事，换上了应景的浴衣。

这下，他才终于有了温泉之旅的实感。

橱柜上的小摆设无疑又来自绫子爷爷的收藏。石动的视线首先落在了枕边的一只黑色大马鞍上。他不具备鉴宝的慧眼,无法确认这到底是江户时代还是战国时代的古董,但它肯定真的在马背上待过好多年,下凹的座位处已经被摩擦得毛毛刺刺。它的边上横放着一柄顶端呈环状的长铁钎子,表面带有红色的铁锈。其实这是一种可以直接插在地上,以供人们随时拴马的工具。

而餐边柜上方的墙壁上,装饰着大量的小型铁制马具。比如D字形的马镫、U字形的马蹄,还有马嚼子,它由两个圆环状的镳通过十字形的缰绳连接在一起。一眼看去,简直就像是屋主用生锈的铁器在墙上列出了一个个符号似的。

石动心想,这里根本就是个马厩。不过看在旅馆客满还硬是为他安排了房间的份儿上,马厩也是聊胜于无了。更何况,光是不用睡在沾满马粪的干草垛上,就已经比真的马厩强太多了。

于是他快速调整了心态。反正自己全额支付了住宿费,那么就该痛痛快快地享受这趟温泉旅行。想到这里,他从挎包中取出替换内衣和毛巾,打算先去露天浴池泡个够。

客房的门上没有自动锁,甚至没有加装门链,而是采用了古旧的插销。或许有些客人一心想要体会这份不便中所包含的"侘寂[①]之感",但石动只觉得麻烦。

他拧动钥匙,"咔嚓"几声锁上门,再将钥匙放进装换洗衣物的

---

① 侘寂是一种日本美学,指在朴素而安静的室内环境中,体会孤独、自在而略带寂寥的感觉。——译者注

塑料袋中，顺着走廊离开了客房区。

客房区和休闲室的交界处有一条通往二楼的楼梯，而楼梯前方就是庭院的出入口，换鞋处成排地摆着木拖鞋，于是他将脚上的客房拖鞋脱下，挑了一双木拖鞋换上，随即拉开格子拉门，进入了庭院。

他笃笃悠悠地走在石板小道上，木拖鞋敲击着路面，发出"咔嗒咔嗒"声。

青黑色的圆形铺路石凑在一起，拼成了一条弧度柔和的曲径，一直延伸到露天浴池；时值冬日，曲径左右两边的草地都已干枯，满目皆是枯茶色；庭院里还有好几棵松树，松叶青翠依旧，松间分布着坚硬粗糙的庭院石。眼下正是黄昏，夕阳西下，淡淡的暗橙色渐渐包围了这一带，散步的住客也只剩下零星几人。

更衣室是一栋钢筋混凝土的正方形小楼，有两个独立的出入口，都安装了铝合金框的移门，每扇门上均垂着一块布帘，上面分别写有"男""女"字样。石动进入男更衣室，见地上铺着油毡，便脱掉木拖鞋，走了上去。

室内的三个衣篓都满了，看来有客人比他先来一步。

他小心地将脱下的衣服放入墙上的储物柜，锁上柜门，同时不忘将挂有柜门钥匙的腕绳好好地套在自己的左手手腕上。他右手拿毛巾遮住下体，然后打开了通往露天浴池的门。

尽管他曾多次从天狗冢上观察此处，非常清楚它的整体构造，但他从未亲自体验过这一池温泉。高高的围板以及一部分的岩石围成了一个开口的葫芦形浴池,温泉上白雾蒙蒙,热气氤氲。不过这里的岩石似乎并非天然的产物。证据就是,浴池周围和底部都铺有竹板,意在避免客人的脚底被泥土弄脏。

四国属于日本列岛的南部地区,气候的确比较温暖,但二月再怎么说也还是冬天,到了傍晚时分,室外颇为寒冷。石动快速走过竹板路,对三名先到的客人说了一声"不好意思",便急匆匆地下了池子。

池中的温泉水一直浸到了他的肩膀处,让他全身都暖和了起来,仿佛重获新生。他双手搭在岩石上,缓缓地伸直了双腿。

隔板另一边隐约传来了说笑声,大概是他之前透过窗户看到的年轻姑娘们也在泡澡。她们小声聊着什么,接着又开朗地笑了起来。他不禁觉得,当女孩子真开心,可以约上好友一起泡在露天温泉里谈天说地,大声欢笑,而男人做梦都别想有这么一天。

事实上,包括他本人在内,此刻在场的四名男士似乎全是自己一个人来的。大家一人占了浴池的一角,沉默不语,只管孤独地享受泡温泉的乐趣。

石动抬头看向板墙对面的群山,残阳开始将赤红色的霞光洒向山腰处的山石草木。他很快便看到了一小块光秃秃的地方,那是从杉树林的间隙中露出的天狗冢山顶部分。反过来,想要从对面窥向这座露天浴池的话,也得登上天狗冢的顶端才行。这与石动的实践经验是一致的。

尽管如此，他还是觉得不可思议。

次郎自称事后被那位漂亮的大姐好一顿教训。可两处距离如此遥远，天狗冢在泡澡的人眼里只是极小的一个点，她到底是如何在漆黑的深夜时分看出有人正站在冢上？他们哥俩的淘气行径又究竟为何会暴露？

他一边琢磨着这个无甚价值的谜题，一边尽情享受温泉的滋润。当他再次从更衣室里出来时，太阳已经下山了。通往主楼的小路边也亮起了水银灯，把脚下的石板路照得亮堂堂的。

好不容易泡得暖呼呼的，石动可不想又在外边久留，于是一路小跑着回到主楼，却看见换鞋处还剩最后一双拖鞋，左脚鞋和右脚鞋还分别位于最左与最右两端。他不自觉地为这桩小小的怪事而陷入了困惑之中。

就在他百思不得其解时，楼梯那边传来了争论声。其中一人的情绪似乎非常激动，把楼梯踩得嘭嘭直响，高声叫道：

"我已经识破你的谎言了！天狗之斧的斧柄是用榁木做的，但绳纹时代磨制石斧的斧柄通常只有用红淡比或者交让木这两种木材制成的！通过碳元素的同位素检测也得出了结论，证明那根斧柄是在绳纹时代之后很久才被安上去的！"

另一人的声音十分沉静，虽然语气中透着不耐烦，却还是强忍着解释道：

"我刚才也已经说得很清楚了，斧柄确实是后人安上去的，和斧刃之间很不平衡，也正是因此，斧刃才会显得过大。传说中的樵夫很可能只发现了斧刃，之后的其他樵夫，或者当时雷斧神社的神官，或者别的什么人制作了新的斧柄，将它绑在了斧刃上。"

"太扯了！全都是借口！首先，天狗猿人是哪来的？绳文人又不是猿人！"

"这是镇上的人自说自话取的名字，我可从没提过天狗猿人。如果你因为镇上出品的宣传海报就来找我麻烦，我也很为难啊。"

"总之你就是在推脱！你这个诈骗犯！"

石动瞧见一个满脸涨得通红的中年男人骂骂咧咧地下了楼，他身材枯瘦，整个脑门光溜溜的，发际线高到头顶，戴着一副黑框眼镜，双眼中燃烧着熊熊的怒火。

"唉，请你先冷静下来。"

一名四十多岁、身材庞硕的男子一边安抚着狂怒的秃头男子，一边跟在他身后走下楼来。

壮硕男子的体态其实远超中年发福的范畴，完全就是一个大胖子，体重估计近一百公斤，留着小胡子的娃娃脸上堆满了肥肉，银边眼镜的镜腿都被撑弯了。

从他们的对话内容来推测，壮硕男子就是天狗冢遗迹的发现者——大野原孙太郎博士，而按照次郎的说法，紧跟在他身后的年轻人则八成是他带的学生，只有二十多岁。如此想来，他肯定是一名有志于成为考古学者的大学生或者研究生，然而他的头发长及领口，还染成了茶色，怎么看都只是个普通的现代青年。不知是因为秃头男子的无礼与愤怒吓到了他，还是因为担心恩师的身体状况，他整张脸都是煞白的。

大野原一到一楼，就停下了脚步，认真地盯着那名秃头男子，说道：

"总之，请你别再拿着一知半解的说法来纠缠了我。若你有需要，我可以把我写的论文的复印件给你送去细看。"

他的语气平稳依旧，不过却带着一份不容反驳的严肃。对方怒容满面，不发一言，直接转头，快步离开了。

大野原轻轻叹了一口气，回头对年轻人小声说道：

"他明天应该还会再来找碴儿的吧。"

而那位年轻人好像没有听到他的念叨声，只是愣愣地站在原地，但下一瞬间又回过了神，郑重其事地答道：

"您看，是不是该去找警察谈谈呢？那位先生实在是过分执拗了，往后或许还会对您动粗……"

"这大概还不至于。算了，不管他了。走，我们去吃饭。"

大野原换上了一张笑脸，拍了拍年轻人的肩膀，可是对方的表情依然透着不安，并没有就此由阴转晴。

两人并肩踏上了走廊，石动目送着他们离开，直到二人离开了他的视野范围，而下一秒，石动就突然打了一个喷嚏。

原来是他不知不觉在换鞋处站久了，在温泉里泡热了的身子着了凉。要是继续靠一身单薄的浴衣撑下去,估计逃不过一场感冒。于是他赶紧把分散在左右两端的那双拖鞋凑到一起穿好,匆匆赶回了房间,换上自己的衣服。保险起见,他还特地套上了毛衣,之后再去用晚饭。

饭厅也不出所料地铺着木地板,还整整齐齐地摆着一张张古朴的木桌。他越发失望,难得来一趟温泉,却压根儿没在榻榻米上坐过。其实他原先还强烈期盼着,能够在铺了榻榻米的客厅里享用服务人员亲自送来的美食,餐具都是漆器,上面盛有刺身拼盘等日式佳肴,而他本人则身穿浴衣,外披一件宽袖棉袍,盘腿坐在坐垫上大快朵颐……毕竟这才是与温泉之旅相配套的餐饭。为什么非要在人群拥挤的饭厅里,坐在椅子上,对着桌子进食呢?他默默想着,要是这里提供的是意大利菜,他绝对不会善罢甘休的。

结果,身穿蓝色半缠(这大概是高见旅馆的工作服)的年轻员工端来了一套纯日式的晚餐,主菜是甘子鱼[①]天妇罗,石动一看,总算是冷静了下来。而这甘子鱼也非常鲜美,很可能是从附近的河里直接钓上来的野生鱼。旁边还附了配菜,是一味黑乎乎的蚕豆,他不清楚这是哪国料理,不过口感清脆,美味可口,他也因为这顿饭而对高见旅馆的经营理念稍有改观。

总之,他吃得心满胃足,甚至多添了一碗饭。就在吃饱喝足,准备回房之际,次郎却在前厅叫住了他:

---

① 甘子鱼即石川马苏大麻哈鱼。——译者注

"有空吗？咱俩去聊聊吧。"

说着，他就带着石动一起前往休闲室。由于晚餐时间已经过去，休闲室里只有两三名客人。次郎重重地坐在黑色的皮革沙发上，忽然脱掉了身上的半缠，用手指松了松上过浆的白衬衫领子，看来他现在也下班了。

随后，他俩愉快地闲聊了近一个小时，谈谈各自的近况等。

次郎和绫子已经有两个孩子了，都在上小学，这让单身至今的石动大为吃惊。

"阿春，你也抓紧定下来吧！"

尽管次郎只比他大两岁，此刻却宛如人生路上的大前辈一般，一脸煞有介事地给予他忠告。

接下来，他们又说起了饭七温泉乡的改变。原来，整个镇子花了十年之久，致力于地方复兴项目的建设，这才令温泉商业街繁盛起来。而距离饭七站的改建，也已经过了五年。次郎一直留在这里，目睹了家乡逐步发展的过程，因此并不理解石动为什么会对镇子的现状如此惊讶。石动见状，便换了个话题，故作不经意地提起：

"对了，JR线高松站也焕然一新了！"

"嗯，去年翻新的，是真气派咧。"

次郎在这一点上倒是和他很有共鸣，但石动已经找不到新的谈资了，就问起了晚餐里的那道黑蚕豆到底是什么菜，在得知它叫作"酱渍蚕豆"之后，两人同时陷入了长时间的沉默。石动好生思索了一会，终于抛出了一个全新的话题：

"话说，我刚才看到大野原先生和一个谢顶的中年男子起了争执。不过基本上都是那名谢顶男子在大呼小叫——"

就这样，他把自己目击到的闹剧告诉了次郎，次郎板着脸，看起来相当不快。

"他是在傍晚过后闹事的？具体怎么闹的？没乱来吧？"

"他整个人都很激动，大野原先生倒是淡定，不过那个染了头发的年轻小伙子好像很担心。他是大野原先生的学生吗？"

"没错，他叫中条光男，是大野原先生研究室的学生。别看他那头发跟个玩冲浪的似的，人家可是正经研究生咧，还是大野原先生最重视的人才。"

次郎的观念太落后了，石动不禁苦笑道：

"其实，最近的研究生差不多人人都会把头发染成茶色。他还算好的，至少没打眉骨钉、鼻钉之类……"

话没说完，他却瞥见自己正在谈论的对象——研究生中条出现在了休闲室门口，于是赶在千钧一发之际闭上了嘴。

中条眉头紧锁，面带惊恐，神情严肃，似乎有事要去前厅，因此看都没看休闲室里唯独剩下的石动和次郎两人，慌慌张张地直接走了过去。这一情况引起了石动的注意。次郎好像也觉得不对劲。

"不知道出啥事咧……我去看看。"

他一边说着，一边披上半缠，准备跟去。

"我也去。"

石动从沙发上站了起来。

两人一同前往前厅,恰巧看到中条对绫子说:

"老板娘,能请您把通用钥匙借给我用一下吗?"

"怎么了?出什么事了?"

绫子有些不解。

此时的她已经换下了和服,身穿一件浅蓝色的女式衬衫,估计也是下班了。

然而,中条并未即刻作答,只是不安地垂着眼,那副样子真不像是丢了房间钥匙那么简单。

可不久后,他又抬起头来,直视着绫子,说道:

"我去大野原老师的房间找他,但不管我怎么敲门,他都不回应,门也上了锁,我怕他出事……"

听到这番话,绫子目瞪口呆,说不出一句话,红润的脸色霎时变得苍白。

3

绫子急忙取出通用钥匙,径直往客房区跑,完全顾不上理会中条。

中条满脸忧心,一脸慌乱地跟了上去。次郎见状,亦紧随其后,石动则陪着次郎一起行动。

大野原的房间位于客房区二楼的楼梯口附近，一上楼就近在手边。石动他们三人来到二楼走廊，看到绫子正站在他的房门前，面无血色，死死地盯着木制的大门。

"怎么了？锁打不开？"

次郎立刻赶到妻子身边，关切地问道。

"这门根本没上锁，但就是打不开……"

绫子只是颤声回答着，视线却一动不动。

"这样的话，应该是插了插销吧？大野原先生肯定在房里。"

石动略一推理，给出了明确的结论，十分具有大侦探的风采。随即，他也凑近了大野原的房门，一边喊着"大野原先生，您在里面吧"，一边高高地举起了拳头，准备用力捶门。

说时迟那时快，绫子突然伸出双手，一把把他推开。他完全没有料到这突如其来的重击，一屁股摔在地上，姿势就仿佛漫画中画得那样"标准"而滑稽，后脑勺也重重磕在了墙上。

"你想干什么？！"

绫子双手叉腰，气势汹汹地站在石动面前怒喝道。她的脸蛋涨得通红，看来是真的动了肝火。

"我才想问您呢！老板娘啊，您这也太过分了吧，我只是打算敲个门而已啊……"

石动一边发着牢骚，一边站起身来，开始揉自己的脑袋。

"不！不行咧！你绝对不能这么做！！"

绫子整个人都异常激动，双手胡乱摆动，高声喊着：

"不能敲门！！！不能把门撞坏！！！不能！！！"

"谁说要把门撞坏了？"

石动看着绫子狂乱的样子，不禁送上白眼。

次郎摁住绫子的肩膀，温柔地安慰道：

"绫子，你想多了。不会发生和十六年前相同的案子的。毕竟天狗之斧已经放在车站二楼的展柜里了，根本就不在这里——"

"说不定又被人偷出来了呀！"

"砸碎玻璃柜偷走斧子的动静太大了，很快就会被人发现的。"

"就算不是天狗之斧，他这么又敲又撞的，也可能把其他重的东西从橱柜上震下来……是的！这个房间里有很多陶瓷器！要是大壶砸了下来，大野原先生的脑袋会被砸开花的！！血！鲜红鲜红的血就会直接喷出来……"

"请您别说这么不吉利的话……"

中条小声地说道，仿佛在做旁白。

"抱歉，容我插一句……"

石动瞅准了次郎夫妇对话的间隙，说道：

"我现在真的一头雾水，你们到底在说什么？能否稍微概括一下呢？"

于是，次郎把当年那桩"天狗之斧"案从头到尾对石动说了一遍——

案发当晚,桥仓专务慌慌张张地赶到前台,问绫子要通用钥匙,随后去了二楼的客房。门锁立刻就被打开了,然而房里还上着插销,他们仍然进不去。这下,包括次郎在内的三个大男人开始撞门,终于成功入室,却发现天狗之斧就深深地扎在爱宕社长的太阳穴上……

而真相是,当他们把门撞破的瞬间,天狗之斧因震动而直接掉了下来……

"原来如此,你们为了闯入密室而撞破大门,但这一行为引发了一桩看似不可能的凶杀案。确实有点意思。"

石动心服口服地喃喃自语道,而次郎又补充了一句话:

"破案人还是当时住在咱家旅馆的一位女客呢,她姓水城,爱宕先生去世第二天,她就完美地把案子解决了,连县警署的警部先生都很佩服她咧。"

"水城?"

石动惊讶地瞪大了双眼,立刻追问道,"难道是水城优姬老师?"

"是啊,她是叫这个名儿。你认识她?"

次郎一脸不可思议地问道。

"嗯,去年机缘巧合,就认识了……原来水城老师十六年前也在这里住过,还破解了一桩密室案件啊……"

说到这里,"十六年前"这个词突然唤醒了石动的记忆。他似乎明白了自己在天狗冢上偷看到的"美如天仙的大姐"究竟是谁了。尽管他很想当场向次郎确认,可这件事毕竟不适合当着人家妻子的面聊,便姑且忍住了,而他的脑中也同时出现了"美女名侦探写真"之类的无聊想法。他立即摇了摇头,驱散了心头的邪念。

"反正,绫子就是怕再遇上这种惨事……"

次郎总结道,绫子却没有放过他,生气地抱怨道:

"不是说了,在旅馆里要叫我'老板娘'嘛!"

"所以……接下来到底该怎么办?大野原老师应该就在房里,可我们都闹出那么大动静了,他却还没出来。"

一直默默旁听的中条怯生生地开了口。

他的说法的确不夸张。很多住客都被惊动,并循声而来。楼梯和二楼的走廊上都挤满了议论纷纷的人,远远地看着石动他们上演"闹剧"。

中条还在念叨该如何是好,声音中满是不安。石动的眼神在次郎夫妇脸上来回游移,说道:

"把十六年前的案件拿来对比的话,既然插销插着,就说明大野原先生肯定在房间里。假设他是吃了安眠药,睡得正熟,倒也罢了,不过也可能因为重伤而发不出声、动弹不得,甚至急病发作,不省人事。因此我们不能把他放着不管,总得想办法进去看看,您觉得呢?"

听了石动的分析,绫子手扶着额头,沉思片刻,似乎终于横下心来,嘴唇也抿得紧紧的。

她环顾着走廊，像是在找东西，很快便疾步走到墙边，举起了一只大红色的灭火器。

次郎吓了一大跳，赶紧问道：

"等等，绫……不，老板娘，你想做啥子？"

然而绫子直接将灭火器对准了门旁的小窗，砸了下去。随着一道刺耳的"噼啦"声，玻璃被砸碎了，围观者们纷纷惊叫出声。

她把灭火器放在走廊上，一边注意碎玻璃，一边将整条左臂探入窗户的破洞之中，后来索性连肩膀也一起挤了进去，好一阵摸索，似乎在寻找着什么。

"有了有了！我摸到插销了！好嘞！拔出来了！"

她小心翼翼地抽回自己的胳膊，避免被尖锐的玻璃划伤，随后回头对着石动说：

"我已经把插销拔了，但是你也别用力开门闯进去啊。记得动作要慢要轻，而且千万别震到墙壁呀……"

她本人也谨遵这些原则，轻手轻脚地开门入室，即使是小偷在"闯空门"时，都没她这般谨慎。

她打开了电灯，只见房内确实如她所言，布置了许多陶瓷器。餐边柜上成排地摆着壶、花瓶、大碟子等，每一件都绘有五颜六色的细致花纹。石动只能勉强区分出陶器和瓷器，至于哪种是古伊万里[①]、

[①] 古伊万里指日本有田地区的生产的瓷器，因经由伊万里海港运往日本及亚欧市场，故称伊万里瓷。——译者注

哪种是古九谷①就毫无头绪了。只不过，即使是外行人也能看出这些藏品皆属佳品。

在古董圈子里，陶瓷器本就是最热门的一类，绫子的爷爷想必也是花费了大量的心力才收集到这些宝贝。他若泉下有知，见自己的孙女在砸采光的小玻璃窗时，连带着弄坏了一只花瓶的瓶口，肯定会勃然大怒。

石动他们齐刷刷地看向床铺，发现上面没有天狗之斧，没有壶，没有花瓶，没有碟子，也没有浑身是血的大野原。

不，不仅如此。放眼望去，房间到处都没有大野原其人。

床上的被子还叠得好好的，整个房间十分正常。

大家都呆呆地盯着床看，只有石动连忙扫视着全屋，发现床对面的书桌上随意地放着几本硬封皮的精装书和好多份论文的复印件，窗边有餐桌和安乐椅，一只柜子靠在床对面的墙上，一台中等尺寸的电视机嵌在柜中，柜旁是洗手间（门关着），总之和石动的房间几乎一样，然而就是不见大野原。

石动走近洗手间，轻轻敲了敲门，里面无人回应，于是便打开了门。里面果然没人，迎接他的只有阖着盖子的坐便器和空气清新剂的人造香气。

尽管大野原怎么看都不像是那种会躲起来吓人的"怪人"，但出

---

① 古九谷一般指"九谷烧"，是日本一种在釉上彩绘的瓷器，得名自发祥地九谷。——译者注

于保险，他们还是检查了衣柜，当然，柜中只挂了两件朴素的灰色上衣和一条西裤。

最后，石动调查了朝向街道的窗户。他拉开窗帘，只见窗也上着锁。退一步说，鉴于这里是二楼，主楼的外墙上又基本没有落脚点，即使窗户大开，人也很难逃出去。而楼下则是泥地，直接跃下的话，摔折了腿都算幸运的。更何况，大野原没有理由非得插上插销，再跳窗逃跑。

他从窗边回头，就见门口站着一个人影。

来人正是大野原，那张圆胖的娃娃脸红通通的，看样子是去喝酒了。

看到这一屋子人，他不解地问道：

"请问，各位这是有何贵干？"

"大野原先生！您去哪了？"

绫子简直快要喘不过气来了。

"哦，那个考古学发烧友太缠人了，我被他吵得有点心烦，就去外面喝了一杯……倒是各位都在这里忙些什么？我一回来，就发现自己屋外挤满了人，房门边上的小窗也碎了……"

"您外出了？可是，您的房间从里上了插销啊！这怎么可能？"

绫子条件反射般地尖叫了起来。

"是啊，这个房间就是个密室，而且比十六年前的'天狗之斧'一案更难破解。毕竟屋内一个人都没有。不管是活人还是死人，反正就是没人，可插销却是被人从里插上的，这真是太可怕了……"

石动说完，环顾了在场众人，又提出了心头的疑问：

"为什么嫌疑人要把一间空房布置成密室呢？"

4

石动等人此刻正聚集在次郎和绫子夫妇俩的家中（就在高见旅馆边上）。

自打大野原安然无恙地现身之后，绫子仿佛突然想起了自己身为老板娘的职责，迅速回到走廊上，满面笑容地对住客们说：

"各位，我们这边发生了一点小误会，不过已经没事了。"

随后，她一直等到每一位贵客都安心地回房，才请大野原师徒俩去自己家中小坐，想问清到底是怎么回事。看到石动也厚着脸皮跟了过来，她虽然有些不乐意，但最终还是默许了。

主楼前厅靠里侧设了一间值夜的小房间，那里有一扇通往外部的铝合金门，一开门便是一条石板路，直接通往次郎夫妇家后门。考虑到他们是旅馆经营者，石动原以为他们的家会是一栋瓦片顶的纯日式木质建筑，怎料是钢筋混凝土的二层小楼，比起传统的温泉小镇人家，倒更接近于新兴住宅区里的时髦房屋。

按次郎的说法，他们在建完旅馆的分楼之后，顺便把老旧的自宅也翻新成了适合三代人一同居住的房子。因为绫子认为自住的房子自然是越新、设施越方便越好。她尤其中意最新潮的面对面开放式厨房①，而她的双亲住在二楼，听说也对现代化的生活方式感到十分满意。

石动等人来到了一楼的接待室，房间是日式风格的，茶具柜上摆着插有鲜花的大花瓶，拉门上镶嵌着绘有四季美景的彩色玻璃，这些传统家具和摆设大概都来自绫子爷爷的藏品，包括石动面前的漆面矮桌，指不定同样是价格不菲的古董，室内装潢设计师则充分发挥了它们的使用价值。

的确，就收藏品本身而言，能被主人用来插花、摆茶，总比一味待在玻璃展柜里强多了。石动心想，如果器物有灵，它们绝对会发自内心地感到喜悦。

而此刻最让他感动的，是他来到饭七温泉乡之后，第一次坐在了榻榻米地上。软乎乎的坐垫让他倍感舒心。他一边享受着这份触感，一边专注地倾听大野原的话。

大野原啜着热茶，静静地叙述道：

"那位先生好像是当地的考古学狂热爱好者，从以前开始就总给我写信，里面都是针对天狗冢遗迹的毁谤中伤。对了，他还给大学的管理部门寄过信，内容差不多也是这些。"

"他还给您的大学写那种信？这不是让您难做吗？"

---

① 面对面开放式厨房是一种朝向起居室或饭厅的开放式厨房设计，便于人们在做饭的同时，直接与家人面对面接触、交流，以增进感情。——译者注

石动问道。

"不，完全不会。"大野原回答得很干脆，"毕竟他只是在瞎扯罢了。我给同事们看了信，他们都大笑不止。他的水平连业余考古学家都算不上，好像只读过几本最普通的入门书籍，掌握了一点充门面的知识，并没有坚实的基础与丰厚的积累。"

"可是，他坚称天狗冢遗迹是您捏造的吧？"

"这种愚昧的说法恰恰证明了他缺乏考古学方面的学问啊。"

说到这里，大野原不禁轻声笑了出来。他快速地瞥了一眼坐在矮桌对面的次郎和绫子夫妇，接着道，"您二位可能会有些失望，可事实上，天狗冢遗迹没什么了不起的，是最普通的绳纹遗迹，既不罕见，也毫无值得瞩目的地方。日本全国遍布着和它不相上下的遗迹，光是建筑施工挖地基时，就能发现不少。要是爱宕先生当初是真心想开发高尔夫球场，让我们学者简单地做一下挖掘调查工作之后，再把它填平都不成问题。"

"咋……咋会这样？简直比造假还糟糕……"

次郎的脸色"唰"的一下白了，从桌上探出身子，急切地提问道：

"天狗之斧呢？它真的是珍贵的文物吗？"

"那种磨制石斧的话，光是日本就能发掘出上万个吧。从考古学的角度上来说，它的价值不怎么高。"

大野原下了断言。可见到次郎深受打击，无言以对的样子，他便又补充道：

"话说回来，这只是我作为专家学者的意见罢了，但我绝对无意妨碍当地人振兴家乡旅游业。"

他微笑着面向石动，接着往下说：

"多亏了天狗冢遗迹，饭七温泉乡才会这么热闹。尽管在考古学界看来，其中多少有些差错，不过也不必由我来说三道四。当然了，请各位同样不要把我写在观光宣传手册上。一旦我的名字和天狗猿人这种胡诌的东西一起出现，我真的会很难做……毕竟，绳纹时代的人类已经是智人了，而非猿人。即是说，唯独在这一点上，那位'业余'先生的主张是正确的。不过呢，要是贵地推出'天狗智人'这个说法，世人又哪看得懂它是什么意思……"

就在他嗤嗤地笑出声时，始终默默聆听的绫子静静地打断了他：

"不，我们饭七镇上确实存在过天狗猿人。证据就是天狗之斧和天狗冢。在绳纹时代，我们的祖先会像车站展示的模型那样扛着石斧，在深山里跑来跑去。直到现在还有人相信我们的山上住着天狗大人，所以也愿意相信这里曾有过天狗猿人。"

说完，她的脸上浮现了一丝笑意，而大野原也点了点头，报以一个笑容：

"这就好。反正观光客根本不在意'猿人'和'智人'之间的区别。"

石动觉得他俩说的没错。对观光客而言，"猿人"和"智人"、"绳纹时代"和"弥生时代"、"旧石器时代"和"新石器时代"之间的区别根本无所谓，充满了现代文明的都市生活让他们疲惫不堪，他们只是想要接触远古时代的浪漫，感受蒙昧社会的幻影，从而治愈自己的心灵。当然，也是为了来泡温泉消除疲劳，以及品尝新鲜的河鱼。

因此，天狗猿人存在与否并非重点。在观光客眼里，他们自始至终都象征着现代人不可能拥有的自由与野性，就与天狗们一样，属于架空的形象。

"基于上述原因，我完全没必要捏造那么普通的遗迹。这无法帮助我在学术界出名，也不会吸引媒体的关注。那位先生的反对意见，其实没有任何意义。"

大野原耸了耸肩，给出了结论。

"可是对方不接受您的说法，听说您要来饭七镇，就跟了过来，每天死缠烂打。您也很为难吧？"

听石动这么问，大野原倒是答得更爽快了：

"我一丁点儿都不在意。说真的，哪个圈子都有那种人，考古学界好像特别多。幸好他们不会提出宇宙人、超古代文明、姆大陆[①]等无根之说，哈哈。"

---

① 姆大陆是一个虚构的大陆，部分学者猜想该大陆曾存在于太平洋中南部，但现在已被否定。——译者注

大野原干笑几声，转向中条，说道：

"不过中条年纪轻，还没适应这种环境，为这事操了不少心……"

"是……是的！"

中条慌忙答道。石动却心存疑惑，为什么这位青年在看到恩师平安无恙之后，表情依然僵硬。

大野原苦笑着挠了挠头，平静地解释了起来：

"那种人，认定了考古学者都一心指望着发掘遗迹，作出重大发现。毕竟挖到未知的石器、土器的话，就能在报纸和电视新闻上引起轰动，一举成名。而另一方面，那些人也在按照自己的思路和方法到处调查勘探，却没有任何收获，无法获得世人的关注，所以非常恼火，转头开始刁难专家。唉，他们的私生活肯定过得不太如意吧，这才会把我们当成泄愤对象。

实际上呢，考古学是一门特别不起眼的学问。我刚刚说过，天狗冢是一个很普通的遗迹，对吧？但这不代表它不值得研究。日本到处都遗留着类似的遗迹，正是因为学者们着手做了细致的调查，绳纹人的生活面貌才越来越清晰。好比贵地的天狗冢遗迹，虽称不上世纪重大发现，但却可以成为数据和资料，让我们更加了解绳纹时代。踏踏实实地收集这类数据也是考古学者们重要的工作啊。"

说完，他还瞥了一眼中条。看来这番话中亦包含着他对自己学生的教诲。

然而，中条紧盯着桌面，神情中依旧透着恐惧。石动看着他的侧脸，脑中突然灵光一现，一边拼命思考，一边对大野原提问：

"请问，您这次为什么会跑大老远地过来呢？我听次郎……听高见旅馆的老板说，您是来给天狗冢遗迹做补充调查的。不过听了您方才的说明，应该没有这个必要了吧？"

大野原听完，轻轻拍了拍中条的肩膀，说道：

"这里是我踏上学术之路的起点，是我正式研究的第一个遗迹。那时候我正好和中条差不多年纪，而中条很优秀，在我的研究室里也是拔尖的人才，所以我很想让他来看看，跟他说说各种往事。"

他望向中条时，就像是一位父亲看着可靠的儿子，可见他对这位年轻的学生抱有很高的期待。而中条想必也非常清楚恩师对自己的信赖和赏识。

"今天那位业余考古学家又去骚扰您了，是吗？我今晚碰巧看到您和他一起下楼。您二位原本在二楼谈话吗？"

"是啊，就在我的房间。说是谈话，事实上是他一个人在喋喋不休，我光负责听。"

"中条，你也在场吗？"

石动看向中条，见他默默地点了点头，便接着向大野原问道：

"您和对方聊完之后，就从房间里出来了？"

大野原似乎回忆起了当时的情景，便露出了不胜其扰的表情：

"怎么说呢……他真的没完没了，说了将近三十分钟还不满意，我也忍不住了，就把他赶出去了，结果他居然生气地大叫起来，质问我这是什么意思。中条赶紧跑了出来，和我一起劝他，好不容易才把这尊菩萨送走。"

"之后，您就外出喝酒，调整心情去了对吧？"

"嗯，我先和中条吃了晚饭，饭后我就自己出门了。"

"原来如此……"

石动释然了，接着便打算着手解决那个"无人密室"之谜。

"大野原先生，我还有最后一个问题，希望您多多包涵……请问，您对自己的学生们说过十六年前那桩案子吗？"

他话音刚落，中条的肩膀就微微一震。

"那桩案子啊，给我留下的印象实在太深刻了，我应该对他们说过呢。"

大野原似乎并未注意到中条的不安，一脸单纯地看向他，确认道：

"我说过，没错吧？"

"说……说过……您说过好多次了……"

中条的声音轻如蚊呐。

这下子，石动确定了自己的推理是正确的。

次郎抱着胳膊，噘着嘴，突然表达了不满之情：

"我本来觉得，肯定是那个缠人的家伙做的恶作剧啦。他就是不甘心，想发泄呗。不过现在看来，好像是我想错咧。"

可石动正满足于得出了答案，心态和次郎完全不同，笑嘻嘻地宽慰道：

"这无所谓啦，反正没人受伤或者遇害，也就是说没发生过案子。插销的问题确实是个谜，不过这世上的神秘事件实在太多了，遇上一两件并不稀奇。对了！绝对是天狗大人干的，要不就是'天狗猿人'引发的超常现象……"

"你胡说什么？"石动轻率的口吻惹得绫子勃然大怒，横眉竖目地紧紧盯着石动吼道，"十六年前已经闹出过人命了！我们是真的很害怕再来一次！这种情况糟透咧，要是出了啥子谣言，客人们都不上门了咋办！你还敢说这是天狗大人干的？"

石动叹了一口气，看向中条，说道：

"中条，你看，这就是后果。我建议你还是别再使小伎俩了，老老实实向老板夫妇道歉吧。"

5

中条就坐在坐垫上，眼看在场所有人的目光都集中到了自己身上，他不由得缩起了身子。

"您这是什么意思？难道您认为那场恶作剧是中条干的？"

大野原转头直视着石动，困惑地问道。

"嗯，是中条将您的房间设计成密室的。不过那不是恶作剧，而是他遇到了难题，思来想去，最后不得不这么做。"

"不得不做？为啥啊？"

次郎十分纳闷。

"这个嘛……"

石动右手握拳，"咔"的一声，轻轻地敲了敲背后拉门上的彩色玻璃。

声音响起的瞬间，绫子不知为何眉头一皱。

石动收回拳头，说出了后半句话：

"……是为了把大野原先生房门旁的小窗打破啊。"

"抱歉，我完全不明白您的意思。"

大野原大惑不解，脸都皱成了一团。

石动则坐正了身子，开始发表自己的推理：

"傍晚那阵子，您和中条在您的房间里，与那位业余考古学家交谈。对话持续了将近三十分钟，问题却迟迟没有得到解决，于是您索性下了逐客令。而您刚刚说过，他在门外继续纠缠您时，'中条赶紧跑了出来'，和您一起劝他。换言之，当时在房间里留到最后的人是中条。他听到走廊里传来怒吼声，怕您遇上麻烦，这才冲出来。只是慌乱之下，他的手或者身上其他部位刮伤了小窗下的花瓶……"

中条沉默不语，头却垂得越来越低。

"然后你们二位好歹劝走了那名'业余专家'，一起去吃了晚饭，可其间中条还是没能开口对您坦白，说自己弄伤了花瓶。毕竟他知道客房里的摆件都是老板娘爷爷的藏品。古董陶瓷价值连城，赔偿金额想必很棘手。再加上他十分清楚您对他寄予厚望,所以不愿让您感到失望吧。"

石动换了一口气,喝了一口已经放凉的茶水,继续道:

"晚饭后,中条发现您直接外出了,就趁机抓紧思考,想把自己闯的祸瞒过去。他绞尽脑汁,总算是想起了十六年前的那桩奇案。人生难得遇上那样的经历,您肯定会把案子的来龙去脉都讲得很细致,这就给了他提示。"

所有人都凝视着他,认真聆听,他也扫视了众人,随后进一步分析:

"只要对前厅的工作人员说,大野原先生的房门打不开,那么对方自然会联想起十六年前的往事,按说绝对会避免用力敲门、撞门,而这时,唯一的入室方法即是砸开那扇采光的小窗,伸手进去开插销。这样一来,即使有人发现小窗附近有一只受损的花瓶,也只会认为它是在小窗被打破时受到了波及……"

"对哦,那扇小窗边上确实有个破口的花瓶……"次郎轻轻敲着自己的额头,嘀咕道,"阿春你说中了,绫子也只当它是给碎玻璃弄坏的,一点都没放在心上……"

这里毕竟是自家的客厅,即使被丈夫直呼其名,绫子也没有出言提醒。

"具体的顺序应该是这样的吧——大野原先生和那位业余专家在走廊上起了争执,中条是最后一个从大野原先生房里出来的人,随后他和大野原先生去吃了晚饭，大野原先生饭后外出。当然，房间全程都没有上锁。"

"的确，我住惯那些带自动锁的酒店了，所以不仅是今天，我平时也老是忘记锁门。老板娘呀，您家旅馆的主楼很有怀旧的韵味，我特别喜欢，但您要是能把客房的门锁换成自动锁就更好了。"

大野原对着绫子提议道。

"明白了。"

绫子的回答甚是含糊。明明客人的意见和建议对旅馆的经营具有指导作用，但她的注意力似乎不在大野原的话上，只管目不转睛地盯着石动。

这让石动暗自得意，一边想着她一定是对自己的推理很感兴趣，一边滔滔不绝：

"中条便赶在大野原先生外出的时间段里，溜进了他的房间，将之前弄坏的小花瓶放到了采光的小窗下面，插上插销，跑去前厅，说自己去大野原老师的房间找他，然而不管怎么敲门，他都不回应。不出所料的是，老板娘果真清楚地想起了十六年前的案子，甚至一把推开了正准备敲门的我，接着又为了打开插销，英勇地举起灭火器，砸坏了那扇小窗。结果真是比中条想象得更顺利啊。她砸得那么干脆、用力，就算连带着弄坏两三只花瓶都没什么好奇怪的。"

"你等等，别跳过最关键的问题啊！我去大野原先生的房间时，房门是没上锁，但我从小窗里伸手进去的时候摸到了插销，它好好地插着咧。这到底是怎么做到的？！"

绫子很是不解，直接打断了他。

"跟您一样，他也是通过小窗来接触插销的。"

说到这里，绫子突然"啊"地大叫一声。石动则轻轻地笑了，对她说道：

"这下，您明白了吧？因为您对当年的命案印象过于深刻，一旦意识到房里插着插销，就先入为主地认为小窗也上着锁，于是根本没确认情况就先动手了。但实际上，您只要拉一下窗把手，就能把它打开。"

众人听罢，纷纷陷入了沉默。过了一会儿，大野原温和地询问中条：

"……中条，这位先生说的都是真的？"

"非常对不起！我实在是没脸跟您说实话……"

中条从坐垫上爬了下来，直接跪在了大野原面前。

"你要道歉的人不是我，是在座的各位啊。唉，瞧你干的傻事，这么做只会给旅馆添麻烦哦。"

大野原苦笑着，随后一脸郑重地对次郎夫妇深深低下了头，赔礼道：

"老板，老板娘，我也代他向你们说声对不起。请你们原谅他。他弄坏的花瓶就由我来赔偿。"

不过下一刻，他又有些不安：

"不好意思，如果那个花瓶特别昂贵，我可能没法一次性把赔款付清，不知能否允许我分期支付……"

没想到绫子爽朗地笑了起来，她的眼睛亮闪闪的，盛满了狡黠的光辉，就像一个淘气的孩子。只听她解释道：

"放在客房里的都是仿造品！我们当然不是信不过客人们，只是担心有客人不小心把咱家的藏品弄坏了，就像今天这样，而且也不能保证绝对没人顺手牵羊，所以怎么会把贵重的古董放在外面呢？真品全都好好收在我们家的地下仓库里。那只花瓶是便宜货咧，撑死了也就几千日元吧。要是您愿意在结账的时候和住宿费一起支付，那就太感谢了……"

这时，她好像又想起了什么似的，伸出食指，竖在唇前，嘱咐了一番：

"还有呀，请你们一定要保密哦。毕竟在客房里展示古董，可是咱家旅馆的卖点之一咧！"

"哎呀，阿春你可真了不起！本来看你的名片那么奇怪，我还担心你脑子坏掉了咧，原来你是真的成了大侦探啦！"

等大野原和中条离去之后，次郎露出了钦佩的表情。

石动却在心中嘀咕，自己算得上是大侦探吗？

他准备回客房去，便站起身来，向次郎告辞。绫子却突然从背后叫住了他：

"石动先生，您留步……"

"怎么了？"

石动回过身去，只见绫子正站在拉门旁边，面带微笑。他满以为她接下来要表达对他的赞誉，怎料事实却完全相反。

她指着他背后的拉门，说道：

"您刚才用拳头敲了那块彩色玻璃，但它是我爷爷心爱的彩雕玻璃，江户时代的舶来品。"

"啊，原来它们有这样的来历！老实说，我完全不了解古董……"
他并没有听懂绫子的弦外之音，有些摸不着头脑。

绫子依然挂着笑容，可是口气却逐渐辛辣、刺耳：

"被您那么一敲，我有些担心，就去瞧了瞧，发现上面果然出现了一点损伤呢……石动先生，这下我们可能得请您赔偿了呀。"

"啊？"

"不用害怕，我们既然舍得把它用在客厅的拉门上，就说明它不是高价品呢。顶多十五万日元吧。"

"十……十五万日元？"

石动一下子吓软了腿，背后冷汗直冒，不由自主地倒退了一步。要知道，这笔钱差不多都够他付事务所一个月的租金了。

绫子逼近了他，直盯着他的双眼，再次强调道：

"我们可能得请您赔偿了呀。"

石动咽了一口唾沫，硬是挤出一个笑容，回答说：

"您别急，反正玻璃这东西吧，'终将会碎，再买就是'嘛。"

他急中生"智",想靠一个玩笑蒙混过关,不过绫子并不知道落语①《崇德院》②,还是坚持让他赔了玻璃钱。

---

① 落语是日本的传统曲艺形式之一,和中国的单口相声颇为相似。它起源于300多年前的江户时期,随着历史演变成表演者(落语家)坐在舞台上说故事的形式,讲述的多是和老百姓日常生活相关的滑稽故事,并对服饰、道具等有所讲究。——译者注
② 落语《崇德院》讲述的是一对青年男女一见钟情却彼此不知姓名,男方归家后思念成疾,其父只得拜托儿子的朋友熊五郎帮忙寻找,唯一的线索是女方当初留下的和歌上半句,即崇德院名句"急流遇石,水分两支",意在表达自己倾心男方,即使立刻分离,也终将再见。而男方竹马熊五郎凭此找到女方的家丁时,原本应实现下半句"终将再汇,吾愿如是"的结局,却在激动之下撞破了理发店的镜子。店主大怒,要求赔偿,熊五郎便抖了个机灵,将和歌下半句做了改编,答道:"终将会碎,再买就是。"——译者注

北京市版权局著作合同登记号：图字 01-2024-2739

《KAGAMI NO NAKA WA NICHIYOUBI》
© TATSUO ISO 2005
All rights reserved.
Original Japanese edition published by KODANSHA LTD.
Publication rights Simplified Chinese character edition arranged with KODANSHA LTD.
Through KODANSHA BEIJING CULTURE LTD. Beijing,China.
本书由日本讲谈社正式授权，版权所有，未经书面同意，不得以任何方式做全面或局部翻印、仿制或转载。

图书在版编目（CIP）数据

镜中的星期天 /（日）殊能将之著；邢利颉译 . --北京：台海出版社，2024.7
ISBN 978-7-5168-3864-8

Ⅰ. ①镜… Ⅱ. ①殊… ②邢… Ⅲ. ①推理小说 - 日本 - 现代 Ⅳ. ① I313.45

中国国家版本馆 CIP 数据核字 (2024) 第 099275 号

镜中的星期天

著　　者：[日]殊能将之	译　　者：邢利颉
责任编辑：员晓博	插画绘制：五木瑾
封面设计：⚫︎·车　球	

出版发行：台海出版社
地　　址：北京市东城区景山东街 20 号　　邮政编码：100009
电　　话：010-64041652（发行、邮购）
传　　真：010-84045799（总编室）
网　　址：www.taimeng.org.cn/thcbs/default.htm
E - mail：thcbs@126.com

经　　销：全国各地新华书店
印　　刷：北京盛通印刷股份有限公司
本书如有破损、缺页、装订错误，请与本社联系调换

开　　本：880 毫米 × 1230 毫米	1/32
字　　数：320 千字	印　　张：14.5
版　　次：2024 年 7 月第 1 版	印　　次：2024 年 7 月第 1 次印刷
书　　号：ISBN 978-7-5168-3864-8	

定　　价：68.00 元

版权所有　　翻印必究